고전서사와 웹툰 스토리텔링

고전서사와 웹툰 스토리텔링

이명현 강명주 강우규 김선현
유형동 이채영 홍해월
지음

추천사

『고전서사와 웹툰 스토리텔링』 발간을 축하하며

고전서사(古典敍事). 오래되고 어려운… 학교에서만 소비되는 지루한 과거의 이야기란 이미지가 떠올랐다. 그와 달리, 웹툰은 언제나 신선한 볼거리로 가득한 가볍게 즐길 수 있는 콘텐츠라 생각했다. 고전서사의 웹툰이라 해도 그 형태만 수박 겉핥기 식으로 빌려온 것이며, 어렵고 딱딱한 옛날이야기와는 어울릴 수 없다는 편견에 휩싸여 제대로 마주할 생각도 하지 못했다.

이 책은 이처럼 우물 속에 갇혀 한 치 앞도 내다보지 못했던 나의 좁은 시야를 확장해준 매개체이다. 나의 편견과 다르게 고전서사는 그저 어려운 단어와 낯선 표기로 가득한 멈춰 있는 이야기가 아니었다. 시대의 흐름에 맞춰 영상으로, 웹툰으로 재창조될 수 있도록 스스로 범위를 넓히고 변화하며 끊임없이 살아 숨 쉬고 있었다. 다양한 콘텐츠가 셀 수 없이 쏟아지는 오늘날에도 여전히 고전서사가 사랑받는 데는 이유가 있다는 것을 이 책을 통해 알게 되었다.

흔한 클리셰를 거부하며 누구도 분석할 수 없는 나만의 작품세계를 창조하겠다는 마음으로 웹툰 '바리공주'를 그려왔으나 내가 자부했던 나의 세계는 고전문학 속에 그대로 담겨 있었다. 낡은 이야기라 생각했던 고전서사가 사실은 대중들에게 공감을 가득 얻을 수 있는 이야기의 원본 그 자체였던 것이다.

고전서사처럼 딱딱할 것이라 생각했던 연구자들이 창작자들을 존중하며 웹툰이라는 장르와의 융합에 힘쓰고 있다는 것이 느껴지기에 이 책의 한 장 한 장이 소중하다. '고전'에 관심 있는 창작자이기에 고전서사의 본모습을 제대로 마주한다면 독자들에게 보여줄 새로운 스토리텔링을 창작해낼 수 있지 않을까 고민하게 된다. 그런 점에서 이 책은 나의 고민을 해결해주며 동시에 좀 더 깊이 있는 작품의 세계로 이끌어 줄 희망이라 생각한다.

다음웹툰 '바리공주' 작가
김나임

책머리에

오늘날 우리는 이전에 경험하지 못한 방식으로 이야기를 즐기고 있다. 정보통신, 인공지능, 빅데이터 등의 발전으로 웹툰 포탈, 웹소설 어플, 유튜브, 넷플릭스 등 새로운 콘텐츠 플랫폼이 등장하였다. 정보통신기술(ICT)의 '초연결', '초지능', '초융합' 등의 혁신적인 변화는 스토리텔링 분야에도 지대한 영향을 미치고 있다.

급격한 변화의 시대 고전서사 전공자의 역할은 무엇일까? 고전서사는 오랜 시간에 걸쳐 수많은 향유자들의 공감을 얻은 작품이다. 공감의 방식은 다양하지만, 시간의 흐름을 뛰어넘을 만큼의 매혹적인 이야기라는 것은 본질적이다.

그러나 오늘날 고전서사를 매혹적인 이야기라고 느끼는 사람은 얼마나 될까? 전공자와 일부 마니아를 제외하고는 찾아보기 힘들다. 그 까닭은 여러 가지이겠지만, 대중이 느끼는 고전서사는 화석처럼 박제되어 과거의 모습만을 유지하고 있는 이야기이기 때문일 것이다. 고전서사의 현대의 매체 형식의 틀에 맞게 반복하는 것은 고전서사를 과거의 틀에 유폐시키는 것과 다름없다. 대중들이 고전서사를 매혹적인 이야기로 공감하기 위해서는 '고전'이라는 인식의 틀을 깨고 이야기 자체의 힘에 주목해야 한다.

고전서사는 장르와 매체, 플랫폼 등 새로운 스토리텔링 환경에 부딪히면서 끊임없이 자신의 모습을 변화시켰다. 문자가 없던 시대에는 구비문학으로, 문자가 발명되었지만 대량 인쇄가 어려운 시기에는 필사본으로, 활자 인쇄가 본격화되면서 인쇄본으로 존재하였다. 사랑방에서 들려주는 옛날이야기였고, 고독한 지식인의 애증의 산물이기도 하였고, 상업이 활발해지면서 새롭게 등장한 상품이기도 하였다.

이 책의 저자들은 현대의 스토리텔링 환경과 고전서사의 '이야기의 힘'이 융합된 장르로 웹툰을 주목하였다. 연구자의 시선이 닿지 않은 곳에서 고전서사는 웹툰이라는 현대의 매체와 결합하여 새로운 이야기 방식으로 자신의 갱신하고 있었다. 서브컬처, 하위문화라는 편견을 걷어낸 자리에는 매혹적인 이야기로 가득 찬 새로운 방식의 고전서사가 자리하고 있었다.

우리 연구자들은 웹툰에서 고전서사가 수용되고 변주되는 스토리텔링 방식에 주목하여 고전서사의 현대적 재해석과 서사의 확장을 탐구하였다. 1부에는 고전서사와 웹툰이 접점을 이루어 융합하는 방식을 논의하였다. 2부에는 고전서사를 소재로 한 웹툰 작품 사례를 연구하였다. 김나임 작가의 〈바리공주〉, 서강용 작가의 〈심봉사전〉, 한기남 작가의 〈바람소리〉, 배혜수 작가의 〈쌍갑포차〉, 정이리이리 작가의 〈왕 그리고 황제〉, 젤리빈 작가의 〈묘진전〉, 강풀 작가의 〈마녀〉 등을 선정하여 신화적 상상력, 무속적 세계관, 판타지, 주체와 타자의 문제 등을 분석하였다.

이 책은 고전서사와 웹툰의 융합을 고민하는 여러 연구자들의 오랜 공동 작업의 결과이다. 이 책의 저자들은 고전서사의 재해석과 현대적 스토리텔링을 고민하면서 고전서사를 소재로 한 웹툰 스토리텔링을 연구하였다. 고전서사를 소재로 한 웹툰을 선정하고, 서로 다른 장르인 고전서사와 웹툰의 경계를 가로지를 수 있는 방법론을 검토하였다. 고전서사가 방대하고 웹툰이 다양한 만큼 서로의 관심사를 포개는 과정이 쉽지 않았다. 하지만 아직 다른 이들이 가지 않은 새로운 길을 개척한다는 즐거움이 컸기에 이견을 조율하며 논의를 심화하였다.

저자들은 함께 토론하고 연구하면서 끊임없이 새롭게 해석되는 고전서사의 가치를 발견하였다. 고전서사를 소재로 한 웹툰은 '고전'이면서 바로 오늘의 이야기이다. 인간 사회에서 이야기가 존재하는 한 고전서사의 힘은 지속될 것이다.

코로나 19와 북극 한파로 유난히도 추웠던 지난 겨울에 별다른 이득 없이 흔쾌히 이 책을 만들어 주신 경진출판 양정섭 사장님께 감사드린다. 지지부진한 원고 집필과 늘어지는 교정 작업에도 지속적인 신뢰를 주신 덕분에 부족한 원고가 한 권의 책으로 나오게 되었다. 이 책은 집필진의 힘만으로 완성되지 않았다. 일정 조정, 원고 수합, 교정 등 윤은정 대학원생의 노고가 책 곳곳에 스며 있다.

2021년 4월 필자들을 대표하여

이명현 씀

차례

제2부 고전서사의 심층과 웹툰의 상상력

제1부
고전서사와 웹툰의 컨버전스

웹툰의 고전서사 수용과 변주

이 명 현

1. 대중문화시대의 고전서사

오늘날은 각종 이야기로 넘쳐나는 시대이다. 소설, TV 드라마, 영화, 애니메이션, 웹툰 등 다양한 매체에서 온갖 이야기들이 쏟아져 나오고 있다. 이러한 이야기의 홍수 속에서 우리 고전서사의 위상은 어떠할까? 고전서사에 대한 대중의 인식은 시시하고 뻔한 옛날이야기, 혹은 읽기 어렵고 지루한 이야기라는 선입견이 대부분이다.

대학의 국어국문학과를 중심으로 한 강단 학문에서 고전서사는 한국고전문학 분야의 중요한 영역이지만, 그 가치와 위상은 연구자를 중심으로 한정되어 있다.[1] 전공자를 제외한 대다수는 고등학교 수능시험 이후 고전서사 작품을 읽고 감상하는 기회가 거의 없다. 특히 이야기를 즐기고 향유하기 위해 고전서사를 읽는 경우는 찾아보기 힘들다.

그렇다면 고전서사는 정말 시시하고 지루한 이야기인 것인가? 고전서사가 만약 그러했다면 과거부터 오늘날까지 생명력을 가지고 전승되지 못하였을 것이다. 물론 시대의 변화에 따른 연행상황 및 표기방식, 윤리의식 및 성역할에 대한 관점이 달라진 부분이 있지만, 고전서사에서 제기된 보편적 문제의식과 흥미로운 이야기로서의 매력은 현재에도 유효하다. 그렇기 때문에 고전서사를 소재로 한 다양한 문화콘텐츠들이 현재에도 지속적으로 만들어지고 있는 것이다.

이러한 측면에서 오늘날 대중문화에 수용되고 있는 고전서사에 대한 연구가 필요하다.[2] 오늘날의 이야기 향유자들이 관심을 갖는 고전서사의 요소가 무엇이고, 어떠한 방식으로 변주되어 스토리텔링 되는지를 살펴볼 필요가 있다. 이야기라는 것 자체가 완전히 새로운 것일 수 없다. 특히 무수한 과거 이야기의 맥락 속에서 창작되는 오늘날의 이야기는 새로운 이야기를 창작하는 것이라기보다는 이전의 이야기에 대한 반론, 인용, 재인용이라 할 수 있다.[3] 따라서 대중문화의 고전서사 수용과 변주, 역시 이야기 창작과 향유라는 점에서 당연한 현상이라 할 수 있다. 중요한 것은 오늘날의 젊은 세대가 주목하고 관심을 갖는 고전서사의 요소가 무엇이고, 이를 어떠한 방식으로 새롭게 스토리텔링하는지에 대한 분석이다.

이 글에서는 이와 같은 관점에서 고전서사를 소재로 한 웹툰을 대상으로 이야기의 수용과 변주를 살펴보고자 한다. 웹툰은 웹이라는 새로운 매체를 기반으로 젊은 세대 자신이 주체가 되어 그들의 감수성을 생산하고 소비하는 문화 공간이다. 웹툰에서 수용되고 변주되는 고전서사를 분석하는 것은 웹툰이라는 새로운 매체에 고전서사가 적용되는 과정을 분석하는 것이자 디지털 미디어를 기반으로 한 젊은 세대의 고전서사 향유 방식을 이해하는 것이다. 따라서 이 글에서는 먼저 고전서사를 소재로 한 웹툰 목록을 제시한 후, 웹툰에 나타난 고전서사의 수용과 변주를 분석하여 고전서사를 소재로 한 웹툰의 특징을 파악하고, 이를 바탕으로 웹툰과 고전서사의 문화융합을 해석하고자 한다.

2. 고전서사를 소재로 한 웹툰 현황

웹툰 중에서 고전서사를 소재로 작품의 범위는 원작의 스토리를 수용한 작품, 원작의 캐릭터와 주요 설정을 소재로 한 작품, 원작의 모티프를 상황 설정의 주요 장치로 활용한 작품, 원작을 스핀오프한 작품 모두를 포함하였다. 비록 배경이 현대일지라도 고전서사의 캐릭터와 주요 설정, 모티프를 수용하였으면 목록에 포함하였다.[4]

웹툰이 대중화되는 초기에는 고전서사를 소재로 한 웹툰의 작품 수가 많지 않았다. 호랑의 〈천년동화〉 등 몇 작품에 불과하였으나, 2010년 주호민의 〈신과 함께〉 이후로 급증하였다. 아래의 표는 다음, 네이버 등 주요 포탈사이트에서 연재되는 웹툰과 탑툰, 피키캐스트 등 웹툰 전문 사이트에 연재되는 웹툰 중에서 고전서사를 소재로 한 웹툰의 현황을 정리한 것이다.[5]

웹툰	소재	글/그림	연재매체	연재기간	비고
도깨비	도깨비	네스티캣	다음	2006.08.01~2007.03.02	
천년동화	춘향전, 홍부전 등	호랑	다음	2007.03.26~2007.09.17	
신과 함께	무속신화	주호민	네이버	2010.01.08~2012.09.01	

웹툰	소재	글/그림	연재매체	연재기간	비고
미호이야기	구미호	혜진양	네이버	2010.07.15~2011.01.20	
천년구미호	구미호	기량	네이버	2011.11.04~2016.09.16	
한줌물망초	구미호, 도깨비	혜진양	네이버	2012.04.17~2014.02.10	
제비전	홍부전	고은	다음	2012.09.03~2014.09.15	
어둠이 스러지는 꽃	저승사자	므앵갱	레진코믹스	2013.05.23~2015.08.10	
심봉사전	심청전	서강용	탑툰	2013.06.04~2015.07.15	
마녀	변강쇠가	강풀	다음	2013.06.10~2013.10.24	
도깨비언덕에 왜 왔니?	도깨비 등	김용회	다음	2013.08.13~2019.05.13	
묘진전	산신, 무속 등	젤리빈	다음	2013.11.14~2015.09.17	
제비원 이야기	제비원 설화	주호민	네이버	2013.12.21~2014.03.08	
망월선녀설화	나무꾼과 선녀	김남희/ 이재욱		2013.12.30~	
양말도깨비	도깨비 등	만물상	다음	2014.02.15~2016.05.14	
바로잡는 순애보	단군신화	이채영	네이버	2014.06.21~2017.04.01	
바람소리	심청전	한기남	케이툰	2014.10.08~2015.12.02	
녹두전	피란행록	혜진양	네이버	2014.12.16~2017.08.01	
무빙	아기장수설화	강풀	다음	2015.02.02~2015.09.21	
호랑이형님	호질, 산해경 등	이상규	네이버	2015.03.20~현재	
마야고	마고	김홍태	네이버	2015.08.04~2016.03.22	2부 데모니악
귀도호가록	귀신, 요괴	이수민	네이버	2015.10.17~2018.10.28	
이상하고 아름다운	도깨비	허니비	네이버	2015.12.13~2019.03.03	
홍부놀부전	홍부전	황동		2015.12.22~2018.06.12	현재 네이버 시리즈
홍부놀부	홍부전	A. Kim, 이한솔	봄툰	2016.01.02~2016.06.04	
도깨비훈장	도깨비	박혜림	다음	2016.03.13~2018.04.29	
안녕 도깨비	도깨비	최지애	네이버	2016.04.04~2017.12.15	
금빛 도깨비 쿠비	도깨비	김성주	다음	2016.05.22~2018.01.22	
야귀록	춘향전	주요	피키캐스트	2016.06.04~2017.05.27	
광한루 로맨스	춘향전	서키	케이툰	2016.06.30~현재	연재중

웹툰	소재	글/그림	연재매체	연재기간	비고
소녀신선	신선, 이무기 등	효미	다음	2016.06.21~현재	연재중
발자국이 녹기 전에	기생	서결	다음	2016.08.20~2017.11.18	
데모니악	마고	후렛샤/김홍태	네이버	2017.02.06~2017.11.13	마야고 후속작
계룡선녀전	나무꾼과 선녀	돌배	네이버	2017.03.01~2018.03.14	
홍부와 놀부	홍부전	푸른 젓꼭지	탑툰	2017.05.29~현재	2018.02.16
아가씨와 우렁총각	우렁각시	제이드	레진코믹스	2017.06.10~현재	연재중
그녀의 심청	심청전	seri, 비완		2017.09.12~현재	2019.09.24
삼작미인가	춘향전, 심청전, 배뱅이굿	므앵갱	레진코믹스	2017.10.08~현재	2019.12.15
바리공주	바리공주	김나임	다음	2017.12.08~현재	연재중

위의 표에 제시된 목록을 살펴보면 웹툰에서 주로 활용되는 고전서사는 도깨비, 구미호, 귀신, 무당 등 환상적 요소를 지닌 이야기가 다수를 차지한다. 그리고 〈홍부전〉, 〈심청전〉, 〈나무꾼과 선녀〉 등 널리 알려진 이야기를 소재로 하는 경우가 많다.

호랑의 〈천년동화〉, 서강용의 〈심봉사전〉 등과 같이 한 편의 고전서사를 소재로 창작한 웹툰이 있고, 기량의 〈천년구미호〉, 이상규의 〈호랑이형님〉, 효미의 〈소녀신선〉 등과 같이 여러 편의 고전서사를 소재로 하여 웹툰의 상황 설정 및 캐릭터 설정을 한 작품도 있다. 그리고 김성주의 〈금빛 도깨비 쿠비〉, 박혜림의 〈도깨비훈장〉 등과 같이 주인공의 모험 과정에 맞춰 에피소드마다 한 편의 고전서사를 소재로 한 이야기를 배치하여 다양한 고전서사를 소재로 이야기를 엮어가는 경우도 있다.

웹툰에서 고전서사를 소재로 수용하는 방식은 다양하지만, 원작을 그대로 재현하는 경우는 없다. 주호민의 〈신과 함께-신화편〉, 〈제비원 이야기〉 등 원작의 내용을 중심으로 하는 웹툰이라도 부분 개작을 통해 이야기가 리텔링된다(이명현, 2015: 170~172). 대부분의 웹툰은 고전서사를 현대적으로 재해석하거나 고전서사의 중심캐릭터나 특정 상황을 소재로 하여 이야기를 확장하는 방식을 취한다. 호랑의 〈천년동화〉는 한국의 대표적인 고전서사인 〈나무꾼과 선녀〉, 〈우렁각시〉, 〈춘향전〉, 〈흥부전〉 등을 현대적 배경, 오늘날의 문제의식으로 재구성한다.[6] 이러한 방식의 웹툰은 원작 한편의 내용이 독립된 하나의 에피소드로 제시된다.

강풀의 〈마녀〉, 〈무빙〉 등에서는 고전서사의 특정 설정만을 현대적으로 해석하여 새로운 이야기를 만든다. 〈마녀〉는 〈변강쇠가〉에 나타나는 옹녀의 도화살이라는 설정을 수용하여 마녀라 불리는 미정이라는 캐릭터를 창조한다. 미정은 자신에게 호감을 가진 남성이 사고를 당하거나 죽는 캐릭터로 공동체에 의한 희생양 만들기라는 측면에서 옹녀의 현대적 변주로 해석할 수 있는 인물이다(홍해월·이명현, 2017: 85~113). 이렇게 고전서사의 특정 설정을 중심으로 내용을 전개하는 웹툰은 원작의 내용에 대하여 문제제기하거나 반론을 제시한다.

고전서사를 소재로 한 웹툰 중 많은 작품은 고전서사의 캐릭터를 독립적으로 차용하여 새로운 이야기로 스토리텔링한다. 주호민의 〈신과 함께-저승편〉, 〈신과 함께-이승편〉, 네스티캣의 〈도깨비〉, 허니비의 〈이상하고 아름다운〉, 이수민의 〈귀도호가록〉 등이 대표적인 웹툰으로 고전서사의 캐릭터가 새로운 상황에서 사건을 전개한다.

〈마야고〉, 〈계룡선녀전〉, 〈망월선녀설화〉, 〈바로잡는 순애보〉 등의 웹툰은 현대를 배경으로 고전서사의 결말 이후 이야기를 전개한다. 이 작품들이 이야기를 시작하는 최초의 상황은 원작을 소재로 하지만 일정한 변형을 통해 현재까지 해결되지 않는 문제를 제시한다. 〈마야고〉는 반야에게 버림받은 마야고가 지리산을 드나드는 남성을 유혹하여 죽음에 이르게 한다는 설정이고, 〈계룡선녀전〉, 〈망월선녀설화〉는 〈나무꾼과 선녀〉를, 〈바로잡는 순애보〉는 〈단군신화〉 등을 소재로 하여 원작의 인물이 현대에 환생하여 새롭게 설정된 문제를 해결하는 방식으로 이야기를 전개한다. 그리고 혜진양의 〈미호이야기〉, 〈한줌물망초〉 등은 고전서사에 대한 프리퀄, 즉 원작 이전의 이야기를 상상으로 재구성한 웹툰이다. 혜진양의 웹툰은 구미호의 기원과 최초의 구미호의 사연을 상상력으로 풀어내어 우리가 알고 있는 구미호가 어떻게 형성되었는지를 스토리텔링한다.

이와 같이 다양한 웹툰에서 고전서사를 소재로 하였고, 고전서사를 소재로 활용하는 방식도 다양하다.[7] 이러한 현상과 스토리텔링 방식을 분석하기 위해서는 우선 웹툰의 매체적 특징과 고전서사 수용의 접점이 무엇인지 살펴볼 필요가 있다.

3. 웹툰의 매체적 특징과 고전서사 수용 방식

웹툰에 나타난 고전서사의 수용과 변주를 이해하기 위해서는 웹툰의 매체적 성격을 이해해야 한다. 웹툰은 기존의 출판만화와는 다르게 웹을 기반으로 한 디지털 매체로 웹툰만의 독특한 표현방식, 유통, 향유방식을 지닌다. 이러한 웹툰의 특성은 고전서사를 수용하고 변주하는 스토리텔링 방식과도 관련을 가진다는 점에서 중요하다. 여기에서는 먼저 디지털 매체로서 웹툰의 특징을 살펴보고, 이것이 고전서사 수용 방식에 어떻게 작용하는지 살펴보고자 한다.

1) 디지털 매체로서 웹툰의 특징

웹툰은 웹 인터페이스를 전제로 창작되기 때문에 '시각적 이미지+대화(말풍선)를 통한 서사전개'라는 출판만화의 성격과 웹의 디지털 특성이 융합된 독특한 장르이다. 웹툰은 웹과 만화의 융합이기 때문에 기존의 횡적 독서 방식과 달리 스크롤바와 결합한 수직적 구성이 나타난다.[8] 그리고 웹툰에서는 말풍선에서도 변화가 일어난다. 출판만화에서 네모 칸 안에 말풍선이 갇혀 있었다면 웹툰에서는 그림 위에 덧붙이거나 덧대어진다. 이때 나타난 문자와 이미지의 결합은 콜라주 작품을 닮아 있다. 또한 출판만화의 '칸'이라는 형식적 제약이 사라지면서 그림과 문자는 무한대로 펼쳐진다(김유나, 2015: 188~189).

최근에는 스마트폰이 일반화되면서 스마트폰 앱화면에 적절한 '스마트툰', '컷툰', '패드툰' 등이 등장하였다. 스마트폰 웹툰 앱에서는 세로 스크롤을 활용해야 했던 PC 기반 웹툰의 연출방식에서 벗어나 손가락으로 터치해 화면을 바꿔나가는 방식으로 변화하고 있다(한상정, 2015: 127). 스마트툰은 스토리 전개에 맞게 줌인이나 줌아웃 또는 상하좌우 이동 효과를 낼 수 있게끔 되어 있어 장면전환을 할 때 애니메이션 효과를 선택, 적용할 수 있다(김유나, 2015: 189). 컷툰의 경우에는 슬라이딩으로 옆으로 밀어 다음 칸을 읽는데 한 칸이라 텍스트가 잘 보이고 분량이 부담스럽지 않다. 이 외에도 웹툰은 부분적인 애니메이션 효과를 결합하고, 배경음악을 삽입하여 스마트폰에 최적화된 형태로 진화하고 있다. 웹툰 작가들은 기술의 발전에 따라 IT기술과 다양한 연출 방법(영화적 기법, 플래시 기법, 배경음악 등)을 융합하여 웹툰을 다양화하고 있는 것이다.

이와 같은 웹툰의 컨버전스는 다양한 미디어 기능이 웹툰에 융합되는 기술적 과정이자 웹툰 창작자와 향유자가 개별적이고 이질적인 콘텐츠 간의 연결을 만들어내도록 촉진하는 문화적 변화를 의미한다.[9] 특히 웹툰의 유통시스템은 웹이라는 디지털 공간의 특성을 기반으로 생산자와 소비자 사이의 독특한 상호작용 문화가 나타난다.

웹툰은 이용자user 중심의 매체이다. 웹툰 독자는 단순한 수용자가 아니라 적극적인 이용의 주체이다. 웹툰 독자는 댓글, 조회수, 별점 등 다양한 방식으로 웹툰 유통에 참여한다. 웹툰 독자의 즉각적인 반응은 웹툰 작가에게 참조점을 준다(박범기, 2016: 323). 웹툰 작가는 독자의 반응을 반영하여 해당 회차의 오류를 수정하거나 다음 회차의 내용 전개를 수정하고, 휴재 기간을 활용하여 독자의 의견을 수렴하여 상황, 인물 설정의 확장을 시도한다.

웹툰은 작가의 등단부터 독자의 상호소통에 의해 결정된다. 편집자/비평가가 선발했던 기존 만화가나 작가와 달리 웹툰 작가 지망자들은 자유롭게 작품을 웹사이트에 게재하면서 등단을 준비한다. 포탈의 플랫폼을 통해 독자의 별점 평가, 댓글과 조회수(웹툰 리그의 경우 독자의 투표)를 집계해 대중성이 입증되면 포털사이트와 계약을 하고 전문작가로 인정받는다. 즉 예술 전문가에 의한 평가가 아니라 대중들의 직접적인 평가와 관심에 의해 웹툰 작가가 탄생하며, 독자들은 선호하는 작가가 등단할 수 있도록 노력하고 등단과정을 지켜볼 수 있다. 작가의 고료 역시 투고 시에 받지 않고 작품을 보러 찾아오는 독자들의 트래픽에 의거해 책정된다. 따라서 웹툰 독자들은 연재 성실도나 작품의 질을 기탄없이 평가하며 이를 당연한 권리로 간주하는 댓글 문화를 보여준다(김건형, 2016: 124~125). 이러한 디지털 매체로서 웹툰의 주요 특징을 정리하면 컨버전스Convergence와 상호작용성Interactivity이라 할 수 있다.

2) 디지털 네이티브의 웹툰 향유와 고전서사 수용

웹툰에 나타나는 창작자와 향유자의 관계 변화는 웹툰을 이용하는 세대의 성격과 밀접한 관련이 있다. 2016년에 안드로이드 기반의 스마트폰 웹툰 앱 이용자 조사에 의하면 웹툰의 주요 향유층은 10~20대이다.[10] 이 조사의 분석 결과를 보면 2016년 3월 30일을 기준으로 일주일 동안 593만 명이 웹툰 앱을 사용하였고, 연령별로 살펴보면 10대 243만명(41%), 20대 225만명(38%), 30대 94만명(15.9%), 40대 29만명(4.9%), 50대 이상 1만명(0.2%)으로 집계되었다. 그리고 10대, 20대 스마트폰 사용자의 43%가 일주일 평균 1시간 13분을 웹툰 보기에 사용하고 있는 것으로 나타났다.[11] 이 조사는 PC 포털사이트 접속, 포털 앱 등을 대상으로 하지 않았기 때문에 웹툰 독자에 대한 전체 규모를 추정하기는 어렵다. 그러나 최소한 10~20대가 웹툰의 주된 소비자임을 파악할 수는 있다.[12]

오늘날의 10~20대는 디지털 기술과 함께 성장하여 디지털 문화에 익숙한 디지털 네이티브Digital Native이다.[13] 이들은 디지털 언어와 장비를 원어민처럼 자유자재로 구사할 수 있다. 디지털 네이티브는 부모세대와는 다른 방식으로 디지털 기술을 사용하며 인터넷을 통해 커뮤니케이션하고 협력하며 함께 창조하는 능력을 지니고 있다. 또한 순차적으로 메시지를 전달하는 전통적 방식이 아니라 클릭하기, 자르기, 붙이기 도구들을 사용해 다른 정보와 연결되는 정보를 찾고 정리하는 하이퍼텍스트hypertext적 사고를 한다(돈 탭스콧, 이진원 역, 2009: 115~138). 이러한 디지털 네이티브의 특성은 하이퍼링크hyperlink를 통한 정보 연쇄에 익숙하며, 서로 다른 콘텐츠를 비선형적으로 연계하여 새로운 콘텐츠를 자유롭게 형성할 수 있게 한다.

디지털 네이티브는 앞서 살펴본 디지털 매체로서 웹툰의 주요 특징인 컨버전스와 상호작용성을 디지털 환경 속에서 자연스럽게 체득한 세대이고, 웹툰의 창작과 향유에 있어 하이퍼텍스트적 사고가 익숙한 세대라 할 수 있다.[14] 이들은 연재의 방식으로 웹툰을 향유한다. 웹툰의 연재방식은 출판만화의 연재방식과는 다르다. 작가가 주기적으로 작품을 연재한다는 점에서는 출판만화의 연재와 비슷해 보이지만, 작가는 연재가 계속될수록 댓글 혹은 별점으로 독자들의 의견을 확인하고 수렴하여 적극적으로 스토리를 수정하는 등 독자와 상호작용한다. 독자 역시 자신이 좋아하는 웹툰을 다른 사이트에 링크하거나 특정 장면을 패러디하여 온라인에 퍼트린다.

웹툰은 지속적 연재라는 특성상 회차 사이사이에 발생하는 스토리 외적 요소와 상호작용할 수 있다. 스토리에 큰 영향을 주지 않는 범위에서 당대의 유행어 및 유명한 노래, 드라마 장면, 정치 상황 풍자 등이 웹툰에 수시로 포함된다. 이러한 장면이 웹툰에 삽입되면 향유자들은 댓글을 통해 즉각적으로 반응을 보인다. 그리고 장편 웹툰의 경우에는 휴재라는 휴식기를 기점으로 n부의 형식으로 나누어지며, 이 기간을 통해서 작가는 웹툰 독자의 의견을 반영하여 서사전개 및 세계관의 확장이 나타난다.

디지털 네이티브는 콘텐츠를 자신의 취향에 맞추어 변형하는데 익숙하다. 그들은 좋아하는 미디어를 자신들이 원할 때 접하면서 성장했고, 미디어를 바꿀 수도 있었다. 이들은 인터넷에 그냥 접속하는 것이 아니라 온라인 콘텐츠를 창조함으로써 자신들의 세계로 만들어 가고 있는 것이다. 그들은 그냥 소비자가 아니라 생산자와 제품과 서비스를 공동 개발하는 프로슈머인 것이다(돈 탭스콧, 이진원 역, 2009, 83~87).

인터넷 환경에서 성장한 디지털 네이티브에게는 서로 다른 이야기들이 연계되어 새로운 콘텐츠를 형성하는 것이 익숙하다. 디지털 네이티브는 웹툰의 소재로 고전서사를 활용할 때에도 고전서사를 옮기고(Ctrl+C), 다른 이야기를 자르고(Ctrl+X), 붙여서(Ctrl+V) 새로운 창의성을 만들어낸다. 웹툰은 신화, 민담, 전설 등의 설화 또는 과거 역사적 사실, 위인, 한국 고전문학뿐만 아니라 서양 이야기, 애니메이션, 게임, 괴담 등 다양한 영역의 서사를 융합하여 하나의 서사를 형성한다. 웹툰 자체가 다양한 층위의 이야기들이 혼재하는 하이퍼텍스트인 것이다.

이와 같이 서로 다른 이야기를 공통된 시공간을 배경으로 하나의 이야기로 결합·변형하는 스토리텔링 방식을 컨버전스 스토리텔링 convergence storytelling[15]이라 명명할 수 있다. 컨버전스 스토리텔링은 트랜스미디어 스토리텔링처럼 이야기가 파생되면서 커다란 하나의 울타리를 형성하는 것이 아니다. 컨버전스 스토리텔링은 여러 편의 이야기가 새로운 하나의 이야기로 융합되어 변형되는 것이다. 서사의 융합convergence은 새로운 이야기를 만들기 위해 기존의 여러 편의 이야기를 융합하는 것이다. 이 과정은 물리적인 결합이 아니라 화학적인 변화이다. 전체 서사의 틀을 제공하는 원작이 있더라도 다른 이야기와 융합되면서 원작과는 다른 새로운 창의성이 형성된다. 이것은 이야기의 결합만이 아니라 원작, 생산자(작가 혹은 감독의 상상력), 소비자(시청자의 기대지평과 변화된 가치관), 매체(영상이미지), 미디어 산업 등이 연계하면서 만들어지는 새로운 이야기 방식이다(이명현, 2016, 96~97).

디지털 네이티브가 웹툰에서 고전서사를 소재로 하는 것은 일방적 수용자의 지위에 머무르는 것을 거부하고 고전서사를 재창조하는 것이다. 이들은 조작가능성이라는 디지털의 특성을 활용하여 기존 텍스트에 대한 변형을 가하고, 자신들이 느끼고 경험하고 공감하는 세계를 고전서사에 융합하여 웹툰을 다양화하고 있는 것이다.

4. 웹툰의 고전서사 컨버전스 방식과 특징

원작(혹은 원천소스)을 문화콘텐츠로 수용하고 변주하는 방식은 일반적으로 네 가지로 분류한다. 첫째는 원작 그대로를 재현하는 방식이고, 둘째는 극적 흥미를 강화하기 위한 부분개작이고, 셋째는 원작의 브랜드 혹은 캐릭터만을 차용하는 전면개작이고, 넷째는 중심캐릭터나 원작의 특정 포맷만을 독립시키는 스핀오프spin-off 방식이다.

이러한 분류는 문화콘텐츠 전체를 대상으로 하여 문화원형의 수용과 변주를 이해하기 위한 것이다. 그러나 매체의 다양화와 스토리텔링 방식의 복잡화로 인해 재검토할 필요가 있다. 우선 원작을 그대로 재현하는 방식은 자료의 디지털화라는 측면에서 의미가 있지만, 문화콘텐츠 스토리텔링이 소비자의 수용태도와 반응을 고려하여 매체 특성에 맞게 이야기를 재구성하는 것(이명현, 2008: 94)이라는 측면에서는 스토리텔링의 방식의 한 유형으로 적용하기에 적합하지 않다.

그리고 부분개작과 전면개작의 경우 두 범주를 구분하는 개작의 정도가 모호하다. 고전서사를 소재로 하여 새롭게 창작된 웹툰 등의 문화콘텐츠는 이야기의 새로움을 위해 일정 정도 이상의 개작 혹은 리텔링retelling이 발생할 수밖에 없다. 이 둘을 구분하기 위해서 원작의 수용 정도를 비율적으로 따져보는 것은 현실적으로 불가능하다. 또한 스핀오프도 다양한 방식으로 이루어지면서 스핀오프와 전면개작을 어떻게 구분할지 모호한 지점이 발생하고, 부분개작된 스핀오프 스토리텔링이 서로 결합되면서 새로운 이야기를 만들어내는 것을 어떻게 설명해야 하는지의 문제가 제기된다.[16)]

장예준은 고전서사 작품을 활용하여 웹툰 서사를 구현할 수 있는 방안으로 빈틈메우기, 시점바꾸기, 일화나 사건의 모티프화, 작품자체의 구현 등 4가지 방안을 제시하였다. 이 방안은 기존 서사를 변용한다는 관점에서 시사점을 준다(장예준, 2017: 404~412). 그러나 웹툰이 연재의 방식으로 장편화되면서 한 작품에 여러 방안들이 섞여서 나타나기도 하고, 원작 이외의 다양한 이야기가 결합하여 새로운 스토리를 만들어내기도 한다는 것을 간과하고 있다.

웹툰은 장기간에 걸쳐 지속적으로 연재되면서 원작을 기반으로 사건을 전개하였다고 할지라도 다양한 이야기와 외부적 요소가 결합한다. 고전서사를 소재로 한 웹툰은 서로 다른 이야기의 부분 부분들을 유기적으로 결합하여 하나의 작품을 탄생시키는 경우가 대부분이다. 웹툰은 고전서사를 수용하되, 여러 가지 단일한 플롯의 풍성한 변주를 통해 다중형식의 스토리텔링을 형성한다. 웹툰에 컨버전스된 고전서사는 위계화된 체계와 계층적 단계를 갖지 않고, 뿌리줄기Rhizome[17)] 처럼 웹툰의 서사 전개 과정에서 서로 뒤얽히면서 새로운 이야기를 생성하고 변주한다. 따라서 웹툰의 고전서사 수용과 변주는 컨버전스 스토리텔링의 관점에서 접근해야 한다.

웹툰에서 고전서사의 컨버전스는 '캐릭터, 사건 발생의 원인, 시공간 및 판타지 세계관' 등의 상황 설정과 단계 이동의 탐색 서사에 집중적으로 나타난다.[18)] 웹툰에서 고전서사를 소재로 상황 설정을 하는 것은 고전서사의 익숙함을 활용하여 이야기의 실마리를 풀어내기 위한 것이다. 춘향, 심청 등 판소리계 소설의 주인공을 비롯하여 단군, 선녀와 나무꾼, 도깨비, 귀신 등 고전서사를 기반으로 한 웹툰의 등장인물은 교과서, 전래동화 등을 통해서 웹툰 향유층에게 익숙한 캐릭터들이다.

이러한 등장인물은 그 이름만으로 캐릭터의 성격과 앞으로 벌어질 주요 사건을 예측하게 한다.[19] 대중적인 콘텐츠는 수용자들의 내부에 형성된 기대지평에 어느 정도 부합할 수 있도록 과거의 체험으로부터 익숙해진 요소(장르관습, 모티프, 인물관계 등)를 포함해야 하는데, 고전서사의 등장인물을 이러한 측면에서 유효한 캐릭터라 할 수 있다. 또한 웹툰에 고전서사 캐릭터가 등장하는 것은 웹툰에서 전개될 내용이 비현실적인 우연과 가정의 상황에서 시작된다는 것을 독자에게 전달하는 효과가 있다. 이를 통해 이후 전개될 판타지에 내적 개연성을 부여한다.

그러나 대부분의 고전서사는 오늘날의 서사에 비해 이야기 분량도 짧고, 등장인물도 적고, 인물 간의 갈등구조도 단순하다. 따라서 웹툰에서는 주요 소재인 고전서사의 등장인물을 중심으로 다양한 이야기의 인물을 배치하여 등장인물의 관계를 확장한다. 성주신, 조왕신, 측도부인 등이 등장하는 〈신과 함께－이승편〉, 호랑이와 산해경의 각종 존재가 등장하는 〈호랑이형님〉, 심청, 장화, 홍련, 전우치, 바리공주 등이 홍부의 조력자로 등장하는 〈홍부놀부전〉, 춘향, 심청, 배뱅이가 한 마을에서 한날한시에 태어난 〈삼작미인도〉 등의 웹툰 인물설정이 이에 해당한다. 이러한 컨버전스 스토리텔링은 서로 다른 이야기의 인물을 동일한 시공간에 배치하여 인물 간의 관계를 복잡하게 만들고, 이로 인해 다양한 사건과 갈등을 구축하여 원작과 다른 판타지를 전개할 수 있게 한다.

웹툰에서는 오늘날의 인물이 고전서사의 캐릭터와 조우하면서 사건이 벌어지기도 한다. 〈소녀신선〉은 여고생인 '하버들'이 우연히 신선계에 진입하여 신선의 직무를 대행하면서 청학, 꽝철이, 도깨비, 구미호, 인면호 등과 만나면서 사건과 갈등이 발생하는 웹툰이다. 이 외에도 〈도깨비언덕에 왜 왔니?〉, 〈도깨비훈장〉, 〈금빛 도깨비 쿠비〉, 〈광한루 로맨스〉 등의 웹툰은 현재의 인물인 주인공과 고전서사 캐릭터가 컨버전스되어 인물관계를 형성한다.

웹툰에서는 새로운 캐릭터 창조를 위해 다양한 이야기의 요소를 한 캐릭터에 컨버전스하기도 한다. 〈도깨비언덕에 왜 왔니?〉의 이무기는 고전서사에서 유래한 용이 되고 싶은 뱀이자 그리스 신화의 우로보로스의 성격을 지닌 존재이다. 이무기는 선단과의 힘으로 수룡으로 변신하지만, 수행과 노력이 뒷받침되지 않아 악행을 일삼고 주인공과 조력자에 의해 패배한다. 그 뒤 이무기는 땅속에서 영원한 시간의 굴레에 갇혀 입으로 자신의 꼬리를 물어 영겁의 순환 속에 갇히는 형벌을 받는다. 이러한 캐릭터 창조는 '뱀'이라는 공통점에 주목하여 서로 다른 이야기를 컨버전스하여 입체적이고 복잡한 캐릭터를 만든 것이다.

그리고 원작 고전서사에 등장하지 않는 캐릭터를 창조하여 원작을 새롭게 해석하는 웹툰이 있다. 〈망월선녀설화〉는 〈나무꾼과 선녀〉에는 없는 옥황상제의 아들과 그를 사랑하는 또 다른 선녀를 등장시켜 '나무꾼=선녀 ↔ 옥황상제의 아들', '선녀 ← 옥황상제의 아들 ← 다른 선녀'의 이중 삼각관계를 설정한다. 〈도깨비훈장〉에서도 부훈장과 도깨비 영감 이외에 불도깨비를 창조하여 이인異人이 신이한 존재를 부리는 단순한 설화에서 벗어나서 인간과 도깨비를 주체와 타자, 문명과 자연의 관계에서 해석하는 새로운 서사를 창조한다. 고전서사의 등장인물과 가상의 존재를 컨버전스하는 웹툰은 원작을 비틀어 기존의 문제의식을 전복하고, 오늘날의 시각으로 재창조하는 스토리텔링을 지향한다.

웹툰에서는 또한 시공간 및 판타지 세계관을 구축하기 위하여 고전서사를 다른 이야기와 컨버전스한다. 김선현은 판소리 서사를 기반으로 한 웹툰을 분석하여 '원작의 시공간을 바탕으로 하되, 새로운 방식으로 창안된 시공간을 첨가하거나 다른 고전서사의 시공간을 교직함으로써 시공을 확장시키는 경향을 보인다.'고 하였다(김선현, 2018: 96). 이 분석은 판소리 서사뿐만 아니라 고전서사 전반에 적용될 수 있다.

고전서사를 소재로 한 웹툰은 원작의 시공간을 그대로 유지하는 경우도 있지만, 대부분의 경우 '고전서사+고전서사', '고전서사+다른 영역의 서사'의 방식으로 컨버전스하여 시공간을 확장하고 인간의 경험 밖의 존재들이 현실에 개입하는 판타지 세계를 구축한다. 〈천년구미호〉는 〈구미호설화〉와 〈도화녀비형랑〉을 컨버전스하여 호족狐族과 도깨비가 대립하는 '검의 세계'라는 판타지 세계를 설정한다. 이 웹툰은 고전서사의 요소들을 결합하여 현실의 경계 밖에 존재하는 가상의 판타지 세계를 창조하였다. 〈흥부놀부전〉은 〈홍길동전〉에 나타나는 율도국을 판타지 세계로 설정하여 이곳에서 벌어지는 흥부, 놀부와 제비의 대립을 서사화한다. 이 웹툰은 〈흥부전〉과 〈홍길동전〉을 컨버전스하여 시공간을 확장하고 인간, 신, 요괴가 상호 교섭하는 판타지 세계를 구축한다.

〈도깨비언덕에 왜 왔니?〉, 〈호랑이형님〉 등의 웹툰에서는 고전서사와 다른 나라의 판타지가 결합한다. 〈도깨비언덕에 왜 왔니?〉는 주인공과 조력자들이 주인공의 부모를 찾아 동방마고가 지배하는 판타지 세계를 모험하는 내용이다. 이 웹툰에는 현실의 초등학생인 가람이를 중심으로 구미호, 마고할미, 선문대할망, 인면어, 심청 등 다양한 고전

서사의 인물이 등장한다. 그뿐만 아니라 중국의 반고, 서양 판타지의 늑대인간, 베헤모스, 레비아탄, 미노타우루스 등이 나타난다. 이 웹툰은 주인공이 납치된 부모님을 찾아가는 탐색담의 구성을 취하고 있다.[20] 주인공이 목적지를 향해 가는 단계가 순차적으로 제시되고 모험이 진행됨에 따라 보다 강력한 적대자가 등장한다. 이 웹툰에는 주인공이 부딪히는 단계마다 고전서사를 비롯한 다양한 영역의 서사를 배치하여 판타지 세계를 다양하고 흥미롭게 구성한다.

장편 웹툰에 주로 나타나는 단계 이동의 탐색 서사에는 판타지 세계를 구성하기 위하여 고전서사를 비롯한 각종 이야기의 비현실적 인물과 소재를 각각의 단계에 배치하고 이질적 존재들을 관통할 수 있는 특정한 상황을 설정한다. 인간, 신, 요괴 등이 공존하는 세계, 현실 경계 밖의 세계로의 모험, 이승과 저승의 뒤섞임, 혹은 어떠한 조건을 매개로 현실과 비현실의 넘나듦 등이 나타난다. 이러한 설정을 위해 판타지의 성격이 강하게 드러나는 여러 이야기들을 모방하고 변형하여 새로운 시공간과 판타지 세계를 구축한다.

모든 이야기 예술의 창작은 '만약에 ……이라면' 하는 상황의 가정에서 시작한다. 스타니슬라브스키는 어떤 종류의 일도 다 일어날 수 있다고 가정해 보는 이 물음의 마술적인 효과를 찬양하면서 '매직 이프Magic If'라는 용어를 사용하였다(로버트 맥키, 고영범 역, 2002: 112). 웹툰에서는 판타지 세계 구축을 위해 '기존 이야기들의 판타지가 서로 결합한다면'이란 매직 이프를 상상한 것이다.[21] 국적과 장르, 원작의 성격 등을 고려하지 않고, 원작 간의 관계가 없는 이질적이고 다양한 이야기를 컨버전스하는 것이다. 그러나 그저 다른 것을 나열하는 것은 아니다. 웹툰의 컨버전스는 이질성 속에서 동질성을 발견하거나, 동질성 속에서 다른 점을 발견하고, 혹은 생각지도 못했던 조합을 만들어내는 것이다.

이렇게 창조된 판타지 세계와 이야기의 구성원들은 동질적인 하나의 실체가 아니라, 중심 없이 불규칙하게 분열된 뿌리줄기 같은 것이다. 상상력의 출발, 사건의 실마리에 해당하는 이야기가 있더라도 이것은 인과관계의 위계적인 처음이 아니라 다양한 이야기가 파생되고 확장되는 네트워크의 접촉점 같은 것이다. 이후 이야기는 이 점으로부터 사방으로 뻗어나갈 수도 있고, 또 다른 상상력과 접촉하여 새로운 뿌리줄기를 형성할 수도 있다. 이러한 파생과 확장은 다양성과 이질성을 가진 이야기를 하나의 커다란 판타지 세계 속에 배치할 수 있게 한다.

이와 같은 웹툰의 고전서사 컨버전스는 탈경계 시대의 문화혼종 현상으로 이해할 수 있다. 문화혼종은 문화영역을 나누는 전통적인 분류 방식의 해체를 말하는 것으로 '고유의 것'과 '외부적인 것'의 대립구도를 거부하고, 현재의 문화가 다양한 문화와 시간들의 공존이자 교차의 결과로 생성되는 것이라는 관점이다(이성훈·김창민, 2008: 103~104). 현대는 이미 어떤 문화든 특정 지역의 단일한 문화로만 구성되기 어려운 시대이다. 현대의 문화는 여러 지역문화들의 결합, 다양한 문화들의 이합집산으로 형성되고 있고, 종교, 인문, 예술, 과학 등 이전에는 분화되어 때로는 서로 긴장관계에 놓여 있던 개념들까지도 '문화'라는 단어를 통해 총체적으로 포섭되고 있다(김성수, 2014: 45). 문화혼종의 시각에서 보면 웹툰의 고전서사 컨버전스 스토리텔링은 고전서사를 전통의 영역으로 한정시키는 근대의 이항대립적 분류를 거부하는 것이다. 전통과 현대의 경계를 허물고 이질적 서사를 융합하여 문화적 구성물들을 뒤섞으면서 통합하는 것이다. 즉, 컨버전스 스토리텔링은 다양한 서사들이 접합되고 변용 및 전이되며, 새로운 이야기로 파생, 확장되는 모든 과정들에 작동하는 이야기 생성 방식이라 할 수 있다.

5. 전망과 의의

이 글은 웹툰에 재현된 고전서사를 연구대상으로 인정하는 발상의 전환에서 비롯되었다. 이것은 연구자의 시선 밖에 존재하는 고전서사의 새로운 버전을 발굴하여 고전서사를 고정불변한 과거의 유산에서 생명력을 가진 현재진행형의 텍스트로 그 의미를 확장하는 것이고, 컨버전스 스토리텔링에 나타나는 문화혼종 현상을 분석하여 탈경계 시대의 문화융합의 가치를 탐구하는 것이다. 고전서사 연구범위에 대한 새로운 착안은 학문적 영역뿐만 아니라 문화콘텐츠 산업 현장에도 긍정적 영향을 줄 수 있다. 작가의 창작 과정에 가이드라인이 될 수 있는 스토리텔링의 사례를 제시할 수 있다.

한편에서 웹툰을 비롯한 대중 매체에 나타나는 고전서사 컨버전스 스토리텔링을 서사의 짜깁기, 원작의 질적 수준 저하라고 비판하기도 한다. 이러한 논의의 기저에는 혼종성을 순수, 단일에 대립되는 개념으로 파악하여 이야기의 접합과 변주는 고전서사 원작의 왜곡, 전통의 훼손이라는 인식이 전제되어 있다. 그러나 모든 스토리는 선행하는 사건 혹은 텍스트를 모방하고 변형함으로써 성립된다는 점에서 태생적으로 이차성second degree을 가지는 것을(이인화, 2014: 24) 간과하고 있는 것이다.

이 글에서 말하고자 하는 것은 고전서사에서 '고전古典'의 가치를 도외시하자는 것이 아니다. 고전서사의 가치와 의의를 밝히는 연구

영역과 더불어 고전서사에서 '서사敍事'에 초점을 맞추어 이야기의 수용과 변주, 새로운 이야기의 생성을 탐구하는 연구도 필요하다는 것이다. 이 글은 시론試論의 성격을 가지고 있다. 이 책 2부의 웹툰 작품 연구에서 컨버전스 스토리텔링으로 개별 작품을 분석하여 고전서사의 의미가 변형·생성되는 과정을 구체적으로 밝히고, 이 과정에서 발생하는 창작과 향유의 상호작용을 해석하고자 한다.

참고문헌

1. 연구논저

고홍석·신중현(2018), 「디지털 네이티브 세대의 미디어 이용행태에 관한 탐색적 연구」, 『한국콘텐츠학회논문지』 18(3), 한국콘텐츠학회, 1~10쪽.

김건형(2016), 「웹툰 플랫폼의 공동독서와 그 정치미학적 가능성」, 『대중서사연구』 22(3), 대중서사학회, 119~169쪽.

김선현(2018), 「판소리 서사 기반 웹툰의 스토리텔링 양상과 특징」, 『문화와 융합』 40(2), 한국문화융합학회, 77~110쪽.

김성수(2014), 「문화혼종, 글로컬문화콘텐츠, 그리고 콜라보레이션: 문화코드간 콜라보레이션의 중요성에 대한 이해」, 『글로벌문화콘텐츠』 16, 글로벌문화콘텐츠학회, 43~72쪽.

김유나(2015), 「웹+만화: 트랜스미디어와 웹툰」, 『트랜스미디어 스토리텔링의 이해』, 이화여자대학교 출판부.

박범기(2016), 「웹툰 사회적인 것을 재현하는 대중매체?」, 『문화과학』 85, 문화과학사, 320~331쪽.

위근우(2015), 「웹툰은 어떻게 10대의 목소리를 담게 되었는가?」, 『창비어린이』 13(4), 창비어린이, 42~48쪽.

이명현(2004), 「문화콘텐츠시대 고전소설 연구 경향과 방향」, 『어문론집』 57, 중앙어문학회, 55~80쪽.

이명현(2008), 「문화콘텐츠 스토리텔링 소재로서 고전서사의 가치」, 『우리문학연구』 25, 우리문학회, 95~124쪽.
이명현(2012), 「설화 스토리텔링을 통한 구미호이야기의 재창조」, 『문학과 영상』 13(1), 문학과영상학회, 35~56쪽.
이명현(2015), 「<신과 함께> 신화편에 나타난 신화적 세계의 재편: 신화의 수용과 변주를 중심으로」, 『구비문학연구』 40, 한국구비문학회, 167~192쪽.
이명현·강우규(2016), 「드라마 <원녀일기>에 나타난 고전소설 리텔링 방식과 공감과 위안의 서사」, 『우리문학연구』 50, 우리문학회, 92~116쪽.
이성훈·김창민(2008), 「세계화 시대 문화적 혼종성의 가능성」, 『이베로아메리카硏究』 19(2), 서울대학교 라틴아메리카연구소, 91~110쪽.
이인화(2014), 『스토리텔링 진화론』, 해냄.
장예준(2017), 「웹툰(webtoon)에서의 고전 서사 활용 방안」, 『국제어문』 75, 국제어문학회, 395~428쪽.
정규하·윤기헌(2009), 「웹툰에 나타난 새로운 표현형식에 관한 연구」, 『만화애니메이션연구』 17, 한국만화애니메이션학회, 5~19쪽.
한상정(2015), 「한국 웹툰의 연출문법연구」, 『애니메이션연구』 11(3), 한국애니메이션학회, 119~136쪽.
홍해월·이명현(2017), 「<변강쇠가>와 웹툰 <마녀>에 나타난 공동체(共同體)와 타자(他者)」, 『우리문학연구』 54, 우리문학회, 85~113쪽.

돈 탭스콧(Don Tapscott), 이진원 역(2008), 『디지털 네이티브』, 비즈니스북스.
들뢰즈·가타리(Deleuze, Gilles·Guattari, Felix), 김재인 역(2001), 『천개의 고원』, 새물결.

로버트 맥키(Robert McKee), 고영범 역(2002), 『시나리오 어떻게 쓸 것인가』, 민음인.
움베르토 에코(Umberto Eco), 김정하 역(2009), 『가짜전쟁』, 열린책들.
헨리 젠킨스(Henry Jenkins), 김정희원 외 역(2008), 『컨버전스 컬처』, 비즈앤비즈.

2. 인터넷 자료

https://besuccess.com/2016/03/wiseapp/

미주 내용

1) 학계에서의 고전서사 연구는 작품의 소재와 주제, 장르적 특성, 장르의 형성 요인, 역사적 변모 양상, 사회적 배경, 유형적 특징, 중심사상, 작가의 생애 등을 탐구하여 문학적 의의와 가치를 드러내는 데 초점이 맞추어져 있다. 이러한 고전서사에 대한 지식은 정규 교과과정에 반영되고, 수능, 공무원 시험 등의 국어시험에 출제되면서 권위를 유지하고 학문적 위상을 강화하고 있지만, 고전서사라는 이야기 자체에 대한 대중의 관심을 유발하는 데는 크게 기여하지 못하고 있는 것 같다.
2) 고전문학 연구자들이 수행한 고전문학의 문화콘텐츠화에 대한 기존 연구를 살펴보면 고전문학을 어떻게 문화콘텐츠화할 것인지, 즉 방안에 대한 연구가 주를 이룬다. 고전문학 현대화의 올바른 방향성을 제시한다는 측면에서 의미가 있지만, 고전문학의 가치를 중요시하는 연구자의 주관적 관점이 반영된 콘텐츠화 방안 위주여서 문화콘텐츠 창작 현장과의 괴리가 발생하기도 한다. 이러한 연구자와 창작 현장의 불일치를 해소하기 위해서는 연구자가 대중매체에서 고전서사가 수용되고 소비되는 현상에 관심을 기울여야 하고, 고전서사가 리텔링되는

매체에 대한 이해를 넓혀야 한다.

3) 움베르토 에코는 영화 카사블랑카를 분석하면서 '이미 제작된 수천의 다른 영화들을 골고루 인용했고, 모든 배우들이 이미 여러 차례 연기했던 역할을 반복한다는 측면에서 카사블랑카는 한편의 영화가 아니라 수많은 영화이며 일종의 명작선집이라 할 수 있다.'고 하였다(움베르토 에코, 김정하 역, 2009: 333~334 참조).

4) '고전서사'를 소재로 한 웹툰의 범위를 고전서사의 이야기 전개narrative를 소재로 한 것으로 한정시켜야 하는지 아니면 고전서사의 일부 요소(캐릭터, 모티프motif, 시공간 배경)를 소재로 한 웹툰도 포함해야 하는지에 대한 논란이 있을 수 있다. 그러나 이야기라고 하는 것이 하나의 모티프motif만으로 이루어지기도 하고, 모티프motif와 모티프motif가 결합하여 확장되기도 하고, 모티프motif와 삽화episode가 결합되어 다양한 층위로 전개되기도 한다는 점을 고려하면 특정 부분만의 차용도 고전서사의 수용에 포함되어야 한다고 생각한다.

5) 웹툰은 연재되는 매체와 작품이 다양하고, 베스트도전 만화 등 신예 및 아마추어를 위한 연재 공간도 있기 때문에 일일이 검색하고 찾아보기에는 그 양이 방대하다. 따라서 표의 웹툰 현황은 대중에게 파급력이 큰 매체를 중심으로 조회수가 높은 작품을 중심으로 정리한 것이다.

6) 예를 들면 〈춘향전 '죄와 벌'〉은 〈춘향전〉의 '변학도-춘향'의 관계를 권력을 가진 남성이 특정 여성을 성적 프레임(기생)에 가두고 일방적 폭력을 행사하는 것으로 파악하여 '밀양 여중생 성폭력' 사건과 연결시켜 재해석하였다.

7) 이러한 방식을 모두 설명하는 것은 현실적으로 어려울 뿐만 아니라 웹툰별로 소재와 사건 전개를 나열하는 것에 불과하다. 보다 중요한 것은 웹툰에서 고전서사를 소재로 활용하는 공통(혹은 다수)의 스토리텔링 방식이 무엇인지를 분석하는 것이라 할 수 있다.

8) 전통적 만화가 좌에서 우로 또는 우에서 좌로 칸을 배열하여 시간의 흐름을 표현하였다면 웹툰에서는 칸과 칸이 세로로 연결되어지면서 스크롤이라는 시간의 개념이 개입되어 있다. 전자가 장면전환을 통해 암묵적이고 피상적인 시간의 이동을 표현했다면 스크롤에 의한 칸과 칸 사이의 화면 이동시간을 확보한 웹툰의 시간관념은 보다 실제적이다. 또한 경계가 페이지에 구속받지 않음으로 인해 시간의 연속성을 표현한다. 시간이나 동작, 감정의 흐름을 세로로 연출하는 것이다(정규하·윤기헌, 2009: 8).

9) 헨리 젠킨스는 미디어 컨버전스를 다양한 미디어 기능이 하나의 기기에 통합되는 기술로 파악하는 관점을 비판하고, 다양한 미디어 플랫폼에 걸친 콘텐츠의 흐름, 미디어 산업 간의 협력, 생산자와 소비자의 상호작용에서 발생하는 화학적 결합과 창의성, 수용자들의 자발적 참여와 이주성 행동이라고 주장한다(헨리

젠킨스, 김정희원 외 역, 2008: 17~19).

물론 미디어 컨버전스는 단순한 기술적 융합이 아니라 사회적인 상호작용을 포함한다. 그러나 기술의 컨버전스가 미디어의 발전을 추동하고 새로운 상호작용 방식을 만들어낸다는 점을 고려하면 기술의 컨버전스를 미디어 컨버전스의 전 단계로 인식하고 하나의 연속적 과정에서 이해해야 한다고 생각한다.

10) 현재 웹툰 이용자에 대한 정확한 통계는 파악하기 어렵다. 웹툰을 연재하는 포털사이트와 전문 웹툰사이트에서 웹툰 이용자에 대한 데이터를 공개하지 않는 이상 세부적인 수치를 알 수는 없다. 그러나 안드로이드 스마트폰 웹툰 앱 이용자에 대한 통계분석을 통해 대략적인 추정은 가능하다.

11) https://besuccess.com/2016/03/wiseapp/

12) 이 조사 결과는 위근우가 웹툰 독자의 성향을 분석한 글에서 네이버 웹툰 담당 이사의 말을 인용하여 '웹툰에서 가장 많은 조회수를 기록하는 세대는 1318세대'라고 한 것을 통계적으로 뒷받침할 수 있다(위근우, 2015: 43).

13) 디지털 네이티브Digital Natives는 마크 프랜스키Marc Prensky가 컴퓨터와 인터넷 등 디지털 기기를 마치 원어민과 같이 자유자재로 활용하는 세대를 지칭한 용어이다(고홍석·신중현, 2018: 2).

14) 디지털 네이티브로 웹툰 창작자와 향유자를 함께 논의한 까닭은 비록 웹툰 창작자의 실제 나이가 10~20대가 아니라도 디지털 네이티브의 특성을 이해하고 공유하기 때문이다. 그리고 베스트도전 등의 시스템을 통해 향유자가 창작자가 될 수 있고, 향유자가 창작자를 선택할 수 있기 때문에 창작과 향유를 이분법적으로 구분하지 않고 상호작용의 관계에서 포괄적으로 다루고자 한다.

15) 컨버전스 스토리텔링convergence storytelling이라는 용어는 필자가 드라마 〈내 여자친구는 구미호〉를 분석하면서 드라마의 원형 설화로 〈여우구슬〉과 〈도화녀비형랑〉이 결합되어 새로운 하나의 이야기로 스토리텔링 되고 있음을 밝히기 위해 명명한 개념으로, 이후 〈콩쥐팥쥐전〉, 〈춘향전〉, 〈심청전〉을 컨버전스한 드라마 〈원녀일기〉를 분석하면서 본격적으로 제시한 것이다(이명현, 2012: 40~44; 이명현, 2016: 97).

16) 이와 같은 분류는 원작과 2차 텍스트의 관계를 이해하는 데 도움이 되지만, 원작이 어떻게 새로운 콘텐츠에 수용되고 변주되었는지를 드러내지 못한다. 웹툰처럼 특정 매체만을 대상으로 할 때는 매체의 특성상 네 가지 분류가 적용되기 어렵다.

17) 뿌리줄기Rhizome는 들뢰즈가 창안한 개념으로 통일되거나 위계화되지 않는 접속과 창조의 무한성을 가리킨다(들뢰즈·가타리, 김재인 역, 2001: 11~58).

18) 이 글은 웹툰에 나타난 고전서사 컨버전스 스토리텔링의 유형을 분류하거나

하위 항목을 제시하고자 하는 것이 아니다. 컨버전스를 통한 서사의 융합과 의미 생성을 설명하기 위하여 웹툰 서사를 구성하는 주요 요소들에 나타난 서로 다른 영역의 이질적 서사의 접합과 융합 방식을 설명하고자 하는 것이다.

19) 고전소설을 비롯한 고전서사는 오랜 시간에 거쳐 장르적 유형성을 구축하였기 때문에 예측 가능한 서사 전개로 독자들의 기대지평을 충족시키는 대중적 이야기이다(이명현, 2014: 58).

20) 김선현도 판소리 서사 기반 웹툰을 분석하면서 추격담과 대결담을 중심으로 사건이 구성되면서 판타지가 강화되는 특징을 보인다고 지적하였다. 기존의 서사에 담긴 열, 효, 충과 같은 이념성을 강조하기보다는 서사 및 화면을 화려한 액션과 판타지로 채움으로써 현대 독자의 관심과 흥미를 끌어내는 방식을 선택한 것이다. 이것은 시각적으로 재현되는 웹툰의 매체적 특성 및 웹툰 수용층의 경향과 긴밀한 관련이 있다(김선현, 2018: 94~95).

21) 웹툰 창작에서 이러한 방식의 가정과 상황 설정은 앞서 살펴본 디지털 네이티브의 하이퍼텍스트적 사고, 조작 가능성에 기반한 디지털 문화 향유에 기인한 것이라 할 수 있다.

고전 서사를 활용한 웹툰의 환상성 연구

강 명 주

1. 디지털 서사체로써 웹툰의 가능성

웹툰은 디지털 패러다임에서 하나의 독자적 서사체를 형성하고 있는 콘텐츠 양식이다. 디지털 기술의 발전은 '3차 산업혁명'으로 일컬어질 정도로 수많은 분야에 혁신을 일으켰고 이는 문학 분야에서도 마찬가지다. 과거 문자 텍스트로만 전달하던 방식에서 벗어나 그림, 소리, 애니메이션 효과 등의 요소가 복합적으로 구성된 디지털 정보를 통해 이야기를 전달할 수 있게 되었다. 문학은 이처럼 디지털 네트워크로 구축된 웹을 기반으로 대중에게 향유되면서 외연外延을 확장하였는데 웹툰 역시 전통적 서사의 모양새에서 확장된 디지털 서사체의 한 부분으로 볼 수 있다.

위키피디아에서도 'webtoons are a type of digital comics that originated in South Korea'라고 명시되어 있음을 확인할 수 있듯 웹툰은 한국에서 독자적으로 발전되어 온 장르다. 출판 단행본을 기본으로 하여 비정기적으로 연재되는 미국이나 일본 여타 외국의 디지털 만화와는 또 다른 형태로 나타난다. 제작 및 유통 전반이 모두 디지털화되어 있다는 점, 정기적 연재를 기반으로 한다는 점에서 분명 독자적 차별성을 가진다. 특히 텍스트의 개방성이 높아 적극적으로 향유하는 독자층이 존재하는 양식이다. 웹툰의 독자층은 정식 연재가 시작되는 시점에서부터 텍스트에 개입하게 된다. 아마추어 단계의 많은 작품 중, 작품의 고정 독자층이 안정적으로 형성되어 있거나 긍정적인 피드백을 받는 작품 위주로 정식 연재가 진행되는 경우가 많기 때문이다. 이는 전통적 출판 산업계에서 편집자의 역할을 일반 독자들이 대신하고 있다는 것을 의미한다. 또한 작품 후반부에 위치하는 '댓글란'은 독자들의 의견을 나누는 유희적 공간으로 한국의 대중적 정서를 확인할 수 있는 특징적 지점이다.

여러 디지털 문학 양식 중 특히 웹툰을 연구대상으로 살펴보고자 한 것은 위에서 서술한 바와 같이 실시간으로 '작가－텍스트－독자' 간의 역동적 대화와 소통이 이루어진다는 면에서 한국적 문화코드를 활용한 한국적 판타지의 재현이 이루어질 가능성에 주목하였기 때문이다. 특히 민족의 원형성이 녹아 있는 고전을 단초端初로 활용한다면 민족의 보편적 정서로 공감을 쉬이 이끌어낼 수 있을 것이다. 또한 고전에 나타난 환상성이 웹툰 양식을 만난다면 디지털과 만화 특유의 시각적 이미지가 더욱 시너지를 발휘할 것이라 여겨진다. 이에 본고에서는 고전 서사를 활용한 웹툰을 분석하고 앞으로의 방향성을 살피려 한다.

그간 웹툰에 관한 선행 연구들의 경우 산업적 측면에 치중하거나 개별 작품의 스토리텔링 전환의 전략적 측면을 중심으로 진행되어 온 것이 대부분이다. 근래에 고전 서사와 웹툰의 융합을 해석하는 연구들을 통해 시사점이 어느 정도 전환되었으나 과거 시점으로 해석되던 고전 텍스트가 현대에 어떠한 양상으로 대중들에게 향유되는가 그 상호 작용을 분석하고 더 나은 방향을 제안하는 후속 연구가 더 진행되어야 할 것이다. 이러한 관점에서 디지털 양식으로의 웹툰의 서사적 특징을 먼저 살피고, 이어 전통 서사체와 달라진 확장과 변주의 양상을 통해 고전 텍스트가 오늘날의 향유자들과 상호작용 하는 지점을 살펴보자.

2. 웹툰의 서사적 특징

1990년대 후반 침체기에 들어선 국내 만화 산업은 디지털 기술의 영향으로 제작과 유통방식의 변혁을 이루었다. 주간지나 월간지 혹은 단행본 위주의 인쇄·출판계가 점차 위축되자, 창작과 제작 과정의 전반을 디지털화하였고 인터넷의 대중화에 힘입어 인터넷 '웹Web'을 통해 연재함으로써 '웹툰'으로의 활로를 개척한 것이다. 이러한 유통과 창작 및 제작 방식의 변화는 필연적으로 내러티브 양식에도 변화를 가져왔다. 아날로그 환경에서 향유되던 기존 출판 만화와는 다른 독자적 디지털 서사체를 구축하는 웹툰이 탄생한 것이다. 이는 오늘날 주 향유층인 디지털 네이티브 세대의 호흡에 맞춘 새로운 양식이라 할 수 있겠다. 구비시대 입으로 전달되던 이야기들이 문자시대 기록되어 전해 왔다. 디지털 시대에 도래한 오늘날에는 이야기가 어떤 양상으로 향유되는지 고전을 단초로 한 웹툰을 통해 살펴보겠다.

웹툰의 소비가 대중화되면서 웹툰만을 전문적으로 제공하는 플랫폼이 다수 생성되었지만 대중성을 입증하기 위하여 절대 다수의 웹툰 이용자들이 주이용 플랫폼으로 사용하는 포탈 웹툰만을 대상으로 살펴 볼 것이다. 그리고 포탈에서 서비스되는 웹툰 작품들 중 고전 텍스트를 기반으로 창작되었다는 사실을 독자가 충분히 인지할 수 있도록 제목 혹은 설정에서 제시하는 작품들을 기준으로 연구 대상을 1차적으로 정리하였다. 다음은 2019년 5월을 기준으로 네이버 포탈과 다음 포탈에서 서비스 되는 웹툰 중 고전 텍스트를 기반으로 한 작품들의 목록이다.

〈표 1〉

	플랫폼	제목	작가	완결	원작	2차 매개
1	네이버	호랑이형님	이상규	연재중	호질	·
2	네이버	간떨어지는동거	나	연재중	구미호	·
3	다음	도깨비언덕에왜왔니	김용희	연재중	도깨비 설화	·
4	다음	바리공주	김나임	연재중	바리	·
5	네이버	이상하고아름다운	허니비	2019	도깨비	·
6	네이버	귀도호가록	이수민	2019	구미호	·
7	네이버	계룡선녀전	돌배	2018	나무꾼과 선녀	드라마
8	다음	도깨비훈장	박혜림	2018	도깨비	·
9	네이버	바로잡는순애보	이채영	2017	단군신화	·
10	네이버	신과 함께	주호민	2012	신화	영화
11	다음	금빛 도깨비 쿠비	김성주	2017	우투리, 도깨비	·
12	네이버	오성X한음	유승진	2016	오성과 한음	·
13	네이버	우렁집사	최경아	2016	우렁각시	·
14	네이버	천년구미호	기량	2016	구미호	·
15	다음	별신마을각시	류성곤	2016	별신굿	·
16	다음	봉이 김선달	양우석 제피가루	2016	봉이 김선달	.
17	네이버	견우와직녀	유리아	2015	견우와 직녀	·
18	다음	묘진전	젤리빈	2015	서사무가	·

	플랫폼	제목	작가	완결	원작	2차 매개
19	네이버	한줌물망초	혜진양	2014	도깨비	·
20	네이버	제비원 이야기	주호민	2014	제비원 전설	·
21	다음	제비전	고은	2014	홍부와 놀부	·
22	다음	도사랜드	이원식/두엽	2012	도깨비	·
23	네이버	단군할배요	호연	2011	단군신화	·
24	네이버	미호이야기	혜진양	2011	구미호	TV 만화
25	다음	아는동화	손두부	2011	전래동화	·
26	네이버	제주구슬할망	이하림 김병관	2010	구슬할망	·
27	다음	공길동전	최가야	2008	홍길동	·
29	다음	천년동화	호랑	2007	고전	·
29	다음	도깨비	네스티캣	2007	도깨비	·
30	네이버	마야고	후렛샤 김홍태	2016	마야고 전설	·

〈표 1〉을 통해 보면 양대 포털 사이트에서 제공하는 웹툰 중 고전을 단초로 활용하고 있는 작품은 30편 남짓이다. 포털 사이트를 통해 제공되는 웹툰의 경우 '도전 만화', '베스트 도전 만화' 서비스와 '리그전' 등의 제도를 통한 '승격 시스템'을 도입하여 연재가 결정된 것이기 때문에 이미 어느 정도 독자들의 긍정적인 반응을 이끌어 낸 작품들이라 할 수 있다. 그 중에서도 지속적인 인기를 유지하거나 흥행성이 있다고 판단되는 작품의 경우에는 웹툰의 IP Intellectual Property를 활용하여 드라마, 영화 등으로 재매개되는 양상을 보인다. 인기 작품을 IP로 활용할 경우 원작의 충성 독자층을 매개작의 관객층으로 흡수하기에 용이하기 때문이다. 안정적인 흥행을 위해 2차 매개작의 경우 최대한 대중성을 확보하고자 한다. 즉, 2차 매개가 이루어진 작품의 경우 대중성을 인정받은 것으로 간주하고, 30편의 작품 중 2차 매개가 이루어진 작품인 돌배 작가의 〈계룡선녀전〉, 주호민 작가의 〈신과 함께〉,

혜진양 작가의 〈미호이야기〉 3편을 중심으로 논의할 것이다.

연구 대상으로 하고 있는 위 3편의 웹툰은 각각 선녀와 나무꾼 설화, 무속신화, 구미호 설화라는 고전 텍스트를 디지털 서사체에 맞게 재구성한 작품이다. 각 작품들을 살펴보면 완결된 양식으로서의 이야기라기보다 여러 관계가 얽혀 이야기를 만들어내고 있는데 이는 "디지털 서사체의 특징인 진행형의 공간 이미지로 서사를 이해하게 한다"(김진량, 2005: 191)는 부분이 여실히 드러나고 있는 지점이다. 특히 웹툰의 서사는 문자뿐 아니라 시각적 이미지, 음향 등과 복합적으로 구성되어 나타나기 때문에 공간적인 배치나 인물 관계 구축을 더 우선시하는 '보여주기'식의 재현이 이루어지고 있는 것을 확인할 수 있다.

1) 혜진양 〈미호이야기〉

웹툰 〈미호이야기〉는 구미호 텍스트를 소재로 만들어진 이야기다. 구미호는 고전 서사에 등장하는 다양한 이물異物 중 단골 소재다. 도술을 부려 사람의 모습으로 둔갑할 수 있는 신성한 존재인 여우(혹은 구미호)는 고전 서사 속에서 대부분 '여우 구슬' 유형의 이야기로 전해온다. 세부적인 설정이나 사건들이 조금씩 다르지만 공통된 서사 단락을 정리하면 다음과 같다.

① 서당을 다니는 소년이 여인으로 둔갑한 여우와 정을 통한다.
② 소년의 몸은 날로 여위고 훈장이 이를 이상히 여겨 묻는다.
③ 상황을 들은 훈장은 여인의 정체와 대처 방안을 알려준다.
④ 소년은 훈장의 조언에 따라 입맞춤할 때 구슬을 빼앗아 도망친다.
⑤ 도망치던 도중 넘어진 소년은 땅을 본채 구슬을 삼킨다.

⑥ 소년은 하늘의 일은 알지 못하고 땅의 일만을 알게 된다.

고전 서사 속에서는 인간이 여우를 만나 유혹당하고 조력자의 도움을 통하여 오히려 여우 구슬을 얻어 이득을 보는 사건의 전개가 기본이 됨을 확인할 수 있다. 그러나 오늘날의 디지털 서사에서는 이와 같은 사건은 사라지고 마성魔性의 요물로의 '구미호'와 신비한 능력이 투사된 '여우 구슬'의 존재 요소를 중심으로 한 새로운 텍스트로 향유되는 경우가 대부분이다.

예를 들어 2016년 연재 완료된 웹툰 〈천년구미호〉에서 위의 사건은 사라지고 확인되지 않은 소문과 오해로 인하여 천년에 이르러 고통받는 여우족의 새로운 서사가 전개되며 남아 있는 것은 오로지 '반야'라는 구미호의 원형적 특징을 가진 인물(캐릭터)의 존재다. 2019년 현재 네이버 웹툰 플랫폼에서 연재중인 작품 〈간 떨어지는 동거〉 역시 마찬가지다. '인간이 되고 싶은 구미호'라는 존재 요소의 설정만 그대로 간직할 뿐 서사의 주는 현대의 대학 캠퍼스를 배경으로 하여 그려지는 대학생의 로맨스로 변주變奏되어 나타난다. 고전 서사 속의 구미호의 역할보다는 구미호의 존재 요소가 가지는 마성적인 매력에 초점을 두고 반인반호의 이미지와 최대한 매력적인 외양을 살리는 것에 더 중점을 두고 있는 것이다. 〈미호 이야기〉에서 역시 이러한 양상을 확인할 수 있다.

'구미호'라는 존재 요소를 '여인의 탈을 쓰고 남자를 유혹하여 정기를 빼앗는 천년 묵은 암여우', '인간 100명의 간을 먹으면 인간이 될 수 있는 요물' 로 규정해 온 기존 담론에 대한 의문에서 시작되는 이야기가 웹툰 〈미호 이야기〉다. 그리고 외적으로 드러나는 '여인의 탈을 쓴', '남자를 유혹하여 간을 빼앗는' 존재인 '미호'가 이야기의 주인공이다. 미호가 그런 존재가 되어 버린 것은 도깨비와 한 내기 때문이다. 미호는 죽은 어미의 환생을 걸고 도깨비와 내기를 하는데 도깨비가 요구한 조건은 미호 몸속의 불완전한 여우 구슬을 제대로 키워내는 것이다. 미호가 몸속에 있는 불완전한 여우 구슬을 완전하게 만들기 위해서는 건강한 남자의 간 100개를 먹어 정기를 얻어야만 한다. 〈미호 이야기〉에서 전개되는 서사는 아이러니하게도 마음이 약하고 눈물도 많고, 남자의 간을 먹고 미안해서 눈물을 흘리는, 그럼에도 불구하고 그렇게 할 수밖에 없었던 '미호'의 사정이 중심이 된다. 독자들이 일반적으로 떠올릴 수 있는 '구미호'라는 스키마를 활용하여 존재 요소를 구축하되 사건의 서사는 고전과 전혀 다른 방향으로 연출하고 있는 것이다. 이처럼 웹툰을 통해 재창조된 구미호 서사는 '구미호'라는 캐릭터 자체를 중심으로 변주되는 양상을 보인다.

2) 주호민 〈신과 함께〉

각기 다른 신화들을 교차交叉시켜 하나의 유기적 관계를 맺도록 이야기를 구성하고 있는 작품이 웹툰 〈신과 함께〉의 경우다. 주호민 작가의 〈신과 함께〉는 각각 '저승편', '이승편', '신화편'으로 구성되어 있는데 저승 세계와 현 세계인 이승, 그리고 하늘인 천계로 나뉜 공간을 하나의 서사로 통합시켜 재편再編함으로써 특히 '공간'의 존재 요소를 적절하게 활용한 디지털 서사의 사례다. 전반적으로는 고대부터 전승되어 온 무속 신화의 서사를 모티프로 하여 이루어진 이야기인데 실제 작가가 직접적으로 영감을 받았다고 언급한 고전 텍스트는 〈이공본풀이〉, 〈성주풀이〉, 〈문전본풀이〉, 〈차사본풀이〉, 〈성주풀이〉다.

각각의 텍스트가 연행演行되는 장소와 상황이 모두 다르고 무속의 신들은 공간 설정에 따라 다양한 내력으로 나타나는데 독자적으로 연행되어 오던 신화들을 하나의 세계관에 모아 계보를 연결시키고 있는 것이 흥미롭다. 특히 이 작품은 고전 서사를 활용한 현대 콘텐츠 중 한국적 문화 요소를 효과적으로 재현해낸 작품으로 평가 받아 많은 선행 연구가 이미 진행되어 왔다. 또한 그 작품성을 인정받아 여러 매체로 2차 매개된 바 있는데 그 중 '저승편'을 매개하여 만들어진 영화 〈신과 함께－죄와 벌〉과 '이승편'을 매개하여 만들어진 〈신과 함께－인과 연〉의 경우 두 편 다 누적 관객 천만을 돌파함으로써 대중의 보편적 감성을 자극하는 데 성공하였음을 입증받은 작품이다.

제목이 신과 '함께'인 만큼 웹툰은 '신'의 이야기인 '신화'만을 강조하는 것이 아니라 신과 함께하는 '인간'의 모습을 동시에 주목한다. 신과 인간은 완전히 분리된 것이 아니라 함께 존재하는데 이는 공간의 활용 측면에서도 살펴볼 수 있다. 웹툰 〈신과 함께〉에서 주 공간으로 나타나는 저승의 공간은 이승과 긴밀하게 연관된 공간으로 활용된다. 이승이 '생生'의 공간이고 저승은 '사死'의 공간으로 생명력의 측면에서는 단절과 대립의 공간으로 인식될 수도 있다. 사후 세계에 대한 인간의 막연한 두려움에 의해 저승에 대하여 단절과 부정의 공간으로 인식할 수 있다. 그러나 〈신과 함께〉에서는 오히려 저승을 이승의 부조리함을 타개打開할 수 있는 '타계他界'의 공간으로 그려내고 있다. '차사'의 존재가 이승과 저승의 공간을 오가며 그 관계성을 견고히 하고 있다.

〈신과 함께－저승편〉에 등장하는 중대장은 경계를 서던 도중 오발 사고를 당한 유성연 병장이 사망한 줄 알고 자신의 진급에 문제가 생길까 봐 시신으로 추정한 유성연 병장을 생매장하였을 뿐 아니라 탈영병의 불명예를 뒤집어 씌워 사건을 은폐한다. 억울한 죽음으로

악령으로 각성한 유성연 병장을 차사들이 데려가기 위해 이승으로 온다. 그러나 악귀인줄로만 알았던 유성연 병장의 혼은 사실 자신을 죽인 후임을 용서하고 어머니에 대한 효심이 지극한 선혼善魂이었고 그의 억울한 사연을 알게 된 차사 강림 도령은 이승의 중대장을 찾아간다. 이승의 부조리함을 상징하는 인물이라고도 할 수 있는 중대장은 강림 도령에게 무거울 중重의 낙인이 찍히고 사후 아무런 변호도 받지 못한 채 지옥을 돌며 가중 처벌을 받고, 인간계로의 환생도 할 수 없게 된다는 점에서 이승과 저승의 연계점이 드러난다. 황인순(2015) 역시 이 지점에서 질서가 상실된 이승의 공간과 이승에서 죄값이 제대로 치러지지 않는다는 문제가 저승에서 죽음 후에 다시 죗값을 치러야 한다는 당위로 제기되며 저승은 엄격한 벌을 받는 공간으로 예각화銳角化되어 나타난다는 점을 지적하였다. 이승의 공간과 저승 공간의 연속성을 드러내는 지점은 저승편의 또 다른 주인공 '김자홍' 역시 죽은 후 저승을 거쳐 인간으로 환생하는 대목을 통해서도 확인할 수 있다.

〈신과 함께-이승편〉에서도 역시 신의 공간과 인간의 공간이 공존하며 인세의 부조리함을 타개하기 위해 신들이 현신顯身하여 재개발 지역의 철거를 막기 위해 노력한다. 저승편에서 이승의 부조리함을 상징하는 인물이 중대장이었다고 한다면 이승편에서 그 역할을 하는 인물은 철거 용역의 조합장이다. 중대장이 진급이라는 눈앞의 이익으로 죽어가는 이를 외면한 것처럼 철거 용역의 조합장은 재개발로 생겨나는 이익에 눈이 멀어 재개발 지역에서 쫓겨나면 갈 곳을 잃게 되는 동현이 할아버지와 그 가족들의 어려움을 외면한다. 결국 동현이의 집이 철거될 상황에 놓이자, 가택신들은 이승에 관여하여 동현이와 할아버지를 지켜주고 그들의 터를 보존해 내고자 한다. 무속

신화의 민간신은 인간의 가까이에서 영향을 주는 존재다. 심지어 작품에서는 동현이의 정체가 사실 소멸했던 문왕신이 인간으로 환생한 존재라고 설정하고 있다. 현대 이승의 공간에 신들의 이야기를 삽입함으로써 현실계와 선계仙界로 양분된 공간의 연속성을 보여주며 현대의 일상에서 신화적 원형성을 찾을 수 있음을 보이는 작품이다.

3) 돌배, 〈계룡선녀전〉

〈계룡선녀전〉의 경우 계룡산에서 남편이 환생해서 돌아오기를 기다리다가 699년 만에 남편으로 생각되는 남자를 만나 서울로 상경하는 것에서 이야기가 시작된다. 이야기의 시작점이 되는 공간은 계룡산 중턱의 '선녀 다방'이라는 이색적異色的인 공간이다. 이 공간은 선계와 이승의 중간 지점으로 둘의 연속성을 나타내는 공간이다.

〈그림 1〉 계룡산 입구

이 공간은 이승의 공간이면서도 위의 〈그림 1〉처럼 신성한 장치를 두어 보통 사람의 눈에는 길이 쉬이 보이지 않도록 되어 있다. 그러나

'정이현'과 '김금이'라는 인물이 이 길을 발견함으로써 선녀와 조우遭遇하게 된다. 여기에서 선녀는 '선녀와 나무꾼' 설화 속 주인공인 '선녀'다. 그리고 선녀와 조우하게 되는 이들은 각각 전생에 선녀와 관계를 맺었던 나무꾼과 사슴이다. 정이현은 '선녀와 나무꾼' 설화에서 '사슴' 역의 환생으로 현세에서는 대학의 생물학과 교수로 현실적으로 입증 가능한 것들만 믿는 캐릭터다. 김금이는 선녀가 그토록 기다리던 '나무꾼'의 환생이며 현세에서는 정이현 교수의 조교로 있으며 정이현을 챙겨준다. 정이현과 김금이는 환생 이전에 대한 기억을 갖고 있지 않지만 정이현은 선녀에게 기시감旣視感을 느끼고 그 때문에 선녀는 정이현이 환생한 남편일 것이라 착각하고 그를 따라 무작정 서울로 가게 되며 '남편 찾기'의 서사가 진행된다.

'선녀와 나무꾼' 설화를 모티프로 하고 있지만 실상 웹툰 〈계룡선녀전〉의 등장인물들은 선녀와 나무꾼 속의 인물과는 확연히 다른 면모를 보인다. 기존 전승되어 오던 선녀와 나무꾼 유형의 설화의 경우 다양한 변이를 생성하며 각 편들이 전승되는 만큼 수많은 이본이 존재하지만 유형의 각 편을 포괄하는 서사 단락을 정리하면 아래와 같다.

① 가난한 나무꾼 총각이 홀어머니를 모시고 살아간다.
② 어느 날 나무를 하던 나무꾼이 목수에게 쫓기던 사슴의 목숨을 구한다.
③ 사슴이 목숨을 구한 보답으로 선녀와 혼인하는 방법을 알려준다.
④ 사슴의 말을 들은 나무꾼이 선녀탕에 내려온 선녀의 날개옷을 숨긴다.
⑤ 날개옷을 잃어버리고 홀로 지상에 남은 선녀를 아내로 맞이한다.

사슴의 목숨을 구해 준 댓가로 선녀탕의 정보를 얻고 그곳에서 날개옷을 숨겨 더 이상 하늘로 올라갈 수 없게 된 선녀를 안내로 맞이하는 나무꾼의 이야기가 '선녀와 나무꾼'의 기본형이다. 이후 전개에서 아이 셋을 낳고 돌려줘야 하는 날개옷을 둘만 낳았을 때 돌려주는 바람에 선녀가 한 팔에 아기 하나씩을 끼고 승천해 버리거나 승천한 선녀와 아이들을 찾아 하늘로 따라 올라가는 나무꾼 유형이 있다. 승천한 이후에도 선녀를 되찾기 위해 주어진 과제를 해결해야 하는 시련을 겪는 나무꾼의 이야기와 지상으로 회귀하였다가 금기를 어겨 죽어서 수탉이 되는 이야기 등이 더해져 유형을 이룬다.

다양한 변이형이 존재하지만 한국에서 전승되는 선녀와 나무꾼 유형의 자료는 선녀가 아이들을 두고 가는 경우를 찾을 수 없다. 이는 하경숙(2018)이 〈선녀와 나무꾼〉의 전승 양상을 살펴보며 입증한 연구가 있다. 그러나 선녀와 나무꾼 설화의 현대판 변이형이라 할 수 있는 〈계룡선녀전〉의 경우 선녀가 두 명의 자녀를 낳았으나 그 둘을 데리고 선계로 영원히 승천해 버리는 것이 아니라 다시 돌아올 것을 약속하고 홀로 선계로 떠난다. 선녀와 나무꾼의 두 자녀로 나오는 '점돌'이와 '점순'이는 나무꾼 곁을 지키고 나무꾼 역시 자신의 일을 묵묵히 해 내며 선녀가 돌아올 것을 믿고 기다린다. 선녀의 세상과

〈그림 2〉 아포리아 각색

나무꾼의 세상을 분리시키는 것이 아니라 선계와 인간계의 합일과 소통의 공간을 그려내는 것이다. 선계와 인간계의 공존을 추구하는 바는 인물 설정에서도 재현되어 있다.

라파엘로의 아테네 학당을 각색한 컷이 〈계룡선녀전〉에 등장하는데 이 부분은 정이현 교수와 김금이 조교의 설정값에 대하여 작가가 암시하고 있는 부분이다. 재미있는 것은 정이현 교수와 김금이 조교의 위치다. 스승이었던 플라톤의 자리에 김금이 조교가 위치하고, 손을 아래로 가리키는 현실주의자 아리스토텔레스의 자리에 정이현 교수가 위치한다. 스승과 제자의 위치가 전복된 모습을 보이는 것이다. 이상주의자인 김금이와 현실주의자인 정이현 교수의 이 같은 설정은 전생의 이전 생까지 거슬러 올라가서 살필 수 있다.

본래 정이현 교수는 사슴이 되기 전에 거문성 선녀였고 또 그 이전에는 마을의 모든 사람에게 외면 받은 채 서낭당의 불길에 휩싸여 죽어버리는 바람에 원망과 분노로 가득했던 한 아이였다. 자신이 죽어갈 때 마을 사람 모두가 외면했다고 생각하고 있지만 실은 아이의 굶주림을 위로하고자, 위험에 처한 아이를 구하고자 몇 번의 시간을 반복해 달리고 또 달렸던 단 한명의 존재가 있었다. 그가 김금이다. 김금이는 거문성 선녀에서 파적당하여 사슴이 될 때도 자신이 기억을 잃는 대가로 정이현을 살린다. 이같이 이타적이고 선한 마음이 김금이를 '선인善人'으로 만들며 그렇기에 '선인仙人'인 계룡산 선녀와도 진정한 합일을 이루어 이야기가 완성된다.

웹툰 〈계룡선녀전〉은 분명 선녀와 나무꾼 유형의 설화를 수용하고 있지만 서사의 축이 되는 공간과 인물 설정에 있어 고전의 텍스트를 그대로 계승한 것은 아니다. 실상 선녀와 나무꾼의 원 텍스트에 대하여 독자들은 오히려 반감을 갖는 부분이 있다. 실제 〈계룡선녀전〉

3화에서 다수의 공감을 받아 선정된 베스트 댓글의 내용은 '날개옷을 훔쳐 선녀를 인간 세상에 감금하고 유린한 나무꾼'에 대한 가감없는 비판이었다. 이 설화에서는 "남녀의 이합이 평범하지 않고 이야기 내면에 여성의 부당한 조건이 잠재되어"(김대숙, 2004: 332) 있기 때문이다. 오늘 날 현대적 감수성과 도덕적 잣대에서 바라본다면 선녀의 날개옷을 훔치는 일이 어떻게 나무꾼에 대한 보답이 되는지부터 어긋난다. 현대의 시선에서 다르게 읽힐 수 있는 부분들에 대하여 고전은 새롭게 해석되어야 할 필요가 있다.

즉, 세 편을 아울러 정리해 볼 때, 당대의 관점에서 당대의 시선에 따라 향유되던 것인 만큼 이를 서사 그대로 수용하기보다는 새로운 방식에서의 해석을 유도해야 할 것이다. 고전 서사의 경우 문헌에 전해 내려오고 있지만 대부분은 기록구비문학으로, 입에서 입으로 전승된 것을 다시 기록으로 옮긴 것이 대부분이다. 그렇기에 생략된 부분들이 많다. 그러나 디지털 서사의 경우 시간적 연쇄에 따른 사건 위주의 선형적 서사로만 즐기는 것이 아니라 독자들은 원하는 만큼 이야기를 여러 번 탐독耽讀하고 즐길 수 있다는 점에 유의해야 할 것이다. 더군다나 댓글창이 활발한 소통과 공론의 장場으로 기능하는 웹툰 서사의 경우 '개연성'은 독자들이 이야기에 몰입하는 데에 있어 더욱 중요한 요소로 작용한다.

고전 서사는 기억의 전승 과정에서 생략된 빈 공간에 대하여 형상이 특정화되어 있지 않기 때문에 '열린 담화'로 새로운 이야기를 생성해 내기에 유리하다. 다만, 전통적 스토리텔링에서는 그 빈 공간들에 대하여 사건의 전개와 심리를 직접적으로 서술하는 것으로 구체화시켰다면 디지털 서사에서는 독자에게 직접적 언급이 아닌 '보여주기' 방식을 통해 해석의 자의성을 준다. 그러나 그 해석이 너무 어긋나지 않도록 하기 위해 최대한 많은 정보들을 미리 설정해두고 암시함으로써 담론이 올바른 방향으로 확장될 수 있도록 하는 것이다. 위 세 편의 이야기는 이를 위해 인물 설정과 배경이 되는 공간을 보다 치밀하게 구축하고 있음을 확인할 수 있다.

이러한 과정을 통해 형성된 웹툰의 콘텐츠는 서론에서 언급한 바처럼 디지털 네트워크를 통한 참여성으로 작가–텍스트–독자 간의 커뮤니케이션communication이 활발한 개방성 높은 텍스트다. 특히 연재를 기반으로 하고 있기 때문에 실시간으로 독자들이 작품에 대한 복선伏線과 암시를 공유한다. 작품의 근간이 되는 스토리의 방향이 완전히 바뀌는 것은 아니라도 독자층의 요구에 부합하여 스토리와 연출이 변화하거나 '작가의 말' 혹은 작가 개인이 운영하는 '블로그' 등의 공간을 이용하여 작가가 피드백feedback하는 경우가 많다. 그만큼 웹툰의 텍스트는 동시대성과 동시간적 접속성을 내포한다는 점에서 현대의 시대적 배경 및 가치와 유관有關하다고 할 수 있겠다. 즉 작품을 통해 전사轉寫되는 문화코드를 규명해냄으로써 우리 사회의 가치관과 요구를 고찰할 수 있다는 점에서 다음 절에서는 웹툰의 디지털 서사적 특질에 의해 변주된 부분들이 어떤 의미를 지니는지를 규명하려 한다.

3. 일탈의 욕망과 환상성

고전 서사를 현 시대의 흐름에 맞추어 재구성한 웹툰의 텍스트에 의미가 있는 것은 향유층의 의식 변화를 확인할 수 있기 때문이다. 웹툰은 인간이 갖고 있는 가장 근본적인 욕망이 세기를 넘어 현재에 어떠한 양상으로 공유되는지 현재의 문화코드를 적시摘示할 수 있게 하는 양식으로 볼 수 있다.

우선, 독자들이 주도적으로 만들어낸 양식인 만큼 대중의 영향을 많이 받는다. 등단 방식 또한 출판자의 권위가 아닌 소비자에 의해서 이루어지기 때문에 여타의 양식에 비하여 대중의 취향과 정서에 민감하기 때문이다. 대중의 선호를 생각하지 않을 수 없다는 말이다. 킹 스티븐의 『유혹하는 글쓰기』 책에서도 확인할 수 있듯이 대중은 이야기의 내용이 자신의 삶과 신념 체계를 반영하고 있을 때, 이야기에 더욱 몰입하는 경향이 있다. 2절에서 고전 서사를 활용한 웹툰의 텍스트가 고전 텍스트의 서사적 갈등을 그대로 반영하기보다는 현대적 정서에 맞추어 새롭게 구축된 것 역시 같은 이유다. 캐릭터의 존재요소와 그를 둘러싼 공간적 배경을 현대적으로 나타내면서 자연스럽게 현대의 이념과 질서의 문제를 드러낸다.

또한, 대중은 항상 현재의 일상적 삶에서 일탈하고 싶은 판타지를 내재하고 있는데 이는 텍스트의 개방성으로 독자의 영향을 많이 받는 고전 서사와 웹툰의 공통적 속성이기도 하다. 다만 고전 서사의 경우 그러한 판타지가 현대인들의 시각에서는 개연성의 부재로 인식되었고 그에 따른 부정적인 인식이 존재해 왔다. 그러나 고전이 향유되던 시대의 문화적 코드 속에서 초월적 요소들은 도선적 초월주의의 시각에서 보면 정신사적 리얼리티를 형성하는 삶의 지침이었을 것이다. 즉, 고전소설에 나타난 "환상적 표상을 현실적 삶의 가치나 힘에 대한 부정, 혹은 황당무계함이 아니라 더 첨예한 현실 인식을 부각시킬 수 있는 장치"(송성욱, 2003: 7)로 바라볼 수 있다. 이러한 관점에서 고전 서사를 활용한 웹툰은 끊임없이 다른 세계를 염원하는 인간의 신화적, 환상적 상상력으로 만들어낸 것이다. 고전에서 현대로 시대가 변화함에 따라 웹툰에 재현된 환상적 표상 역시 변주되었으므로 그 지점을 들여다 볼 때 오늘날의 현실 인식을 확인할 수 있을 것이다.

1) 동양의 순환론적 세계관에 따른 '환생' 화소

2절에서 분석한 각 3편의 이야기가 재구된 양상이 가지는 공통점을 두 가지 층위로 나누어 살피고자 한다. 먼저 인물을 구축하는 과정에서 동양의 순환론적 세계관을 바탕으로 한 '환생' 화소가 나타난다는 점이다. '환생'은 죽은 사람이 생전의 모습과는 다른 형태의 인간이나 생물 또는 사물로 재생한다는 상상력에서 비롯된 관념이다. 이는 하나의 존재가 다만 현재의 시간에 의해서 규정되는 것이 아니라 존재의 과거 혹은 전생과 관련되어 있으며, 현재의 행위가 다음의 시간을 규정할 수 있다는 인식을 전제로 한다. 하나의 존재가 맺는 관계와 행위가 궁극적으로 다음 생을 규정할 수도 있다는 인식은 불교적 교의인 인연과 연기의 관념에 닿아 있는 것으로, 동양의 순환론적 세계관에 기반한다고 볼 수 있다.

이야기는 여러 사람의 재창작과 변용을 통해 서사적 변이를 일으키는데 "화소에서 시작한 변이는 시간이 지날수록 점차 이상적인 서사에 근접"(장영창, 2018: 233)한다. 그러므로 최초 단위인 '환생' 화소의 변이에 주목해 보는 것은 의미가 있을 것이다. '환생'의 화소는 2절에서 분석한 3편의 작품 외에도 고전을 활용한 웹툰 전반에서도 찾아볼 수 있다. 고전 서사를 활용한 웹툰 중 〈미호이야기〉, 〈신과 함께〉, 〈계룡선녀전〉을 포함한 여타의 작품에서 공통적으로 발견되는 요소들을 표로 정리하여 보면 아래와 같다.

〈표 2〉 고전 기반 웹툰에 나타나는 공통 요소

제목	주체	탐색 목표	보상
천년구미호	구미호	환생인	수장/신
미호이야기	미호	어머니의 환생	저주 무효
한줌물망초	도깨비	환생한 선비	관심
이상하고 아름다운	도깨비	환생한 신부	왕
계룡선녀전	선녀	환생한 나무꾼	천계
가담항설	신룡	백매의 환생	영생
신과 함께	진기한	김자홍의 환생	목표

위의 표에 나타나는 7편의 이야기에서 공통적으로 발견되는 것은 탐색 목표에 '환생'의 요소가 포함된다는 것이다. '환생'한 존재를 찾아내면 각 서사의 주체가 원하는 보상을 받는 구조다. 〈천년구미호〉에서 구미호인 주인공 '반야'는 족자의 봉인에서 벗어나 구미호의 수장이자 여우신이 되기 위해 천년 동안 환생하는 '환생인'을 찾는다. 〈한줌물망초〉의 경우 〈미호이야기〉의 시퀄에 해당하는 이야기로 선비에 대한 비뚤어진 사랑으로 도깨비는 선비가 자신을 알아볼 때까지 환생시킨다. 환생한 선비가 도깨비와 만나면 반복되는 죽음과 환생의 저주에서 풀려날 수 있게 된다. 〈이상하고 아름다운〉은 이상하고 아름다운 도깨비 왕국과 현실 세계의 공간을 중심으로 이야기가 진행된다. 도깨비 왕국의 왕이 되기 위해서는 현실계에서 천년마다 환생한다는 도깨비 신부를 찾아 인연을 맺어야 한다. 〈계룡선녀전〉의 경우 2절에서도 언급한 것처럼 환생한 남편인 나무꾼을 찾기 위해 700년이 넘는 세월을 계룡산 중턱에서 홀로 기다린다. 환생한 남편을 찾아내면 날개옷을 받아 천계로 돌아갈 수 있게 된다. 〈가담항설〉의 경우 고전 서사를 바탕으로 한 것은 아니지만 고전에 내려오는 시조를 서사 전개에 활용한 작품으로 전반적으로 한국 고전의 원형과 밀접하다

는 점에서 표에 포함하였다. 〈가담항설〉의 경우에는 영생을 얻을 수 있기에 '백매'라는 캐릭터를 환생시키고자 한다. 〈신과 함께〉 역시 주인공 '김자홍' 역시 죽은 후 저승을 거쳐 인간으로 환생하는 과정을 그리고 있으며 신이 인간으로 '환생'하기도 하는 요소를 통해 서사를 전개하고 있음을 확인할 수 있다.

이처럼 고전 서사를 변주한 웹툰 텍스트들에서 공통적으로 '환생' 요소가 나타난다는 것은 한국 고전 문학 전반에 걸쳐 존재해 온 원형적 상상력 중 '환생'의 요소가 오늘날에도 여전히 유의미한 부분으로 작용한다는 것을 방증해 준다. "환생은 현생에서 이루지 못한 뜻을 포기할 수 없어 다음 생을 기약하려는 욕망의 소산"(이강옥, 2018: 265)이다. 이는 죽음으로 생이 끝나버리는 것이 아니라 죽음의 유한성을 극복할 수 있는 특별한 존재이고 싶다는 현대 대중의 심층 욕망에 의해 발현되는 환상성의 한 표상이라 할 수 있겠다.

2) 현실과 맞닿아 있는 환상의 공간

2절에서 분석한 각 3편의 이야기의 재구된 양상이 가지는 또 다른 공통점은 초월적 존재가 기거하는 환상의 공간이 설정되어 있다는 점이다. 세 편 모두 그려내는 공간의 재현 모습은 작가의 성향에 따라 조금씩 다르지만 현실세계와는 동떨어진 환상의 공간을 시각적으로 현실에 가깝게 표현함으로써 현실계와 이계異界의 공간의 연속성을 그려내고 있다는 공통 요소가 있다. 이렇게 구현된 환상적 공간은 현실의 삶에서 한계를 겪고 있는 대중의 일탈적 욕망을 성취할 수 있는 공간으로 기능한다. 현실 세계를 살아가는 대중들은 어쩔 수 없이 현실 세계의 수평적 삶의 질서들에 제약을 받으며 끊임없이 좌절을 경험하게 되는데 작가의 상상력에 의해 생산된 환상적 공간은 현실에의 일탈적 욕망을 충족하게 해 준다.

특히 세 편의 이야기에 재현된 공간이 현실과 맞닿아 있는 것은 웹툰이 휴대용 디바이스를 통해 생활 속에서 일상적으로 소비된다는 점에서 '일상성'의 특징을 내포하고 있기 때문으로 보인다. 김유나·김수진(2016)도 출퇴근 시간이나 점심시간 같은 일상적 시간에서 소비되기 때문에 현 세대의 공간적 층위에도 그러한 일상성이 반영된다고 확인한 바 있다. 서사의 배경을 일상적 공간으로 재구할 때 독자들이 자신의 일상을 투영하게 되고 공감대를 형성할 수 있게 됨으로써 이야기에 더욱 몰입할 수 있기 때문이다. 이 때문에 웹툰에 재현된 공간은 환상적이면서도 현실과 맞닿아 있다.

〈미호이야기〉의 경우 주인공 '미호'가 기거하는 공간은 아무도 찾을 수 없을 것 같은 속세와 단절된 깊은 산이다. 그럼에도 불구하고 계속해서 미호에게 유인되는 인간들이 생겨나고 실종된다. 그래서 사람들은 그 공간에 대하여 '산 깊은 곳에 구미호라는 이름의 요물이 살고 있다', '100개의 인간의 간을 먹으면 사람이 된다는 저주에 걸린 암여우의 공간이다'는 말들로 이야기를 만들어낸다. 미호에 대하여 부정적인 요괴로 이야기를 만들어냈지만 실상 미호의 본모습은 여우요괴가 아니라 오히려 저를 버린 어미도 어미라고 그녀의 죽음을 두고 환생시키기 위한 노력을 자청한, 저주에 걸린 약한 인간적 존재일 뿐이다.

많은 것을 감추고 또 만들어내는 인간적인 속성을 가지고 있는 존재가 미호이며 미호가 거주하는 공간은 단절된 공간이 아니라 사실 인간이 만들어낸 공간에 불과하다는 것을 알 수 있다. 〈계룡선녀전〉과 〈신과 함께〉에 나타나는 환상의 공간도 마찬가지다. 단절보다는 연속성을 전제하여 그려내며 결국은 인간의 세계에 더 방점을 두는

〈그림 3〉〈미호이야기〉의 미호

경향을 확인할 수 있다.

〈계룡선녀전〉에 나타나는 선계의 공간은 단절되거나 별도의 초월적 공간이 아니다. 이는 주인공 '거문성' 캐릭터의 대사를 통해서 단적으로 나타난다. "원인계와 현상계, 하늘과 땅으로 양분되어 있는 것 같지만 그것들은 서로 다르지 않고 하나인데 어째서 고립되어 살아가는지"라고 되뇌이며 직접적으로 언급하고 있는 것이다. 속세의 사람들이 들어오지 못하도록 결계를 치고, 고결한 신선들, 선인들만 왕래하도록 하고 정작 절실한 자에게 무정한 곳은 선계라고도 초월적 공간이라고도 할 수 없다.

〈그림 4〉 선인의 탄생과 소멸

선인의 존재 역시 인간과 단절하여 생각할 수 없다. 사람들이 모시고 싶어했기에 탄생하고, 기억에서 잊혀지면 소멸한다. 이러한 세계관을 바탕으로 할 때에 선인들이나 선인들이 기거하는 선계라는 서사적 공간은 결국 인간이 만들어내는 것이라고 할 수 있겠다. 이상계를 상징하던 김금이가 선인仙人이 될 수 있었던 것도 마음에서 버림받은 아이를 구하고자 하는 인간적 선인善人이었기 때문이다.

〈신과 함께〉에서도 '신'보다 신과 함께하는 '인간'을 중심으로 서사적 공간이 구성되어 있다. 저승의 공간은 인세의 부조리한 공간을 징치하기 위한 곳이다. 인세에서 행했던 과오에 대한 징치를 받고 보상을 받을 수도 있는 연속적 공간인 것이다. 저승의 길목에서 인간 '김자홍'과 '유성연 병장'은 초월적 존재인 세 명의 차사들과 관계를 맺고, 이승의 재개발지역에서는 할아버지와 신들이 관계를 맺으며 상호 영향을 준다. 인간의 공간 안에 신화적 서사를 포섭하고 있는 것이다. 이는 일탈의 욕망으로 대중이 만들어낸 환상적 공간이 다만 현실 도피의 수단이 아니라 첨예한 현실 인식의 수단으로 그려내는 것이라는 것에 의미가 있다.

4. 고전 서사를 활용한 웹툰의 한국적 판타지 구현

고전 텍스트는 통시대적으로 대중들에게 공감을 주어 살아남아 왔고 현대에 와서는 이를 변용하는 것만으로도 대중에게 공감을 불러일으키는 역할을 한다. 이러한 지점에서 고전 서사를 현대적으로 변용한 다수의 콘텐츠들이 소비된다. 그리고 그것들은 또 다른 의미의 각 편이나 이본異本으로 간주할 수 있다. 고전 텍스트는 태초부터 적층적이고 개방적인 특성을 지녀왔으며 문학사적 전환기에 장르 간의 교섭을 통하여 끊임없이 그 생명력을 지속시켜 왔다. 오늘날에 이르러서는 매체 전환을 통하여 대중에게 향유됨으로써 그 존재가치와 생명력을 지속중이다. 이에 고전 서사가 지닌 개방성과 적층성이 독자층의 퍼포먼스 행위가 특히 활발한 웹툰의 양식을 만날 때 그 시너지를 발휘할 수 있을 것으로 보고 논의를 전개하였다.

고전 서사를 활용한 웹툰은 스토리를 무구하게 확장할 수 있게 하는 가능태다. 웹툰의 디지털 서사적 특징은 하나의 콘텐츠가 '닫힌 결말'을 갖는 것이 아니라 이야기들로 하나의 세계관을 꾸려갈 수 있게 한다는 것이다. 예를 들면, 2018년 8월 네이버웹툰에서 시도한 슈퍼슈트링 전용관을 통해 그 가능성을 보여준다. 슈퍼슈트링 전용관은 만화 제작사 와이랩의 작품을 모아놓은 플랫폼으로 〈부활남〉, 〈테러맨〉, 〈신석기녀〉, 〈심연의 하늘〉, 〈신암행어사〉, 〈아일랜드〉 등의 작품을 하나의 세계관으로 묶어 미국의 마블 코믹스나 DC 코믹스처럼 기획한 것이다. 이처럼 고전을 수용하여 전통적 상상력을 새롭게 창조하는 작업은 필수적인데 민족적 원형성을 갖고 있는 고전의 텍스트를 한국의 독자적 양식인 웹툰에 효율적으로 배치하여 세계관을 확장한다면 한국적 판타지의 구현 역시 가능할 것이다.

참고문헌

1. 자료

네이버 웹툰 〈미호 이야기〉

네이버 웹툰 〈신과 함께〉

네이버 웹툰 〈계룡선녀전〉

2. 연구논저

김대숙(2004), 「나무꾼과 선녀 설화의 민담적 성격과 주제에 곤한 연구」, 『국어국문학』 137, 국어국문학회, 329~351쪽.

김유나·김수진(2016), 「한국 웹툰의 참여 문화 연구: 사용자 생성 이미지를 중심으로」, 『만화애니메이션연구』 44, 한국애니메이션학회, 307~331쪽.

김진량(2005), 「디지털 서사체의 재현 전략과 서사장」, 『문학과 영상』 6, 문학과영상학회, 173~196쪽.

김진철(2015), 「웹툰의 제주신화 수용 양상: 〈신과 함께〉 신화편을 중심으로」, 『영주어문』 31, 영주어문학회, 37~62쪽.

송성욱(2003), 「고전소설에 나타난 환상적 표상의 몇 가지 층위」, 『성심어문논집』 25, 성심어문학회, 5~31쪽.

안기수(2008), 「영웅소설의 게임 콘텐츠화 방안 연구」, 『우리문학연구』 23, 우리문학회, 95~125쪽.

안기수(2017), 「영웅소설에 수용된 〈지하국대적퇴치담〉의 게임스토리텔링 연구」, 『어문론집』 70, 중앙어문학회, 261~293쪽.
이강옥(2018), 「야담 속에 나타난 죽음 서사의 양상과 죽음명상 텍스트로의 활용」, 『고전문학연구』 54, 한국고전문학회, 247~283쪽.
이명현(2015ㄱ), 「〈신과 함께〉 신화편에 나타난 신화적 세계의 재편: 신화의 수용과 변주를 중심으로」, 『口碑文學硏究』 40, 구비문학회, 167~192쪽.
이명현(2015ㄴ), 「웹툰의 고전서사 수용과 변주」, 『동아시아고대학』 52, 동아시아고대학회, 107~134쪽.
장영창(2018), 「이야기의 서사적 변이 연구」, 『우리문학연구』 59, 우리문학회, 211~238쪽.
장예준(2017), 「웹툰(webtoon)에서의 고전 서사 활용 방안」, 『국제어문』 75, 국제어문학회, 395~428쪽.
장은진(2016), 「한국 대중문화 속에 나타난 사후세계의 환상성: 웹툰 〈신과 함께－저승편〉을 중심으로」, 『영상문화콘텐츠연구』 11, 동국대학교 영상문화콘텐츠연구원, 255~273쪽.
최수웅(2017), 「주호민의 〈신과 함께〉에 나타난 한민족 신화 활용 스토리텔링 연구」, 『동아인문학』 41, 동아인문학회, 71~99쪽.
하경숙(2018), 「설화 〈선녀와 나무꾼〉의 형성과 전승 양상」, 『동방학』 39, 한서대학교 동양고전연구소, 77~100쪽.
황인순(2015), 「본풀이적 세계관의 현대적 변용 연구: 웹툰 〈신과 함께〉와 〈차사본풀이〉의 비교를 통해」, 『서강인문논총』 44, 353~384쪽.

킹 스티븐, 김진준 역(2002), 『유혹하는 글쓰기』, 김영사.

판소리 서사 기반 웹툰의 스토리텔링 양상과 특징※

김 선 현

1. 판소리 서사와 웹툰

현재 유통되고 있는 문화콘텐츠 가운데 많은 관심을 받고 있는 분야는 웹툰이라고 할 수 있다. 2019년에 이루어진 한국콘텐츠진흥원의 「2019 웹툰 사업체 실태조사」에 따르면 웹툰 산업의 규모는 약 4,663억 원에 달한다(한국콘텐츠진흥원, 2019: 9). 여기에 웹툰을 영화나 드라마, 뮤지컬의 형태로 전환하는 경우를 포함할 경우 그 가치는 더 높아질 것으로 전망된다. 이렇게 웹툰 시장이 점차 활성화되는 가운데 판소리 서사[1]를 활용한 웹툰이 다수 등장하였다. 그간 판소리 서사를

※ 이 글은 김선현(2018), 「판소리 서사 기반 웹툰의 스토리텔링 양상과 특징」(『문화와융합』 40(2), 문화융합학회)을 수정, 보완한 것이다.

기반으로 한 뮤지컬과 영화, 연극 등이 창작되며 판소리 향유 방식 및 저변 확대에 기여해 왔다. 그리고 학계에서는 이에 주목하며 다양한 논의를 제출한 바 있다. 그러나 판소리 서사를 기반으로 창작된 웹툰 및 웹 콘텐츠 전반에 대한 관심은 부족한 편이다. 판소리 서사를 기반으로 한 웹툰 역시 웹이라는 새로운 공간에서 판소리 서사가 재창작, 향유되며 판소리 향유의 새로운 길을 열었다는 점에서 연재 현황 및 양상을 검토해 볼 필요가 있다.

2000년대 이후 문화콘텐츠와 고전문학의 연계 및 연구, 방법론에 대한 논의가 제출되는 한편, 고전문학을 바탕으로 한 콘텐츠를 대상으로 스토리텔링 방식 및 특징이 분석되기도 했다.[2] 이러한 흐름과 더불어 점차 고전문학의 연구 영역은 고전 텍스트를 넘어 영화, 애니메이션, 드라마 등으로 확대되었다. 그러나 고전을 기반으로 한 웹툰에 대한 연구는 적은 편이며, 특히 그 대상을 판소리 서사로 한정할 경우 이에 대한 연구를 찾아보기가 쉽지 않다. 판소리 혹은 그 서사를 기반으로 한 웹툰의 질적 제고와 지속적 생산을 위해서는 웹툰에서 기존의 서사가 어떻게 변개되고 있는지 스토리텔링 양상을 파악하고, 이를 바탕으로 전망과 가능성을 진단하는 작업이 수반될 필요가 있다.

이러한 문제의식 아래 이 연구에서는 2010년 이후 연재된 판소리 서사를 활용한 웹툰을 중심으로 서사의 변개 양상과 특징을 분석하고, 판소리 서사가 어떻게 활용되고 있는지 검토하고자 한다. 2000년대 무렵 콘텐츠에 대한 관심이 높아지면서 웹툰을 비롯한 다양한 콘텐츠들이 생산, 유통되었고, 웹툰의 경우에는 2010년대 이후 포털 사이트들이 웹툰 연재를 본격화하며 양적 증가는 물론, 질적인 면에서도 수준 높은 성과를 보이는 창작물들이 생산되기에 이른다. 그 가운데 판소리 서사를 기반으로 한 웹툰 역시 양적으로 증가하는 추세를 보인다. 이 글에서는 이러한 사실에 주목하며 2010년 이후 최근까지 생산된 장편 웹툰을 중심으로 특징을 분석하고자 한다.[3] 그리고 이를 바탕으로 판소리 서사를 활용한 웹툰의 현 상황을 진단하고 나아갈 방향을 모색해 볼 것이다.

2. 판소리 서사 기반 웹툰의 연재 현황

웹툰 목록이나 플랫폼 등에 대한 정보는 웹툰인사이트www.webtooninsight.co.kr에서 찾아볼 수 있다. 현재 이 사이트에 소개된 웹툰 플랫폼은 총 49개(기타 포함) 정도로, 이를 토대로 살펴본 결과 2010년 이후 판소리 서사를 활용한 웹툰 가운데 장편으로 연재된 것은 〈제비전〉, 〈흥부와놀부〉, 〈흥부놀부전〉, 〈흥부놀부〉, 〈심봉사전〉, 〈바람소리〉, 〈야귀록〉, 〈그녀의 심청〉, 〈삼작미인가〉, 〈광한루로맨스〉 등 10편 정도였다.[4] 이 웹툰들은 모두 제목이나 웹툰 소개글에서 원전으로서 판소리 서사와의 관련성을 적시하고 있거나 판소리 서사의 인물명을 변용, 차용하여 재창작한 것이다. 웹툰의 연재 기간은 2012년부터 현재까지이고, 연재처는 다음, 네이버 등의 포털 사이트에서부터 탑툰, 코미카 등 웹 콘텐츠 전문 사이트 등으로 다양하며, 대체로 20화 이상의 분량으로 구성되어 있다. 이를 표로 제시하면 다음과 같다.[5]

	제목	연재기간	장르	작가	연재처	분량	비고
춘향전	야귀록	2016.06.04 ~ 2017.05.27 2020.01.06 ~ 2021.01.22 (재연재)	판타지 로맨스	주요	피키캐스트 네이버 만화	43화 완결	피키 캐스트 (서비스 종료)
	광한루 로맨스	2016.06.30 ~ 2018.07.05	판타지/SF 드라마 로맨스	서키	케이툰	100화 완결	
흥부전	제비전	2012.09.03 ~ 2014.09.15	판타지 순정 동화	고은	다음 웹툰	90화 완결	
	홍부와놀부	2017.05.29 ~ 2018.02.26	판타지 시대극 코믹 동화	푸른젖꼭지	탑툰	39화 완결	
	홍부놀부전	2015.12.22 ~ 2018.06.12 2020.11.27 (재연재)	판타지 액션	황동	코미코 네이버SERIES	124화 완결	코미코 (서비스 종료)
	홍부놀부	2016.01.02 ~ 2016.06.04	드라마	A.kim, 이한솔	봄툰	26화 완결	서비스 종료
심청전	심봉사전	2013.06.04 ~ 2014.07.15 (연재종료) 2017.01.09/ 2020.11.20 (재연재)	무협 액션 로맨스 사극	서강용	티스토어· 네이트 베틀코믹스 탑툰 다음 웹툰	75화 완결	티스토어 ·네이트· 배틀코믹 스·탑툰 (서비스 종료)
	바람소리	2014.10.08 ~ 2015.12.02 2017.01.09 (재연재)	드라마 액션	한기남	케이툰	59화 완결	서비스 종료
	그녀의 심청	2017.09.12 ~ 2020.06.17	순정 드라마 GL	seri, 비완	저스툰 코미코 네이버SERIES 다음 웹툰	89화 완결	단행본 발간
심청전 춘향전 배뱅이굿	삼작미인가	2017.10.08 ~ 2019.10.27	드라마	므앵갱	레진코믹스	103화 완결	

위의 표에서 볼 수 있듯이, 전승 판소리 5가 중 웹툰으로 활용된 작품은 「춘향전」, 「흥부전」과 「심청전」이다. 웹툰의 장르는 판타지, 액션 드라마로 분류되고 있으며, 전반적으로 하나의 작품을 기본적인 서사축으로 삼아 이를 중심으로 재창작하는 양상을 보인다. 이 외에 〈흥부놀부전〉이나 〈삼작미인가〉처럼 여러 작품을 융합하여 작품을 구성하는 경우도 있다. 〈흥부놀부전〉은 흥부와 놀부라는 두 인물을 중심으로 서사를 진행하되, 「심청전」이나 「토끼전」, 「바리데기」 등의 서사를 삽화 형식으로 제시하고 있고, 〈삼작미인가〉는 「심청전」·「춘향전」·「배뱅이굿」을 접목시켜 심청, 춘향, 배뱅이를 중심으로 한 새로운 서사를 마련한다.

판소리 혹은 판소리계 소설을 바탕으로 웹툰을 창작할 경우, 매체 전환에 따른 스토리텔링의 변화가 수반되기 마련이다. 또한 기존 서사를 바탕으로 할지라도 과거에서 현재로 시공간을 넘어오며 이야기의 향유 방식이나 세계관 등이 변하고, 그에 따라 서사 역시 새롭게 재편된다. 특히 웹툰에 수용되고 변주되는 고전 서사는 "단순한 옛날 이야기가 아니라 웹 세대의 감수성에 의해 변용된"(이명현, 2017: 76) 새로운 이야기로서, 기존의 영화나 드라마, 뮤지컬 등으로 재창작된 경우와 달리 좀더 파격적인 방식으로 이야기를 생산하는 경향을 보인다. 〈야귀록〉이나 〈제비전〉, 〈심봉사전〉이라는 제목에서 알 수 있듯이 중심 인물 설정을 새롭게 하는 것은 물론, 그 장르 역시 판타지로 분류될 정도로 판타지적인 요소를 강화하는 양상을 띠고 있다.

이와 같은 판소리 서사 기반 웹툰의 창작 양상은 웹툰의 소개글에서도 분명히 확인된다.

"당신이 알던 전래동화는 잊어라. 망나니 흥부와 갱스터 놀부의 이야기

가 시작된다."(〈홍부와놀부〉)

"한국 전래동화의 기록되지 않은 후일담(?)을 다룬 열혈 무협 판타지 액션물!"(〈홍부놀부전〉)

"흔히 알려진 심청이 아빠, 심봉사는 없다! 지팡이 대신 검을 잡은 새로운 '심봉사전'"(〈심봉사전〉)

"딸을 되찾기 위한 맹인검객의 사투!"(〈바람소리〉)

위의 인용에서 볼 수 있듯, 웹툰 첫머리에 제시된 소개글에서부터 판소리 서사의 중심인물인 흥부와 놀부를 망나니와 갱스터로 설정하거나 심봉사를 검을 잡은 맹인 검객으로 설정했다는 사실을 전면에 내세움으로써 기존의 판소리 서사와 다른 방식으로 웹툰의 서사가 전개될 것임을 예고한다. 이와 더불어 "당신이 알던 전래동화는 잊어라"라거나 "전래동화에 기록되지 않은" 등 기존의 판소리 서사와의 차별성을 강조하여 독자들에게 고전과 다른 새로운 방식으로 웹툰의 서사를 독해할 것을 요구한다.

이처럼 웹툰이 기존 서사와의 차별성을 강조하는 것은 패러디의 기본 성격에 부합하는 것이다. 패러디의 이론을 정립하고자 했던 린다 허천(Linda Hutcheon)은 패러디를 "이전의 예술작품을 재편집하고 재구성하고 전도시키고 초맥락화하는 통합된 구조적 모방의 과정을 말한다."(린다 허천, 김상구·윤여복 역, 1993: 23)고 하면서, 패러디는 "비평적 거리를 둔 반복으로서, 이는 유사성보다는 상이성을 강조하게 된다."(린다 허천, 김상구·윤여복 역, 1993: 15)고 언급하였다. 판소리 서사를 기반으로 재창작된 웹툰은 기존 서사와의 동일성보다 상이성을 강조하며 서사를 재구성하거나 전도시킨다는 점에서 패러디의 관습을 따르는 경향을 보인다고 할 수 있다. 다음 절에서는 이러한 사실을 염두에 두며, 판소리 서사를 바탕으로 재창작된 웹툰의 서사 변개 및 스토리텔링 양상과 특징을 살펴보기로 한다.

3. 판소리 서사 기반 웹툰의 스토리텔링 양상과 특징

판소리 서사를 기반으로 창작된 웹툰은 저마다 기존 서사와의 거리를 부각시키며, 웹툰에 담고 있는 춘향과 몽룡, 혹은 심청과 심봉사, 흥부와 놀부의 세계가 새로운 방식으로 구성되었음을 강조한다. 앞서 살펴본 웹툰 목록 가운데 「춘향전」과 「흥부전」의 서사를 기반으로 창작된 웹툰은 대체적으로 기존 서사에서 인물과 기본적인 관계 설정 등만을 가져왔을 뿐, 인물의 성격 및 특징, 사건, 시공간 설정 등 서사 전반에 걸쳐 큰 변화를 보인다. 이들에 비해 원전의 서사를 잘 반영하고 있는 것으로 보이는 「심청전」을 활용한 웹툰의 경우에도 심봉사를 중심으로 사건을 재구성하거나 적대세력과의 결투 장면을 더해 넣음으로써 원전과 다른 서사적 맥락을 구축한다.

이 장에서는 이와 같은 기본적인 이해 아래 판소리 서사를 기반으로 창작된 웹툰의 인물 및 사건, 시공간 설정 등의 구체적인 면모를 살피며, 서사 변개 양상에 나타나는 공통적인 특징이 무엇인지를 밝히고자 한다. 이때, 단순히 스토리의 차이에만 주목하는 것이 아니라 매체에 따른 차이 역시 함께 고려하며 논의를 진행할 것이다. 이를 통해 판소리 서사를 기반으로 재창작된 웹툰이 공유하고 있는 스토리텔링 방식의 동향을 파악할 수 있을 것이다.

1) 비현실적 인물 형상과 탁월한 능력의 부각

판소리 서사의 중심인물들은 사회의 주변부에 속하거나 결핍을 가진 현실적인 존재로 형상화된다. 심청은 양반이지만 어머니의 부재 속에서 맹인 아버지를 봉양해야 하는, 가난과 결핍의 상황에 처한 인물이고, 춘향은 신분의 위계 속에서 하위 계층에 속했던 기생이며, 흥부는 매품팔이로 삶을 연명할 수밖에 없었던 빈곤한 가장의 전형이었다. 그러나 이들이 마주한 결핍의 현실은 지속되는 것이 아니라 극복을 전제하고 있다. 판소리 서사의 중심은 인물들이 지난한 결핍 속에서 열, 효, 선이라는 가치를 추구하며 결핍을 극복해나가는 과정으로 채워진다. 이때, 그 극복 방식이나 과정은 개개인의 탁월한 능력이 아닌 초월적 세계의 개입이나 환상에 기대어 있다.

판소리 서사를 기반으로 창작된 웹툰 속에서 인물들의 신분 및 직업은 귀사자와 야귀, 갱스터, 도깨비 사냥꾼, 검객 등 비현실적인 것으로 제시되며, 이들은 저마다 뛰어난 능력을 갖추고 있다. 〈야귀록〉에서 몽룡의 신분은 귀신을 쫓는 '귀사자鬼使者'이다. 몽룡은 「춘향전」과 마찬가지로 과거에 급제한 뒤 남원으로 귀환한다. 그러나 그의 업무는 탐관오리를 찾아 징벌하는 것이 아니라 인간들을 공격하는 야귀, 즉 귀신을 찾아 처치하는 것으로 바뀐다. 이와 유사한 설정은 〈흥부놀부전〉에도 나타난다. 이 웹툰에서 흥부와 놀부는 도깨비 사냥꾼으로, 제비에게 받은 박씨로 인해 가족과 재산 등을 잃은 흥부와 놀부는 인간들의 욕망을 먹고 자라는 박씨와 이를 제공한 제비를 추적하는 존재로 등장한다. 한편, 〈흥부와 놀부〉에서 두 형제는 모두 온갖 무법 행위를 자행하는 갱스터이며, 〈심봉사전〉과 〈바람소리〉에서 심학규는 딸을 되찾기 위해 고군분투하는 맹인 검객이다.

이처럼 판소리 서사를 바탕으로 재창작된 웹툰들은 대체로 인물들의 직업 및 신분, 능력을 을 비현실적으로 제시하며, 이들의 외형을 누구나 흠모할 만한 인상과 풍모를 지닌 미녀, 미소년과 미중년으로 그려 넣는다. 그리고 이들은 모두 탁월한 능력과 자질을 소유하고 있다는 점에서 공통적이다.

〈야귀록〉의 1화는 '강동원 빰치는 퇴마사의 등장!'이라는 장 제목을 달아 몽룡이 매력적인 외모를 가진 인물임을 강조하고, 그를 면티와 청바지 위에 푸른색 도포를 입고 피어싱을 한, 분홍색 눈동자를 가진 현대적인 외양을 가진 인물로 그린다. 〈홍부놀부전〉의 홍부와 놀부 역시 훤칠한 키와 외모, 근육질 몸매를 소유한 인물로 형상화되며, 〈제비전〉의 제비, 홍부와 놀부 역시 마찬가지다. 이상의 웹툰들이 대체로 미소년과 미소녀로 인물을 형상화하고 있다면, 〈홍부와놀부〉, 〈심봉사전〉, 〈바람소리〉에서는 홍부나 심봉사를 근육질의 미중년으로 등장시킨다. 이와 같은 인물의 형상은 이들의 직업과 능력으로 이어져, 저마다 뛰어난 도술로 야귀나 도깨비를 쫓거나 탁월한 검술과 무술 능력을 가진 인물들로 제시된다. 〈광한루 로맨스〉, 〈삼작미인가〉나 〈그녀의 심청〉에서 역시 인물들은 빼어난 미모를 가진 인물들일 뿐 아니라 주어진 문제 상황을 타개해 나가는 적극적인 성격과 능력을 겸비하고 있다.

이와 같은 인물 형상은 웹툰이 시각적인 매체라는 점 그리고 향유층의 과반 이상이 10~30대의 연령층이라는 점(한국콘텐츠진흥원, 2015: 96)과 관련이 깊어 보인다. 〈야귀록〉 1화는 이야기의 시공간적인 배경과 이몽룡을 소개하는 서사의 도입부인데, 이에 대한 향유자들의 댓글은 대체로 몽룡의 외모에 대한 관심으로 채워진다. 이러한 사정은 〈홍부놀부전〉이나 〈제비전〉에서 역시 마찬가지다. 이로 볼 때, 향유자들이 인물의 외적 형상에 상당한 관심을 가지고 있는 것으로 보이며, 이를 웹툰의 주된 향유층이 10~30대의 연령층이라는 사실과 관련지어 볼 수 있다.

웹툰은 오프라인으로 유통되는 기존의 매체와 달리 다양한 방식으로 향유자의 참여가 이루어지는 매체이다. 웹툰 향유자들은 댓글이나 클릭수, 펌질, 모작 등을 통해 웹툰에 대한 자신의 견해를 밝히고, 이를 통해 작가와 독자 혹은 독자 상호간에 소통을 이룬다. 그리고 향유자들의 반응은 텍스트 안팎에 영향을 미치거나 웹툰의 가치를 평가하는 지표가 되기도 한다(박기수, 2015: 45). 때문에 오프라인에서 유통되는 매체에 비해 작가는 향유자들의 흥미나 취향, 반응에 기민하게 반응할 수밖에 없으며, 향유자들의 목소리와 능력이 서사에 일부분 반영되기도 한다. 인물들의 외적 형상과 능력이 특출하게 설정된 것은 이러한 매체의 특성과 무관하지 않아 보인다.

한편, 뛰어난 능력과 외모를 가진 주요 인물과 더불어 주목할 점은 기존의 판소리 서사에서 찾아볼 수 없는 새로운 인물들을 다수 등장시켜 갈등을 심화, 고조시킨다는 점이다. 〈야귀록〉에서는 몽룡의 조력자로 홍주와 천여인, 처용, 득옥을, 적대자로 홍련, 사홍, 야귀왕 파순을 등장시켜 귀사자와 야귀왕 간의 선악 대결을 이루게 한다. 그리고 〈제비전〉은 홍부와 놀부, 제비 외에 흑백, 설우령 형제, 홍화, 제비의 동생인 아리, 무, 슈 등을 등장시켜 박 주머니에 얽힌 갈등 상황을 증폭시킨다. 또한 〈흥부놀부전〉은 「심청전」이나 「장화홍련전」, 「혹부리영감」, 「전우치전」 등 여러 고전 서사에 등장하는 인물을 활용하여, 혹부리 영감, 거북이, 심청, 철산 사또 정동우, 장화, 홍련, 바리공주와 전우치 등을 흥부 놀부의 조력자로 세우고, 심학규와 뺑덕을 적대자인 제비의 심복으로 등장시킨다.

「심청전」의 서사를 활용한 〈심봉사전〉과 〈바람소리〉의 경우에도 보조 인물들이 다수 등장하는데, 그 양상이 사뭇 다르다. 〈바람소리〉가 다수의 적대자로 인물군이 형성되는 데 반해, 〈심봉사전〉의 인물군은 적대자보다는 조력자가 보다 폭넓게 구성되는 것이다. 〈바람소리〉는 심청이를 찾아가는 심봉사의 행적에 초점을 맞추면서 심학규와 맞서는 세 개의 적대자 그룹을 설정한다. 심청을 속여 인당수 제물로 보낸 김원형 대감과 그의 무리가 한 그룹이라면, 밀무역선 선장 무리와 일본인 해적 선장 무리가 나머지 두 적대 그룹으로 설정된다. 한편, 〈심봉사전〉의 경우에는 적대자 백서의 반란과 집권이라는 정치적 사건과 심학규 일가의 비운을 엮는 가운데 심학규를 돕는 다양한 조력자를 배치한다. 맹인으로 태어난 심학규에게 도술을 가르치는 무혜 스님과 백서의 집권 과정에서 많은 희생을 겪고 반란을 꾀하는 곽도원 무리, 심학규를 연모하는 안씨 의원이 조력자로 등장한다. 이처럼 판소리 서사를 기반으로 창작된 웹툰은 기존 판소리 서사에 없었던 다양한 인물들을 등장시켜 선악의 대립, 갈등을 증폭시키고 이를 통해 판소리와 다른 서사를 마련함으로써 흥미를 높인다.

그러나 웹툰에서 판소리 서사의 인물 구성 및 형상이 전면적으로 교체되는 것은 아니다. 판소리 서사의 인물 관계 및 성격 등은 그대로 유지되는 경향을 보이기 때문이다. 〈야귀록〉의 몽룡은 춘향을 위해 지옥행을 결심할 정도로 춘향만을 사모하는 순애보적인 인물이며, 〈제비전〉과 〈흥부놀부전〉에서 역시 흥부와 놀부의 성격은 각각 온순하고, 강퍅한 정반대의 성품으로 설정된다. 〈심봉사전〉과 〈바람소리〉의 경우, 심봉사의 성격이 큰 변화를 보이기는 하지만 아비를 위해 희생의 길을 택하는 '효녀' 심청의 형상은 그대로 유지되고, 〈광한루 로맨스〉나 〈그녀의 심청〉, 〈삼작미인가〉에서 역시 춘향과 심청 등 인물 구성에 큰 변화가 없다. 판소리 서사를 기반으로 한 웹툰은 어떠한 방식으로든 판소리 서사와의 관련성을 상기시킬 필요가 있다. 그러나 그 관련성을 지나치게 부각시킬 경우, 참신성과 흥미성을 감소시킬 우려가 있다. 때문에 웹툰은 인물명이나 중심인물의 관계 및 성격을 유지시킴으로써 판소리 서사와의 관련성을 드러내되, 현대 향유층들의 취향과 관심에 걸맞은 인물의 외적 형상, 새로운 인물의 삽입을 통해 서사에 새로움을 더함으로써 독자의 흥미를 높이는 것이다.

2) 대결 중심의 서사 구성과 판타지의 결합

판소리 서사를 기반으로 한 웹툰에서 춘향과 몽룡, 흥부와 놀부, 심학규 등 판소리 서사 속의 인물이 검객이나 귀사자, 도깨비 사냥꾼 등으로 바뀌거나 인물들의 성격이 변모되면서 기존의 서사가 담고 있는 세계관이나 사건 역시 변모된다. 인물들은 주어진 상황과 여건에 순응하는 것이 아니라 문제 해결을 위해 적극적으로 나서는 경향을 보인다. 이로 인해 대체로 사건이 대결이나 추격담 등을 중심으로 전개되면서 액션이나 판타지의 요소가 강화되는 경향을 보이고 있으며, 장르는 대개 판타지, 액션, 드라마 등으로 분류된다.

판소리 서사는 개인 간의 갈등보다는 인물들을 둘러싼 세계 즉, 이념과 질서의 문제를 드러내는 경향이 있다. 물론 「춘향전」에서 춘향과 몽룡의 사랑을 방해하는 존재로 변학도가 등장하고는 있으나 보다 근본적인 갈등은 변학도 개인의 문제보다는 신분 질서와 체제, 이념의 문제에서 비롯된다. 「심청전」이나 「흥부전」에서 역시 악인으로 뺑덕어멈이나 놀부가 등장하고 있지만, 심청과 흥부가 고난을 겪게 되는 근본적인 원인은 개인의 악덕 문제가 아니라 가난에서 벗어날 수 없는 사회 체제와 구조에 있다고 할 수 있다. 그러나 판소리 서사를 기반으로 창작된 웹툰은 개개인의 문제에 주목하며 개인 간의 대결, 갈등을 중심으로 사건을 구성하고, 기존 서사가 담지하고 있던 충忠, 효孝, 열烈, 우애友愛 등의 이념의 틀에서 벗어나 참신성과 환상성을 추구하는 경향을 보인다.

구체적인 사건 및 갈등 구성을 살펴보면, 〈야귀록〉에서는 귀사자 몽룡과 야귀 혹은 야귀왕 파순과의 대결을 그리고 있고, 〈흥부놀부전〉 역시 흥부, 놀부와 박 도깨비, 제비와의 대결에 초점을 맞춘다. 〈심봉사전〉과 〈바람소리〉는 심청을 인신매매한 집단을 추격하는 심학규, 그리고 심학규와 심청 부녀를 위협하는 세력 간의 대결이 서사의 중심축을 이루고 있으며, 〈광한루 로맨스〉에서는 과거로 유입된 모래라는 인물을 사이에 둔 몽룡과 방자, 그 배후 세력 간의 대결을, 〈그녀의 심청〉에서는 장승상 부인과 심청, 이들을 위협하는 승상 며느리와의 대결과 갈등을 중심으로 사건이 구성된다. 이 가운데 특히 〈야귀록〉, 〈흥부놀부전〉, 〈심봉사전〉, 〈바람소리〉에서는 인물 혹은 집단 간의 대결이 단순히 심리적 차원에서 이루어지는 것이 아니라, 무력을 동반한 대결이라는 점에서 특징적이다. 앞서 언급했듯, 이 웹툰의 중심인물들은 도깨비 사냥꾼이나 귀사자, 검객, 무술에 능한 존재들로 설정된다. 이에 따라 이들 앞에 놓인 사건의 주된 흐름은 중심인물들과 적대자들 간의 무력 대결에 초점이 맞춰지게 되며, 그 과정에서 액션 장면이 빈번히 등장하는 것이다.

이때, 그 대결 과정이 현실의 차원을 벗어난 판타지로 채워진다는 점이 특기할 만하다. 판타지는 "문학의 출발에서부터 작동되어 온 상상력의 적극적인 활동이자, 그것이 구축한 세계 인식의 기본 방향"(최기숙, 2010: 2)으로서, 이것은 문학을 포함한 콘텐츠 전반에 영향을 미친다. 캐서린 흄은 판타지를 합의된 리얼리티로부터의 일탈하고자 하는 충동으로 규정하며, 이를 권태로부터의 탈출, 놀이, 환영幻影, 결핍된 것에 대한 갈망, 독자의 언어 습관을 깨트리는 은유적 심상 등을 통해 주어진 것을 변화시키고 리얼리티를 바꾸려는 욕구라고 설명하였다(캐서린 흄, 한창엽 역, 2000: 55). 판소리 서사 기반 웹툰은 미메시스와 판타지 가운데 특히 후자를 강화함으로써, 독자들의 현실 도피와 일탈, 대리만족 등의 욕구를 충족시켜 나가는 동시에 작품에 대한 몰입도를 높이는 양상을 보인다.

그렇다면 웹툰에서의 판타지는 무엇을 통해 부각되는가? 그 방식은 인물들의 대결, 추격 장면과 더불어 제시되는 탁월한 능력 혹은 아이템 등에서 찾아볼 수 있다. 〈야귀록〉의 몽룡은 야귀 퇴치 능력과 더불어 특정 이미지를 그려 이를 실물화實物化하는 능력을 가지고 있으며, 〈흥부놀부전〉의 흥부, 놀부는 인검과 부적, 진궁을, 심청은 칠지라는 아이템으로 박 도깨비를 물리친다. 그리고 〈심봉사전〉에서 심학규는 검 단련 기술을 가지고 있고, 〈바람소리〉에서는 검이 든 지팡이를 늘 지니고 있다. 두 작품에서 심학규는 맹인 검객인 만큼, 뛰어난 검술뿐 아니라 청각과 촉각 등의 감각도 매우 뛰어나다. 그리고 〈광한루로맨스〉에서는 특별한 능력을 가지고 있는 것은 아니지만, 핸드폰을 매개로 현재에서 과거로 넘어 든 인물들이 그려지며, 〈삼작미인가〉에서 심청은 세계의 부정적인 기운을 감지하는 능력을 가지고 있다. 이처럼 인물들의 능력이 화려한 액션을 통해 가시화되거나 다양한 아이템, 공간과 더불어 제시됨으로써 기존 서사와 다른 판타지가 마련되는 것이다. 또한 웹툰의 판타지는 인물의 능력과 형상, 사건 구성에서뿐 아니라 공간을 통해 구현되기도 한다.

대결 중심의 사건 구성과 판타지는 원전에 없는 새로운 설정이라는 점에서 독자들의 호기심과 흥미를 자극하는 데 기여한다. 그리고 웹을 통해 추격과 대결, 액션과 판타지 장면이 선명한 이미지로 재현, 전달되면서 그 효과가 더욱 증폭된다. 웹툰은 디지털 기술로 창작되어 웹 혹은 모바일로 구현되기 때문에 비용에 구애됨 없이 다양한 색감과 이미지를 자유롭게 사용할 수 있다. 또한 수직 혹은 세로 스크롤 방식의 읽기와 참여를 통해 시간이나 의식의 흐름 등에 대한 감성적 표현이 가능해지고, 인물의 동작을 보다 실감나게 표현할 수 있다.

뿐만 아니라 세로로 길게 이어진 무한한 공간 확장성으로 인해 칸이라는 제한된 공간에서 벗어나 이미지 및 효과음, 나레이션 등을 적극적으로 활용할 수 있다.[6] 판소리 서사 기반 웹툰은 이와 같은 웹툰의 매체적 특성을 적극 활용하여 대결 장면을 극대화하여 표현한다. 각각의 웹툰은 칸새를 적극적으로 활용하여 인물들의 움직임을 실감나게 그려낼 뿐 아니라, 모션블러Motion Blur 등의 디지털 효과와 화려한 색감을 사용하여 액션 장면을 더욱 역동적으로 연출한다. 이로써 아버지에게 익힌 무술 실력으로 위기를 모면하는 심청의 적극적인 면모, 야귀 혹은 도깨비와 대적하는 몽룡, 흥부와 놀부의 이미지가 선명하게 재현된다. 또한 화려한 색감이나 디지털 효과는 비현실적인 인물과 사건의 형상화는 물론 판타지 서사를 형성, 강화하는 데에도 영향을 미친다.

그러나 이러한 특징이 비단 웹툰의 매체적 특성에만 기인하는 것은 아니다. 민담적 세계관을 기반으로 형성된 판소리 서사에는 실상 초현실 혹은 탈현실하고자 하는 민중들의 염원과 판타지가 담겨져 있음을 주지할 필요가 있다. 기생 춘향이 양반 이도령을 만나 결연을 맺는 것, 그리고 흥부가 박씨를 통해 현실의 가난과 결핍을 해소하는 것, 심청이 가난과 죽음에서 벗어나 황후가 되고, 맹인인 심봉사가 개안하는 것은 모두 판타지의 소산이라고 할 수 있다. 판소리 서사 속 현실은 신분적 질곡과 빈부 격차가 엄존했고, 이것은 소설 밖의 현실에서 역시 마찬가지였다. 판소리 속의 판타지는 현실을 벗어나고자 하는 욕망과 그것의 실현 불가능성 사이의 간극을 메웠다(강명관, 2007: 327). 이러한 판소리의 서사적 기반 속에서 웹툰의 판타지가 창출될 수 있었던 것으로 보인다.

다만, 판소리 서사 기반 웹툰은 추격담과 대결담을 중심으로 사건이 구성되면서 판타지가 강화되는 특징을 보인다. 이는 기존 서사를 새롭게 재구성하여 흥미성과 긴장감을 살리는 데 중점을 둔 결과로 파악된다. 즉, 기존의 서사에 담긴 열, 효, 충과 같은 이념성을 강조하기보다는 서사 및 화면을 화려한 액션과 판타지로 채움으로써 현대 독자의 관심과 흥미를 끌어내는 것이다. 여기에는 시각적으로 재현되는 웹툰의 매체적 특성 및 웹툰 수용층의 경향 이와 더불어 판소리 서사에 내재되어 있는 판타지가 긴밀한 관련을 맺고 있다.

3) 시공간의 교직과 확장

판소리 서사 기반 웹툰은 기존 서사에 그려진 시공간을 바탕으로 하되, 새로운 방식으로 창안된 시공간을 첨가하거나 다른 고전 작품 속의 시공간을 교직함으로써 시공을 확장시키는 경향을 보인다. 기존의 판소리 서사가 웹툰으로 전환되는 과정에서 인물이나 사건 구성이 달라졌고, 그에 따라 시공간에서도 변화가 나타나는 것이다. 다만, 작품에 따라 그 정도에 차이가 있어 판소리 서사의 시공간을 대체로 수용하며 부분적인 변개를 보이는 경우가 있는가 하면, 새로운 시공간을 통해 기존 서사를 큰 폭으로 변화시키는 경우도 있다. 〈심봉사전〉과 〈바람소리〉, 〈광한루 로맨스〉, 〈그녀의 심청〉, 〈삼작미인가〉, 〈흥부놀부〉가 전자의 경우라면, 〈야귀록〉과 〈제비전〉, 〈흥부놀부전〉, 〈흥부와놀부〉 등이 후자에 속한다.

전자의 경우를 먼저 살펴보면, 〈심봉사전〉, 〈바람소리〉는 기본적으로 〈심청전〉의 주 배경인 '황주 도화동'을 중심으로 서사가 진행된다. 도화동 내의 세부적인 공간 구성에 차이를 보이기는 하지만, 도화동이라는 마을이 심청을 인신공양의 제물로 바치는 비정한 공간이라는 사실에는 변함이 없다. 다만 원전과 달리, 〈심봉사전〉과 〈바람소리〉에서는 심청의 인신공양이 김 대감이나 뺑덕, 마을 깡패 등의 음모 속에서 성사된 것이기 때문에 마을 공동체의 합의, 동의에 의한 '효'의 가치가 주목되지 못한다. 그리고 판소리 서사와 다른 또 다른 변별점은 바로 두 웹툰 모두 '용궁'이라는 판타지 공간을 삭제 혹은 변개하며 사실성과 현실성을 강화하고 있다는 점이다. 〈심봉사전〉에서는 아예

용궁이 등장하지 않고, 〈바람소리〉에서는 '용궁'이 밀수선의 선박명으로 대체될 뿐이다.

또한 두 웹툰 모두 시간 구성에서 기존 서사와 차이를 보이는데, 〈심봉사전〉은 심봉사의 프리퀄 즉, 심봉사 탄생 과정에서부터 곽씨 부인과 결연 후 심청을 낳기까지의 과정이 추가적으로 삽입되어 〈심청전〉에 비해 스토리 시간이 확장된다. 그리고 〈바람소리〉는 전반부 서사를 생략하고 심봉사가 5~6살 무렵의 심청과 함께 지내는 데서부터 이야기가 시작된다. 이로써 전체 서사가 심청이 떠난 후 재회하기까지로 구성되면서 전반적으로 스토리 시간이 축소되는 경향을 보인다. 그러나 두 작품 모두 심청을 찾기 위한 심봉사의 고난과 역경의 과정이 삽입되면서 기존 서사와 다른 새로운 시간이 추가적으로 직조되며 확장되는 양상을 보인다는 점에서는 공통적이다.

한편, 〈그녀의 심청〉은 기존 서사와 달리 장 승상 부인과 심청에 초점을 맞춰 이들의 관계를 중심으로 이야기를 풀어가고 있을 뿐, 기본적으로 〈심청전〉과 동일한 시공간에서 사건이 진행된다. 그리고 〈광한루 로맨스〉, 〈삼작미인가〉, 〈흥부놀부〉 역시 판소리 서사와 동일하거나 유사한 시대를 배경으로 사건이 전개된다. 다만 〈광한루 로맨스〉는 현대적 인물인 모래가 핸드폰을 매개로 조선시대로 유입되어 춘향, 몽룡, 방자 등의 인물과 대면하게 되면서 시간의 폭이 확장되고, 〈삼작미인가〉는 춘향과 심청, 배뱅이가 존재하는 시공간을 융합하여 제시하며, 〈흥부놀부〉는 흥부와 놀부의 어린 시절에서부터 이야기가 시작된다는 점에서 차이가 있을 뿐이다. 그러나 네 웹툰 모두 원전과 동일한 시공간을 제시하면서 작품 속 현실을 신분 질서가 작용하는 사회로 그려 넣는다는 점에서는 공통적이다.

그러나 이들과 달리, 〈야귀록〉과 〈제비전〉, 〈흥부와놀부〉, 〈흥부놀부전〉은 시공간의 설정에서 큰 변화를 보인다. 물론, 웹툰의 첫 장면은 기존 서사와 유사한 시공간을 제시함으로써 원전과의 관련성을 보여주지만, 이후 서사가 진행되어 감에 따라 천상과 지상계 등의 판타지 공간이 제시되거나 다른 서사 속의 시공간이 편입되면서 스토리의 시공이 확장되는 경향을 보인다. 이 작품들의 첫 장면은 흥부와 놀부의 집이나 춘향과 몽룡이 머물렀던 마을 등을 배경으로 내용이 시작된다. 이로 인해 자연스레 원전과의 연계성이 강화되며, 판소리 서사와 웹툰 사이의 거리감은 좁혀진다. 그러나 점차 새로운 인물과 공간이 제시되면서 원전과의 거리감이 조성된다. 가령, 〈흥부전〉을 기반으로 창작된 〈제비전〉, 〈흥부놀부전〉의 경우, 흥부와 놀부의 집이 있는 시골 어느 지역에서 사건이 진행되는 가운데, 〈제비전〉에는 천상계에 존재하는 제비국이 제시되며, 〈흥부놀부전〉에서는 여타의 고전 서사 속의 인물이 등장하면서 지하계, 선계, 수중계 등의 공간이 더해진다.

이때, 〈야귀록〉, 〈제비전〉, 〈흥부놀부전〉에 새로 삽입된 공간들은 대체로 비현실, 초현실의 환상적인 공간이라는 점에서 주목할 필요가 있다. 세 편의 웹툰 속 중심인물은 야귀나 도깨비 사냥꾼, 제비국의 공주 등으로, 이들과 대적하거나 동행하는 인물들은 야귀, 도깨비 혹은 제비국의 인물들이다. 때문에 필연적으로 이들이 머물거나 존재하는 판타지 공간이 상정되고, 인물들 사이에서 벌어지는 사건은 여기에서 진행된다. 이들 웹툰에 제시된 공간은 천상계, 지하계, 수중계, 선계 등으로, 작품에 따라 공간의 구체적 형상이나 양상은 조금씩 다르지만, 각각의 공간들은 모두 "자연의 법칙을 위반하고 불가능하게 여겨지는 사건을 허용"(캐서린 흄, 한창엽 역, 2000: 109)하는 한편, 인물들의 신비로운 힘이 발현되는 공간으로 제시된다는 점에서 공통적이다.

그 구체적인 양상을 보면, 〈야귀록〉은 신과 사람, 귀신이 공존하는 여국을 공간적 배경으로 하는데, 여국의 지하에는 부처와 보살, 저승을 다스리는 신들이 머물고, 지상에서는 인간과 야귀들이 공존한다. 주 무대인 여국의 외관은 판소리 서사와 마찬가지로 초가집이나 길, 돌담 등의 일상 공간으로 묘사되고 있지만, 야귀들의 출현으로 일상성이 소거되고 두려움과 질투, 욕망이 가득한 세계로 전이된다. 때문에 귀사자는 질투와 욕망으로 점철된 야귀와 대적하며 공간의 일상성을 회복시키며 지하세계로의 여정을 지속하고, 결국 문제의 발생지인 지하세계에서 야귀왕 파순과 대적하여 인간세상의 평화 유지라는 과업을 이룬다. 〈야귀록〉의 서사는 몽룡이 과거급제 후 야귀가 된 춘향이와 재회하는 부분에서부터 시작되는데, 중간에 춘향과 몽룡의 만남과 이별이 소략하게 제시된 후, 이후 서사는 몽룡의 저승길 여정과 과업 성취에 초점이 맞춰진다. 그 과정에서 「춘향전」의 춘향과 몽룡의 재회 이후의 시간이 큰 폭으로 확장된다.

〈제비전〉 역시 시공간에 큰 변화를 보이는데, 전반적인 사건은 놀부와 흥보가 머무는 지상의 공간에서 이루어지지만 이때 지상의 공간은 단순히 일상적인 공간으로 제시되지 않는다. 「흥부전」에서 지상이 일상적 삶과 ‘박’이라는 판타지가 공존하는 공간인 것과 마찬가지로, 〈제비전〉의 지상 공간 역시 흥부, 놀부의 일상이 존재하는 동시에 흑뱀 종족의 성소와 영원한 젊음을 선사하는 샘물, 인간으로 변신 가능한 호랑이가 공존하는 판타지 공간으로 설정된다. 그리고 여기에 천상계인 제비국이 추가된다. 〈제비전〉은 「흥부전」의 서사를 대폭 변개하여 흥부와 제비, 놀부의 삼각관계를 비중 있게 그리면서, 제비의 박주머니를 탐하는 제1공주 아리의 음모, 제비의 피를 노리는 흑뱀과 불멸의 고통에서 벗어나고자 하는 호랑이의 서사를 엮는다. 그 과정에서 〈제비전〉의 시공간은 일상과 더불어 환생과 불멸이 공존하는 판타지의 시공으로 교체된다.

한편, 〈홍부놀부전〉은 여러 고전 서사를 융합하여 하나의 작품 속에 담아내며, 고전 속의 여러 시공간을 교직, 확장하는 양상을 보인다. 이 웹툰의 주 무대는 율도국으로, 이곳에서 인간을 파멸시키려는 제비의 음모와 계략, 그리고 이를 저지시키고자 하는 홍부, 놀부의 대결이 이뤄진다. 율도국을 포함한 세계는 선계, 지상계, 지하계(지옥, 마계), 용궁으로 구성되어 있으며, 선계와 용궁에는 신적인 존재가, 지하계에는 요괴가, 그리고 지상계에는 인간이 산다. 본래 신과 인간, 요괴는 지상에서 함께 살았지만, 신과 요괴의 갈등이 심해져 지상이 파멸될 위기에 놓이자, 신과 요괴는 평화협정을 맺어 각각 선계와 지하계에 머물기로 한다. 하지만 이를 반대한 신과 요괴로 인해 지상이 혼란에 빠지게 되고, 결국 인간 대표인 홍길동과 신과 요괴가 이들을 박 속에 봉인하게 되면서 율도국이 건설된다는 설정이다. 이처럼 공간이 변모되는 가운데, 시간 역시 신, 인간, 요괴가 공존하던 태초의 시간에서부터 3000년 전 등으로 거슬러 올라간다. 그리고 홍부와 놀부의 조력자로 바리공주, 심청, 용궁의 별주부 동동, 장화와 홍련 등이 등장하면서 각 인물들의 서사가 회고담 형식으로 삽입되고, 이로써 여러 고전 서사의 시공간이 교직되는 양상을 보인다. 이른바, 컨버젼스 스토리텔링 방식으로 이야기를 결합, 변형하면서 원작의 스토리는 물론 시공간에 대한 재해석 역시 함께 이루어지는 것이다.

판소리 서사에는 다양한 시공간과 세계가 구축되어 있으며 그것은 현실 공간의 재현 혹은 현실에 존재하지 않은 새로운 공간에 대한 상상으로 채워진다. 집과 방, 마을, 길 등의 현실적이고 일상적인 공간에서부터 천상계, 용궁과 꿈, 장승과 동물들의 토론장 등 비현실적이고 환상적인 공간에 이르기까지 다양한 공간들이 제시되어 있는 것이다. 앞서 살펴보았듯, 판소리 서사를 기반으로 창작된 웹툰은 이러한 판소리 서사의 시공간을 활용하되, 기존의 공간을 부분적으로 변개하며 공간적 의미를 변주시키거나 새로운 시공간을 삽입시킴으로써 그 범주를 확장한다. 특히 일상적 공간 속에 판타지적인 존재와 사건을 등장시키면서 일상적 시공을 판타지의 시공으로 교체하고, 이를 통해 기존 서사의 공간을 낯설게 한다. 시공의 변주, 공간의 교직과 확장을 통해 기존 서사와의 거리감을 확보하고 동시에 이를 다양한 디지털 효과를 통해 그 이미지를 선명히 부각시킴으로써 웹툰의 매체적 특성을 십분 활용하는 것이다.

4. 판소리 서사 기반 웹툰의 전망과 가능성

판소리는 시대적 환경에 따라, 혹은 담당층의 세계관이나 유통 방식, 향유 시기에 따라 다양한 방식으로 변모해 왔고, 현전하는 여러 이본을 통해 이를 확인해 볼 수 있다. 「춘향전」과 「심청전」의 경우, 창본에서부터 소설본에 이르기까지 200여 편에 달하는 이본이 전하고 있으며, 각각의 이본들은 동일한 서사의 흐름을 공유하면서도 부분적인 변이를 통해 인물 및 서사 전반에 대한 새로운 관점을 제시한다. 오늘날 판소리 서사를 기반으로 창작된 웹툰은 여타의 이본들처럼 원전의 서사를 온전히 담아내거나 공유하고 있지는 않다. 하지만 판소리 서사를 기반으로 하여 인물 및 사건, 시공간을 현대적으로 변용함으로써 과거에 향유되었던 서사를 현대적인 관점에서 재해석하거나 재창작했다는 점에서 폭넓은 의미에서 이본의 범주에 포함시킬 수 있을 것이다.

그렇다면, 판소리 서사를 기반으로 재창작된 웹툰은 판소리 서사의 무엇을 어떻게 담고 있는가? 이 글에서는 인물 및 사건, 시공간의 구성을 중심으로 이에 대한 답을 찾아보고자 하였다. 그 결과, 각각의 웹툰들은 판소리 서사의 인물을 중심으로 서사를 재구성하되, 대체로 기존 서사와의 차별성을 강조하며 인물과 사건, 시공간에 많은 변화를 주고 있음을 알 수 있었다. 특히 도깨비나 야귀 등 비현실적 인물을 형상화하거나 인물들의 탁월한 능력을 부각시키는 한편, 인물 개인 간의 대결을 중심으로 사건을 구성하면서 이를 판타지와 결합시키고, 판소리 서사에 제시된 시공간을 다양한 방식으로 교직시키거나 확장하고 있음을 확인할 수 있었다. 즉, 판소리 서사를 기반으로 창작된 웹툰은 기존의 서사에 비해 인물, 사건, 시공간의 비현실성과 환상성을 강화하는 방식으로 재창작되는데, 이는 판소리 서사에 담긴 환상성을 현대인들의 취향 및 욕망에 걸맞게 변개한 결과로 파악된다.

판소리 서사에 등장하는 인물들은 하층 계층에 속해 있거나 결핍의 요소를 지닌 인물들이다. 그러나 판소리 서사 속의 주인공들이 결핍 속에만 머물러 있는 것은 아니다. 이들은 결핍의 현실을 환상적인 방식으로 극복해 내고, 결국 판소리 서사 속에는 자연스레 결핍의 정서와 극복의 감정이 공존하게 된다(정병헌 외, 2016: 68). 캐스린 흄의 견해에 따라 판타지 혹은 환상을 '합의된 리얼리티로부터의 일탈'로 규정할 때, 판소리 서사는 고난과 결핍의 현실적 상황에서 벗어나 극복과 성취로 나아가는 판타지를 담고 있다고 할 수 있는 것이다. 그리고 이때 판소리 서사가 담고 있는 환상은 결핍된 것에 대한 갈망을 드러내며, 현실을 바꾸려는 욕구, 즉 현실 세계의 문제로부터 벗어진 욕구의 구체화라고 할 수 있을 것이다.

이러한 판소리 서사의 환상성이 웹툰을 매개로 재창작되면서 환상적 서사를 통해 위안을 얻고 대리만족하려는 대중의 욕망을 충족시킨다. 웹툰은 자유로운 서사 시간 및 공간 설정이 가능하며, 실사 이미지, 애니메이션 연출, 사운드, CG, 컬러 이미지 등이 활용된다(채희상, 2014: 194~210). 그리고 이러한 웹툰의 매체적 특성에 판소리 서사의 환상성이 더해지면서 웹툰은 향유자들의 환상에 대한 욕망을 감각적으로 실현하는 것이다.

물론, 이와 같은 판소리 서사 기반 웹툰의 스토리텔링 방식이 여타의 고전 서사 활용 웹툰의 스토리텔링 방식과 큰 차이를 보이는 것은 아니다. 인물 설정의 변화나 흥미성의 강화는 기존 서사를 바탕으로 재창작된 대중문화 일반이 갖는 특징이라고 할 수 있는 것이다. 다만 판소리 서사를 활용한 경우, 현실적 맥락을 강화하기보다는 환상성을 부각시키는 방향으로 인물이나 시공간, 사건이 변모되는 경향이 있다는 점에서 차별점을 찾을 수 있다. 그리고 이것은 앞서 언급했듯, 판소리 서사에 담겨진 환상성 즉, 용궁이나 꿈, 제비의 보은 등 초월적 세계의 개입을 통해 결핍의 현실을 극복과 성취로 전환하는 판소리 서사의 특성이 웹툰의 매체적 특성과 결합되면서 나타난 결과로 파악된다.

현재 다양한 콘텐츠가 생산, 유통되고 있으며, 그것은 영화나 드라마, 게임뿐 아니라 웹을 기반으로 한 웹소설, 웹툰, 웹드라마 등에 이르기까지 폭넓은 분야를 형성하고 있다. 이처럼 다양한 콘텐츠가 양산되면서 이제 문화 향유자들은 단순히 주어진 문화 상품을 소비하는 단계에 머무는 것이 아니라, 감성을 자극하고 흥미를 유발하는 문화 상품을 찾아 읽고, 듣고, 보고 즐기는 단계로 나아가고 있다.

그리고 적극적인 향유자들의 경우에는 웹이라는 공간에서 자신의 의사를 표출하고, 직접 콘텐츠 생산에 참여하기도 한다. 이제 콘텐츠 향유자들의 자리가 수동적인 문화 '소비자'가 아닌 능동적인 문화 '향유자'로 바뀌고 있는 것이다. 이러한 변화 속에서 흥미와 공감을 제공해 줄 수 있는 새로운 이야기에 대한 향유자들의 갈망과 요구가 더 높아지고 있다. 때문에 새로운 문화 콘텐츠 소재의 발굴과 실험은 계속될 수밖에 없으며, 고전 서사를 기반으로 창작된 콘텐츠들은 그 대안이 될 수 있을 것으로 보인다.

그러나 현재 한국에서 유통되고 있는 콘텐츠의 전체 비중으로 볼 때, 고전 서사를 토대로 한 콘텐츠는 매우 부족한 형편이다. 특히 신생 문화로 발돋움하고 있는 웹 콘텐츠의 경우, 고전 서사를 기반으로 창작된 작품을 찾아보기가 쉽지 않으며, 그 범주를 판소리 서사로 한정할 경우 관련 콘텐츠를 찾아보는 것은 더 어려운 형편이다. 이는 새로운 이야기에 대한 요구가 계속되고 있는 현 상황에서 익숙히 알려진 서사를 기반으로 새로운 이야기를 재구하거나 재창작하는 작업이 결코 녹록하지 않다는 사실을 알려 준다.

그렇다면, 고전 서사의 익숙함 혹은 진부함을 새로움으로 전환시키는 방법은 무엇일까? 이 글에서 살핀 판소리 서사를 기반으로 창작된 웹툰들은 고려해 볼 만한 대안들을 제시하고 있는 것으로 보인다. 앞서 살펴보았듯, 판소리 서사 속 인물의 신분이나 직업, 성격을 변화시키는 방법을 고려해 봄 직하다. 〈야귀록〉에서는 몽룡을 탐관오리를 쫓는 암행어사가 아닌 증오와 원망으로 인해 야귀가 된 존재를 쫓는 귀사자로 변화시키고, 〈흥부놀부전〉에서는 흥부와 놀부를 인간의 증오로 맺힌 박 도깨비를 쫓는 도깨비 사냥꾼으로 등장시킴으로써, 기존 판소리 서사는 새로움을 획득한다. 이를 통해 기존 서사에 대한 새로운 해석의 가능성을 제공하는 동시에 고전에 대한 편견과 고정관념에서 탈피하여 독자의 흥미를 높일 수 있을 것이다.

또한 사건이나 시공간 역시 추격이나 대결 등 새로운 사건을 추가적으로 구성하거나 기존의 시공간을 재편하는 방식을 통해 독자의 흥미를 유발할 수도 있을 것이다. 〈심봉사전〉이나 〈바람소리〉는 심청의 효행에 초점을 맞추는 것이 아니라 딸을 찾기 위한 심봉사의 부성애에 초점을 맞추는 한편, 심학규를 맹인 검객으로 설정하여 서사를 새롭게 구성한다. 그리고 웹툰들 모두 판소리 서사의 판타지적 시공에 다양한 시공간을 결합시킴으로써 이야기 공간에 대한 상상력을 충족시켜 준다. 효와 열 등 판소리 서사에 담겨진 이념적 가치는 오늘날 사회에서 받아들여지기 어렵다. 따라서 현대 사회가 지향하는 가치와 배치되거나 상충되는 부분은 현대적 시각에 걸맞은 모습으로 탈바꿈시킬 필요가 있다. 그렇게 될 때, 판소리가 당대 사회의 모습을 적절히 담아냈듯, 판소리를 기반으로 한 웹툰 역시 현재 우리 사회의 모습이나 현대인들이 추구하는 가치를 적절히 담아낼 수 있을 것이다.

그러나 이상에서 살펴본 웹툰의 경우, 대체로 원전과의 거리감, 상이성을 부각시키고 있으며, 그 과정에서 판소리 서사의 보편적 의미나 특징이 탈각된 채, 사실상 단순히 인물만을 차용하는 정도에서 스토리텔링이 이루어지고 있다는 점에서 아쉬움이 남는다. 물론 이를 통해 고전 문학 그리고 판소리에 대한 편견과 진부함에서 벗어나 새로운 서사를 통한 참신함과 흥미를 부여할 수는 있었다. 그러나 과연 판소리 서사를 활용할 필요가 있는지, 이를 통해 얻을 수 있는 이점이나 효과가 무엇인지에 대해서는 선뜻 답을 찾기 어렵다. 사건 구성 역시 대체로 시각적 욕구를 자극하거나 흥미성만을 강조하는 경향이 있고 판소리 서사의 특징 중 하나인 골계와 해학, 비장미 등의 요소가 고려되지 못한 점이 있다. 판소리 서사는 '울리고 웃기기'를 통해 인간의 다양한 감정을 제시하는 동시에 풍자와 해학을 통해 봉건 질서의 권위를 무너뜨리며, 극의 흐름은 신명을 풀어내고 공동체 지향의 축제적 결말로 나아간다. 그러나 판소리 서사를 기반으로 한 웹툰은 판소리 서사가 담고 있는 이와 같은 미의식과 주제의식을 담아내기보다는 흥미 위주의 판타지 제시에 골몰하는 경향이 있다. 그 과정에서 판소리 서사에 담긴 미의식과 특징 등이 간과되고 있어 보완이 필요해 보인다.

물론, 웹툰은 가볍게 소비되는 스낵 컬처의 일종으로, 웹툰 향유의 목적은 근본적으로 이야기를 즐기거나 삶의 위안을 얻는 데 있다(장예준, 2017: 395~428). 이러한 점에서 웹툰이 판소리 서사에서 흥미를 끌 만한 부분을 참신하게 재해석하거나 재구성하는 데 관심을 두는 것은 당연하다고 할 수 있다. 그러나 〈신과 함께〉나 〈미생〉, 〈26년〉, 〈송곳〉처럼 사회 문화적 이슈를 담아내거나 정치적 담론을 이끌어내는 웹툰 역시 존재함을 염두에 둘 필요가 있다. 이 웹툰들은 사회, 정치적 문제를 진지하게 담아내며 공론을 형성했고, 드라마, 영화 등으로 재창작되었다. 그리고 판소리 역시 풍자와 해학, 울리고 웃기기를 통해 당대 현실이 안고 있던 봉건적 질서의 문제를 노정했다는 점에서 이 웹툰들과 동일하다. 이러한 점에 주목하며 울리고 웃기며 서민의 꿈과 이상을 담아냈던 판소리 서사를 오늘 우리의 문제를 담아내고 성찰하는 데 적용해 볼 수 있을 것이다.

고전 서사를 바탕으로 새로운 콘텐츠를 재창작하는 작업은 분명 과거에 향유되었던 이야기를 현재 우리들의 이야기로 탈바꿈시켜, 현재의 관점과 사유, 인식에 토대를 둔 또 다른 이본異本을 마련한다는 점에서 의미가 있다. 따라서 창작자는 독자의 취향, 흥미만을 고려할 것이 아니라, 고전 서사를 토대로 한 재창작 활동이 "고전 서사의 미적 가치와 흥미 요소를 파악하는 작업"(이명현, 2017: 65)이면서 동시에 기존의 서사와 현대의 인식을 엮어 보며 고전의 가치를 재인식하도록 독려하는 작업이라는 점, 그리고 독자들이 재창작된 콘텐츠를 향유하는 동안 기존의 서사를 되짚어보고 재인식할 수 있도록 기회를 제공하는 활동이라는 점을 반드시 유념해야 할 것이다. 이러한 점에서 원전으로서 고전에 대한 고증과 숙고를 바탕으로 한 재창작 활동이 요구된다. 또한 의도와 취향을 넘어 재창작 과정에서 기존 서사의 활용이 적절하게 이루어졌는지, 판소리 서사에 담지된 고유한 가치와 의미가 훼손된 것은 아닌지 등에 대한 진지한 고민과 성찰이 병행될 때, 웹툰의 질적 제고를 이룰 수 있을 것이다.

참고문헌

이 글에서 살핀 웹툰 목록은 2절의 표로 대신함.

강명관(2007), 「판소리계 소설에 나타난 식욕과 판타지」, 『고전문학연구』 32, 한국고전문학회, 307~331쪽.

김병국(2005), 『한국 고전문학의 비평적 이해』, 서울대학교 출판부.

김용범(2000), 「문화컨텐츠 산업의 창작소재로서 고전소설의 활용가능성에 대한 연구」, 『민족학연구』 4, 한국민족학회, 1~37쪽.

김진철(2015), 「웹툰의 제주신화 수용 양상: 『신과 함께』 〈신화편〉을 중심으로」, 『영주어문학회지』 31, 영주어문학회, 37~62쪽.

김현주(1991), 「판소리 문학에서 구술성과 기술성의 관련양상 및 장르적 의미: 〈춘향가〉 또는 〈춘향전〉을 중심으로」, 『판소리연구』 2, 판소리학회, 127~159쪽.

김현주(2005), 「문장체 고소설과 판소리 서사체의 언어조직방식: 〈구운몽〉과 〈열녀춘향수절가〉를 중심으로 한 시론적 비교 연구」, 『고소설연구』 19, 199~226쪽.

류철균·이지영(2014), 「형성기 한국 웹툰의 장르적 특질 연구」, 『우리문학연구』 44, 우리문학회, 567~600쪽.

린다 허천(Linda Hutcheon), 김상구·윤여복 역(1993), 『패러디 이론』, 문예출판사.

박기수(2015), 「웹툰 스토리텔링, 변별적 논의를 위한 몇 가지 전제」, 『애니메이션연구』 11(3), 한국애니메이션학회, 44~64쪽.

박인하(2015), 「한국 웹툰의 변별적 특성 연구」, 『애니메이션연구』 11(3),

한국애니메이션학회, 82~97쪽.
송성욱(2006), 「문화산업시대 고전문학 연구의 방향」, 『겨레어문학』 36, 겨레어문학회, 221~238쪽.
신동흔(2011), 「21세기 사회문화적 상황과 고전문학 연구의 과제」, 『고전문학과 교육』 22, 한국고전문학교육학회, 117~146쪽.
윤종선(2009), 「문화콘텐츠로서 고전문학의 연구 현황과 전망」, 『어문학』 103, 한국어문학회, 167~196쪽.
이명현(2008), 「문화콘텐츠 스토리텔링 소재로서 고전서사의 가치」, 『우리문학연구』 25, 우리문학회, 95~124쪽.
이명현(2017), 『고전서사와 문화콘텐츠 스토리텔링』, 경진출판.
이상민(2009), 「웹 만화의 매체적 특성과 스토리텔링에 대한 고찰」, 『한국학연구』 30, 고려대학교 한국학연구소, 237~262쪽.
장예준(2017), 「웹툰에서의 고전 서사 활용 방안」, 『국제어문』 75, 국제어문학회, 395~428쪽.
정병헌 외(2016), 『판소리사의 재인식』, 인문과교양.
조혜란(2006), 「고전소설과 문화콘텐츠」, 『어문연구』 50, 어문연구학회, 91~114쪽.
채희상(2014), 「웹툰의 매체전환 과정에 대한 연구」, 『애니메이션 연구』 10(2), 한국애니메이션학회, 194~210쪽.
최기숙(2010), 『환상』, 연세대학교 출판부.
최동현(2006), 「판소리 문화 콘텐츠에 관한 연구」, 『판소리연구』 22, 판소리학회, 393~422쪽.
최진형(2009), 「판소리 서사체의 주제에 대한 일고찰」, 『반교어문연구』 27, 반교어문학회, 213~245쪽.
최진형(2016), 「‘판소리계 소설’ 개념 재론」, 『인문과학』 60, 성균관대학교 인문학연구원, 399~429쪽.
최혜진(2013), 「고전문학 교육과 문화콘텐츠 창작 교육」, 『인문학연구』 24, 경희대학교 인문학연구소, 245~264쪽.
캐서린 흄, 한창엽 역(2000), 『환상과 미메시스』, 푸른나무.
한국콘텐츠진흥원(2015), 『웹툰 산업 현황 및 실태조사』, 한국콘텐츠진흥원.
한국콘텐츠진흥원(2019), 「2019 웹툰 사업체 실태조사」, 한국콘텐츠진흥원.
웹툰인사이트(www.webtooninsight.co.kr)

미주 내용

1) 판소리는 연행물이면서 동시에 독서물로 향유되어 왔다. 일반적으로 연행물은 판소리 혹은 판소리 사설, 창본 등으로, 독서물은 판소리계 소설로 규정되어 왔으나, 그 둘을 명백하게 구분하는 것은 쉽지 않다. 선행 연구에서 이미 "판소리 대본으로서의 텍스트와 판소리 소설로서의 텍스트 사이의 구별이 모호"(김병국, 2005: 184)하다는 점이 지적된 바 있으며, 판소리 연행물과 독서물을 아우르는 용어로서 '판소리 서사체' 혹은 '판소리문학' 등의 용어가 제안되기도 했다(김현주, 1991; 김현주, 2005; 최진형, 2009; 최진형, 2016). 더욱이 연행물로서 판소리와 독서물로서 판소리 모두 동일한 서사를 공유하고 있는 까닭에 이를 바탕으로 새로운 콘텐츠를 재창작/재생산한 경우, 토대가 된 대상이 무엇이었는지 정확히 파악하기 어렵다. 따라서 이 글에서는 판소리 창본과 소설본 모두가 공유하고 있는 이야기의 의미로 '판소리 서사'라는 용어를 사용하고자 한다. 또한 판소리 서사 전반을 포괄하는 개념으로 '춘향전', '심청전', '토끼전', '흥부전'을 사용한다.
2) 김용범, 2000; 최동현, 2006; 송성욱, 2006; 조혜란, 2006; 이명현, 2008; 윤종선, 2009; 신동흔, 2011; 최혜진, 2013; 김진철, 2015 등을 포함해 다수의 논문에서 고전문학을 기반으로 한 콘텐츠 분석이 이루어졌다.
3) 여기에서는 2010년 이후 생상된 것 가운데 장편으로 연재된 웹툰을 중심으로

논의를 진행한다. 10회 미만으로 연재되거나 부분적인 삽화로 구성된 경우 판소리 서사의 재창작 방식을 구체적으로 살피기 어렵다고 판단했기 때문이다. 이에 따라 2007년에 다음에서 연재된 호랑 작가의 웹툰 〈천년동화〉(2007)나 네이버에서 1회로 구성된 〈용궁전〉은 논의에 포함하지 않았다.

4) 포털 사이트에서는 정식 연재 외에도 도전만화, 베스트만화(네이버), 웹툰 리그(다음)를 통해 자유롭게 웹툰을 올릴 수 있다. 이들 작품은 독자 투표나 반응을 바탕으로 정식연재 작품으로 선발되는데, 이 가운데 조회수가 저조하거나 중간에 연재가 중단되는 경우가 있어, 여기서는 정식 연재(완결)작을 중심으로 조사, 정리하였다.

5) 표에 소개된 웹툰 연재 기간 및 게재처 정보는 2021년 3월에 재확인한 것이다. 여기에 언급된 '장르'는 각 사이트에서 웹툰 설명과 더불어 게시하고 있는 장르를 표기한 것이다. 각 플랫폼마다 분류 기준 및 범주가 다르게 설정되어 있다. 네이버 웹툰의 경우, 장르를 에피소드, 옴니버스, 스토리, 일상, 판타지, 개그, 액션, 드라마, 순정, 시대극, 스릴러, 스포츠 등으로 나누어 작품을 분류하고, 코미코는 BL, 백합, 로맨스, 드라마, 학원, 순정, 액션, 연재, 역사/시대극, 호러/스릴러, 미스터리/추리, 옴니버스, 판타지, 일상, 스포츠, 개그 등으로 분류하여 범주가 더 다양한 편이다.

6) 이상민, 2009; 류철균·이지영, 2014; 박기수, 2015; 박인하, 2015 등의 논의 참조.

도깨비 서사의 웹툰 수용과 변주

이 명 현

1. 도깨비 서사와 웹툰

도깨비는 어릴 적 전래동화를 통해 익숙한 대상이지만, '도깨비란 무엇인가?'라고 묻는다면 명확하게 답변하기 어려운 존재이다. 도깨비는 신적인 면모를 지니기도 하고, 사람을 홀리는 부정적 측면이 있기도 하다. 민담에서 도깨비는 장난을 좋아하고, 인간과 내기를 하여 골려먹기도 한다. 이러한 도깨비의 다양한 성격과 인간의 방식으로 규정하기 어려운 종잡을 수 없는 행동 때문에 도깨비라는 단어는 '주책없이 망나니짓을 하는 사람을 비유적으로 이르는 말'로 사용되기도 한다.[1]

도깨비가 지니고 있는 다양한 층위의 성격은 도깨비가 무엇인지 명확하게 답변하기 어렵게 만들지만, 한편으로는 도깨비의 성격을

새롭게 창조할 수 있는 개방성으로 작동하기도 한다. 이러한 특성 때문에 그 동안 도깨비는 드라마, 만화, 애니메이션 등 다양한 문화콘텐츠의 소재로 주목받았다.[2] 특히 2000년대 초반 초등학교 2학년 국어쓰기 교과서에 수록된 도깨비의 시각적 이미지에 대한 논란 이후, 문화원형으로서 도깨비에 대한 관심이 증가하였고,[3] 2016년 방영된 드라마 〈도깨비〉 이후 도깨비에 대한 대중의 관심이 확산되었다.

도깨비에 대한 관심은 도깨비의 기원 및 민담 분석에 대한 학술적 탐구뿐만 아니라 도깨비에 대한 재해석으로 확장되었고, 젊은 세대를 주요 타깃으로 하는 웹툰의 소재로 활용되고 있다. 웹툰은 사용자user 중심의 매체로 주요 향유층은 디지털 네이티브라 불리는 디지털 환경에서 태어나고 자라난 새로운 세대이다.[4] 앞서 언급한 것처럼 웹툰 독자는 사용자면서 적극적인 이용의 주체이다. 웹툰 독자는 댓글, 조회수, 별점 등 다양한 방식으로 웹툰에 영향을 행사한다.

즉 웹툰의 소재와 작가의 연재 방향은 웹툰을 향유하는 대중들의 직접적인 평가와 관심에 의해 영향을 받을 수밖에 없다. 따라서 웹툰에 나타난 도깨비에 대한 분석은 젊은 세대의 도깨비에 대한 인식과 도깨비 서사의 변모 방향을 이해할 수 있는 중요한 단서라 할 수 있다.

이 글에서는 이러한 관점에서 도깨비 서사가 웹툰에서 수용되고 변주되는 양상을 분석하고자 한다. 무엇보다 도깨비라고 하는 비현실적 존재를 웹툰에서 재현하는 방식에 주목하고자 한다. 이를 위해 도깨비 정체의 모호성, 도깨비 서사의 개방성 등이 웹툰 스토리텔링의 소재로서 어떠한 가능성을 가지고 있는지 살펴보고, 도깨비 서사가 웹툰에 수용·변주된 양상을 분석하여 스토리텔링의 변화 방향을 논의하고자 한다.

2. 도깨비 서사의 중층성과 웹툰으로의 확장 가능성

도깨비 서사는 도깨비의 특성을 기준으로 분류한 김종대의 논의에 따라 8가지 유형의 이야기로 나누어 볼 수 있다.[5] 유형 분류와 서사적 특징 분석을 통해서 구비문학에 나타난 도깨비의 성격과 특징으로 어떠한 요소들이 있는지 파악할 수 있다. 그러나 도깨비와 같은 비현실적 존재는 실재한 구체적 대상이 아니라 인간의 상상력에 의해 형성되고 변주되기 때문에 명확한 개념과 범주, 단일하고 위계화된 계보로 정의내리는 것은 현실적으로 어렵다.

기존 연구를 종합적으로 살펴보아도 현재까지의 전승과 기록을 토대로 도깨비의 기원과 정체를 단정할 수 없다. 도깨비의 기원과 정체에 대해서는 다양한 학설이 제시되어 있다.[6] 각각의 주장 모두 도깨비 전승과 관련 기록을 토대로 한 나름의 근거가 있다.[7] 도깨비의 기원에 대한 학설이 복잡하다는 것은 도깨비가 단일한 전승과 계통을 갖고 있지 않다는 반증일 수 있다.

도깨비 서사와 같은 구비문학은 단일하고 계통적인 일관된 서사라기보다는 오랜 시간 동안 많은 사람들에 의해서 서사적 의미 형성의 가능성 안에서 다시 쓰여져 온 텍스트라고 할 수 있다(황혜진, 2007: 26). 특히 도깨비는 역사적 맥락 속에서 실재하는 존재가 아니라 인간의 상상과 욕망이 투사되어 형성된 존재이기 때문에 구비 전승의 과정을 통해서 다양한 목소리의 흔적이 중층적으로 뒤섞여 있을 수밖에 없다.

현재 우리가 도깨비라고 인식하고 있는 대상은 하나의 존재가 일관된 전승에 의해 형성된 것으로 보기 어렵다. 지역별, 향유집단별로 차이점을 지닌 존재들이 어느 시점에서 도깨비라는 하나의 이름으로 명명되면서 이질적 존재들이 '도깨비'로 통합된 것이라 할 수 있다(이명현, 2017: 298). 즉, 도깨비라는 명칭 안에 하나로 통합되기 어려운 다양한 계열체들이 중층적으로 포함되어 있다고 할 수 있다.

그러나 기존의 논의에서는 도깨비라는 존재에 이질적인 요소들이 중층적으로 결합되어 있다는 사실에 주목하기보다는 도깨비의 정체성과 성격이 무엇인지를 규명하고자 하는 경향이 강하였다.[8] 특히 일본의 '오니'와 구별되는 한국 고유의 상상력이라는 측면에서 민간신앙에서 유래한 전통문화라는 요소가 강조되어 도깨비의 정체성이 부여된 측면이 크다.[9]

이러한 논의의 이면에는 전통문화는 실체가 있는 단일한 기원이라는 인식이 작용하고 있다. 그러나 홉스봄에 의하면 전통은 특정한 시기에 호명되어 만들어진 것이다. 홉스봄은 '만들어진 전통'은 특정한 집단들, 실재하는 것이든 인위적인 것이든 공동체들의 사회 통합이나 소속감을 구축하거나 상징화하기 위한 것이고 하였다(에릭 홉스봄, 박지향·장문석 역: 33). 전통은 연속적으로 단일하게 형성된 것이 아니다. 실제로 전통은 매우 이질적이면서도 다양한 주체와 시간의 층을 포괄하고 있다. 따라서 어느 시기의, 누구의 과거를 '전통문화'라는 이름으로 되살려 내느냐에 따라 상상되는 정체성과 개념이 달라진다(윤영도, 2007: 333). 결국 전통문화를 호명하는 주체가 누구인가에 따라 그 성격이 상이하게 규정될 수 있다.

만들어진 전통이라는 관점에서 도깨비를 접근하면, 도깨비를 고유한 민족의 문화원형으로 바라보는 시각은 도깨비의 진정한 실체를 밝히는 것이라기보다는 도깨비를 민족적 정체성이라는 특정한 틀에 고정시키는 것이라 할 수 있다.[10] 이보다는 도깨비라는 상상의 존재에 어떠한 요소들이 중층적으로 결합되어 있고, 특정한 시기, 특정 집단에 의하여 어떠한 요소가 호명되어 도깨비 서사가 형성되고, 이에 대한 인용과 재인용, 반론이 어떠한 방식으로 전개되는지 분석하는 것이 중요하다.

도깨비 서사에 나타나는 도깨비의 정체와 신격, 성격은 단일하지 않다. 옛날이야기에서 도깨비는 하위 신격, 역신疫神, 인간에게 우호적인 이물異物, 인간에게 부정적인 요괴 등의 존재로 형상화된다. 도깨비는 인간에게 풍요를 제공하기도 하고, 벌을 주기도 한다. 도깨비는 장난을 좋아하고, 인간을 홀리기도 하고, 호색한이기도 하다. 도깨비는 인간보다 우월한 능력을 가졌지만 인간의 꾀에 속기도 하고, 인간 여성과 결합하여 인간의 조상이 되기도 한다.

이처럼 도깨비의 다양하고 상이한 성격은 도깨비를 전형적으로 고정된 캐릭터에서 벗어나 다층적이고 복합적인 캐릭터를 만들 수 있는 기반이 된다. 도깨비와 같이 중층적으로 형성된 캐릭터는 오늘날에도 다양한 현대적 요소를 수용하고 융합하는 개방성을 지닌다. 즉, 도깨비의 다양한 기원과 성격은 캐릭터 형성의 개방적 요인으로 작동하며, 현대적 요소들이 컨버전스되어 전형적이지 않은 캐릭터를 창조할 수 바탕이 된다.

도깨비 서사의 중층성과 개방성은 특히 환상적 요소를 수용하여 판타지를 추구하는 웹툰에 적절한 소재라 할 수 있다. 도깨비 정체의 모호성은 현대적 상상력과 결합하여 판타지 세계의 존재로 재창조하기 용이한 요소로 작동한다. 그리고 도깨비가 지닌 다양한 능력과 도깨비에 내재된 이질적이고 성격은 개성적이고 다채로운 도깨비 캐릭터를 창출할 수 있는 요인이 된다.

3. 웹툰에 재현된 도깨비

웹툰이 본격적으로 유통되기 시작한 이후 도깨비를 소재로 한 웹툰 중에서 대중에게 주목받은 작품을 정리하면 다음의 표와 같다.

웹툰	글/그림	연재매체	연재기간	주인공	비고
도깨비 신부	말리	출판 연재	2002.10~	신선비(여고생)	연재 중단
도깨비	네스티캣	다음	2006.08.01~ 2007.03.02	서정권(만화가), 진희(여고생) 등	
도깨비언덕에 왜 왔니?	김용회	다음	2013.08.13~	가람(초등학생), 요괴 친구들	연재중
양말도깨비	만물상	다음	2014.02.15~ 2016.05.14	박수진, 양말도깨비	
이상하고 아름다운	허니비	네이버	2015.12.13~ 2019.01.27	신지안, 이안 자매, 도깨비 왕자 4형제	
안녕 도깨비	최지애	네이버 피키툰	2016.04.04~ 2017.12.15	고분희(여고생), 도깨비	사이트 연재 제외
도깨비훈장	박혜림	다음	2016.05.08~ 2018.04.29	윤정(여고생), 불도깨비, 물도깨비	
금빛 도깨비 쿠비	김성주	다음	2016.05.22~ 2018.01.22	세하(초등학생), 도깨비 쿠비	

위의 목록 중에서 〈도깨비 신부〉는 다양한 무속의 세계와 인간적인 도깨비를 등장시켜 높은 평가를 받았지만,[11] 출판사 사정으로 2007년 단행본 6권을 출간한 이후 발표가 중단된 상태이다. 이러한 사정을 감안하여 본고에서는 〈도깨비 신부〉를 분석 대상에서 제외한다.

그리고 〈도깨비언덕에 왜 왔니?〉, 〈양말도깨비〉는 제목과 달리 도깨비가 주요 등장인물이 아니다. 〈도깨비언덕에 왜 왔니?〉는 도깨비보다는 늑대인간, 구미호 등의 이물 요괴의 비중이 크다. 이 웹툰에서 도깨비와 도깨비의 세계는 인간의 일상 공간과 변별되는 판타지 세계로 재현되고 있지만, 전체 서사와 배경의 일부분으로 나타나고 있어 분석대상으로 적절하지 않다. 〈양말도깨비〉는 양말을 먹고 사는 도깨비로 '양말도깨비'가 등장하지만, 재현된 양상과 구체적인 성격을 고려하면 도깨비라고 하기에 적절하지 않고, 전체 서사에서도 보조적 역할만을 수행하기 때문에 분석대상에서 제외한다. 〈안녕 도깨비〉는 네이버에서 연재를 시작하였지만, 피키툰으로 연재 포탈을 옮기었고, 이후 연재가 중단되고 이전의 연재분이 사이트에서 제외되어 작품의 내용을 확인하기 어려운 상황이다.

위의 작품들을 제외하고 도깨비 서사의 도깨비를 소재로 하여 현대적으로 재해석한 작품을 선별하면 웹툰 〈도깨비〉, 〈이상하고 아름다운〉, 〈도깨비훈장〉, 〈금빛 도깨비 쿠비〉의 네 작품이 남는다. 이 작품 중에서 논의의 편의상 웹툰 〈도깨비〉와 〈도깨비훈장〉을 대상으로 논의를 전개하고자 한다.[12] 이 웹툰들은 서사 전개에서 도깨비가 핵심적인 역할을 수행하고, 인간과 도깨비의 관계가 작품의 주요 내용이다.

1) 민족 주체로 재현된 도깨비: 웹툰 〈도깨비〉

웹툰 〈도깨비〉는 Daum의 웹툰 플랫폼인 '만화 속 세상'에서 2006년부터 2007년까지 56부작으로 연재된 작품이다. 〈SICAF 디지털 만화대상〉, 〈네티즌 초이스상〉, 〈독자만화대상-온라인 만화상〉을 수상하는 등 연재 당시에 큰 인기를 끌었다.[13]

웹툰 〈도깨비〉에는 두 종류의 도깨비가 등장한다. 하나는 과거부터 존재하고 있던 초월적 존재로서 도깨비이고, 다른 하나는 도깨비와 계약을 맺고 특별한 능력을 부여받은 인간 도깨비이다. 작품에서는 일제강점기에 인간 도깨비가 탄생하는 장면에서 둘의 관계가 나타난다. 일제강점기에 사람들에게 사랑을 베풀며 선량하게 살아가던 청년이 있었다. 그러나 청년의 가족과 마을 사람들은 일본의 무자비한 학살로 몰살을 당한다. 절망한 청년에게 도깨비가 찾아와 자신에게 한쪽 다리를 내준다면 세상을 바로잡을 힘을 주겠다고 약속한다.[14] 청년은 도깨비의 제안을 받아들여 한쪽 다리를 내어주고 도깨비가 되어 특별한 능력을 얻는다.

이 장면에 재현된 도깨비는 산발한 머리에 하늘까지 닿는 거대한 키와 덩치를 지니고 있으며, 호기심이 강하고 장난스러운 성격으로 나타난다. 이것은 도깨비 서사와 민속신앙의 도깨비 관념 중에서 신격으로서의 도깨비, 장난을 좋아하지만 긍정적인 도깨비의 요소를 수용한 것이다. 일제에 대한 저항이라는 민족

주의를 강조하기 위하여 한국 고유의 전통적인 도깨비 이미지를 호명하고자 한 것이라 할 수 있다. 이를 위해 작가는 도깨비를 뿔이 없는 외모로 형상화하여 일본의 오니와 의도적으로 구분하고 있다.[15)]

웹툰 〈도깨비〉에는 일반적인 관념의 도깨비와 더불어 인간 도깨비가 등장한다. 인간 도깨비는 기존의 도깨비 서사와는 전혀 다른 방식으로 스토리텔링된다. 최초의 인간 도깨비는 일제강점기에 자신의 아내와 가족들과 함께 성실하게 살아가는 평범한 청년이었다. 그러나 일제의 학살로 자신을 제외한 온 가족이 몰살당하자, 청년은 며칠을 울부짖다가 자살을 시도한다. 청년은 자살에 실패하고, 이를 본 도깨비가 청년에게 공감하여 시간을 돌릴 수 있는 '도깨비 환'을 주며 도깨비 조직을 만들라고 한다. 이후 인간 도깨비들은 일본인의 만행을 막는 비밀 조직으로 활동하게 된다. 인간 도깨비는 도깨비와의 계약으로 탄생한 존재이자, 도깨비를 계승한 현실의 살아 있는 존재들이다. 인간 도깨비를 통해서 도깨비는 비현실적 영역의 환상적 존재에서 현실 영역의 실체로 전환된다.

새로운 인간 도깨비를 만들기 위해서는 위의 그림처럼 도깨비 문양의 도장을 신입 조직원의 목에 찍으면 된다. 그러면 도깨비 문신이 생기고, 도깨비 환을 복용하면 시간을 되돌리는 능력을 얻게 된다. 이제 도깨비는 옛날이야기 속의 낯설고 비현실적인 존재가 아니라 문신이라는 징표를 통해서 민족의 전통을 계승한 역사적 실체인 것이다.

인간 도깨비들은 일제 강점기 이후 시간이 흘러 세상이 평화로워지면서 점차 줄어든다. 그런데 인간 도깨비를 위협하는 적대적 조직이 등장한다. 이들은 '닌자'라 불리는 조직으로 일본의 대동아 전쟁을 승리로 이끌기 위해 생긴 집단이었지만, 일제 패망 이후 일본의 정치 집단과 연계하여 한국을 위협하는 범죄 조직으로 변화하였다. 웹툰 〈도깨비〉에서 닌자는 일본의 오니가 특별한 힘을 주어 탄생한 존재이다. 일본의 오니는 한국의 도깨비가 청년에게 힘을 준 것에 불만을 가져 일본의 이익을 위해 일본 청년에게 힘을 준 것이다.

한국의 인간 도깨비와 일본 닌자의 대립은 도깨비를 전통과 민족의 주체로 호명하는 장치이다. 도깨비와 오니가 대립항으로서 작동하는 순간 도깨비는 신이한 능력을 지닌 환상적 존재로 국한되는 것이 아니라 일본에 대항해 민족을 수호하는 전통적 가치로 재현된다. 도깨비 서사, 민속신앙 등을 통해 형성된 도깨비에 대한 관념은 우리 민족의 고유한 정신적 유산이고, 이를 훼손하기 위하여 혹부리 영감의 오니를 도깨비로 둔갑시킨 일제의 만행은 바로잡아야 할 아픈 과거이다. 웹툰 〈도깨비〉 속에서 도깨비는 국민국가의 민족사가 침해당한 상징이자, 자신의 능력을 인간에게 전수하여 민족의 정체성을 유지시킨 민족 주체의 상징인 것이다.

웹툰에서 인간 도깨비들이 사용하는 능력은 시간을 되돌리는 것이다.[16] 시간을 되돌린다는 것은 현재의 오류를 되돌려 과거에서 바로잡는다는 것을 상징한다. 이것은 한국이 해방 이후 일제의 잔재를 극복하려고 했으나 '도깨비와 오니'처럼 정신적인 영역에서 여전히 영향을 받고 있는 부분이 있고, 이를 극복하기 위해서는 시간을 돌려 과거로부터 원인을 제거해야 한다는 것을 의미하는 것이라 할 수 있다.

웹툰 〈도깨비〉의 주요 내용은 인간 도깨비들과 닌자의 대결 등 액션 장면이다. 민족주의에 기반한 액션물은 영웅주의에 함몰될 위험성이 높다. 웹툰 〈도깨비〉에서는 인간 도깨비를 평범한 사람으로 재현하고, 이들의 일상적 모습을 유머러스하게 보여줌으로써 영웅주의를 비껴가고 있다.

인간 도깨비들 가운데 '진희'는 도깨비로 활동하지 않는 시간에는 학교에서 시험과 야간자습에 괴로워하는 평범한 고등학생이다. 진희는 다른 도깨비들과 함께 회의를 하다가도 학원 갈 시간이 되었다며 급하게 사라지는 평범한 10대 소녀다. 또 다른 도깨비 '현진'과 '희령'도 각각 헌책방 주인, 패션 디자이너라는 직업을 갖고 있으며, 책 가격과 옷 가격 천 원을 두고 흥정을 하는 등 스스로 생계를 책임지며 일상을 꾸려가는 우리 주변의 사람들이다. '정권' 역시 마감 날짜를 지키지 못해 편집장의 독촉 전화에 시달리는 웹툰 작가이며, 도깨비로 활동하느라 연재가 늦어지는 바람에 걱정이 많은 인물이다. 이처럼 웹툰에서는 인간 도깨비들에게 일상의 개인사를 설정하여 독자들이 극중 인물들에게 현실감과 친밀감을 느끼도록 하였다. 영웅적인 도깨비와 일상적인 인간을 결합한 '인간+도깨비'라는 설정은 주인공의 영웅으로서의 면모와 소시민적 얼굴을 함께 보여주는 장치라 할 수 있다.

웹툰 〈도깨비〉는 도깨비 서사 중에서 도깨비의 신격과 긍정적인 성격을 수용하여 민족 주체로 재현된 인간 도깨비라는 새로운 상상력을 제시하였고, 영웅주의에 함몰되지 않으면서 대중들의 공감을 얻는 장치로 인간 도깨비에게 구체적인 현실성을 부여하는 재현 방식을 선택한 것이다.

2) 현실 세계에서 인간과 공존하는 도깨비: 〈도깨비훈장〉

〈도깨비훈장〉은 무속적 세계관을 배경으로 하면서 도깨비 서사를 소재로 에피소드를 구성한 작품이다. 〈도깨비훈장〉을 관통하는 배경은 제주도 〈부훈장 설화〉에서 차용하였다. 〈부훈장 설화〉[17]에서 부훈장은 도깨비를 거느리고 술법을 부리는 이인異人으로 나타난다. 웹툰에서는 설화에서 착안하여 부훈장을 신령과 소통할 수 있는 신이한 존재로 설정한다.[18] 그리고 〈생불할망본풀이〉, 〈이공본풀이〉, 〈김녕사굴〉, 〈혼착 죽은 심방〉, 〈충견무덤 설화〉 등을 수용하여 이야기를 전개하고, 물도깨비, 불도깨비, 뱀도깨비, 팽나무 도깨비, 흙도깨비 등 다양한 도깨비를 등장시킨다. 웹툰은 이러한 컨버전스 스토리텔링 방식을 통해서 기존 도깨비 서사에서 일부 내용을 선별적으로 수용하고 변주한다.

〈도깨비훈장〉의 주된 내용은 부훈장의 유언장을 찾는 것이다. 웹툰은 현대를 배경으로 서울에 사는 부훈장의 후손인 고2 윤정이 할머니를 따라 제주도로 오면서 시작한다. 윤정이 제주도에 오자 부훈장의 냄새를 맡고 온갖 도깨비들이 찾아온다. 윤정은 부훈장이 부리던 물도깨비, 불도깨비와 함께 부훈장이 숨겨 놓은 유언장의 단서를 찾으면서, 뱀도깨비, 팽나무 도깨비, 흙도깨비 등의 사연을 해결한다. 이러한 스토리텔링은 인간과 도깨비가 현실에서 관계를 맺는 도깨비 서사의 요소를 수용한 것이라 할 수 있다.

물론 사건의 전개에서 부훈장이 부리던 물도깨비, 불도깨비의 숨은 사연이 드러나면서 기존의 도깨비 서사와는 다른 방식으로 이야기가 전개된다. 불도깨비는 부훈장처럼 '좋은 사람'이 되고 싶어 인간이 되고자 한 도깨비이다. 그러나 완전한 인간이 되지 못하여 도깨비의 능력을 발휘하지도 못하는 사람도 도깨비도 아닌 중간 즈음의 존재이다. 물도깨비는 불도깨비가 인간이 되고자 한 바람에 도깨비의 불멸을 잃어버린 것을 안타깝게 여겨 그를 도깨비로 되돌리려고 한다. 물도깨비는 부훈장의 유언장이 불도깨비를 되돌릴 수 있는 단서라 여긴다.

웹툰에서는 기존 도깨비 서사와 달리 '사람이 되고 싶은 도깨비'라는 설정을 통해 인간/이물(도깨비)의 관계에 초점을 맞추고 있다. '인간—주체'와 '도깨비—타자 혹은 소수자'라는 대비와 '인간—문명', '도깨비—자연'의 구분을 겹쳐놓으면서 진정으로 인간이 추구해야 할 가치가 무엇인지에 대해 문제를 던지고 있다. 이것은 불도깨비가 부훈장의 유언을 찾는 숨겨진 사연을 통해서도 알 수 있다. 불도깨비는 도깨비로 태어나자마자 부훈장이 보살피고 키워주었다. 불도깨비는 부훈장을 아버지처럼 따르고 부훈장 같은 사람이 되고자 하였다.

> 부훈장은 등불이 필요한 밤은 물론 훤한 낮에도 나를 데리고 다녔다. 그렇게 데리고 다니는 것만으로도, 아무 것도 몰랐던 나는 많은 것을 배우게 되었다. 섬사람들 대부분은 추위보다는 다른 것들에 더 힘들어한다

> 는 것도 알았다. 배고픔, 그럼에도 먹지도 못하고 고스란히 육지로 보내야 하는 것들, 몸과 마음의 병, 그리고 사람이 어떻게 할 수 없는 것들...
>
> 어떤 것으로 고통스러워하든 모두 부훈장을 찾아왔다. 부훈장은 그들을 위해 재주를 부렸고 그러면 그들은 웃기도 하고, 울기도 했는데 전보다는 덜 힘들어보였다.
>
> 그것이 내가 부훈장 옆에서 가장 많이 본 것이었다. 어린 도깨비였던 나는 부훈장이 제일 대단한 사람이라 여겼다. 그리고 어느 순간 이 사람처럼 되고 싶다고 생각했다.
>
> —〈도깨비훈장〉 73화

인용문의 내용은 불도깨비의 독백이다. 불도깨비는 부훈장을 통해서 인간을 이해했지만, 대부분의 인간은 부훈장과는 달랐다. 부훈장은 젊은 시절 육지에서 남들과 다른 능력 때문에 인간의 이기심과 탐욕을 겪었기에 인간이 자신과 다른 존재에 얼마나 배타적인지 알고 있다. 부훈장은 불도깨비에게 인간의 무서움에 대해 알려준다.[19] 그러나 계속해서 사람이 되고 싶어 하는 불도깨비를 보면서 부훈장은 불도깨비의 소원을 들어주는 것이 돌이킬 수 없는 운명임을 알게 된다. 부훈장은 불도깨비를 결국 사람으로 바꾸어준다. 그러나 완전한 사람으로 바꾸지는 못하고 겉모습은 사람으로 바뀌어도 도깨비의 흔적이 남게 된다.[20] 그리고 도깨비의 능력은 반 토막 나고, 사람이기 때문에 수명의 제한이 생기고, 사후에는 저승에 가지 못하고 소멸하게 된다.

불도깨비는 인간이 되어 부훈장처럼 사람들에게 도움을 주고 싶었다. 그러나 인간은 자신들과 다르다는 이유로 불도깨비를 배척하고,[21] 자신의 탐욕을 위해 불도깨비를 제압하고 그의 능력을 적대세력을 죽이는데 이용한다. 불도깨비는 부적으로 정신을 빼앗긴 상태에서 불을 일으키는 능력을 발휘해 자신의 의사와 상관없이 많은 사람을 죽인다.

불도깨비는 세월이 흐른 후 자신을 부리던 인간을 죽인 후 부훈장이 기다리는 섬으로 돌아가지 못하고 긴 세월 동안 세상을 떠돌다 웹툰의 현재 시점으로부터 30년 전 섬으로 돌아온다. 불도깨비는 섬으로 돌아와 부훈장의 무덤에서 부훈장의 영혼을 본다. 불도깨비는 부훈장의 영혼이 저승으로 떠나지 않았다는 것을 알고 서천꽃밭의 환생꽃으로 부훈장을 살리려고 한다. 웹툰에서는 〈혼착 죽은 심방〉을 리텔링하여 서천꽃밭에 도깨비는 갈 수 있다고 설정하였기 때문에 불도깨비는 서천꽃밭의 환생꽃을 찾기 위해 다시 도깨비가 되고자 한다.[22]

물도깨비는 불도깨비의 불멸을 회복시키기 위해 부훈장의 유언장을 찾고자 하지만, 불도깨비는 부훈장을 살리고 자신은 죽기 위해 도깨비가 되고자 하는 역설적인 상황이다. 윤정, 물도깨비, 불도깨비는 부훈장의 유언장을 찾는다. 부훈장의 유언장을 둘러싸고 물도깨비와 불도깨비는 대립하지만, 윤정의 중재로 둘은 서로를 이해하게 된다. 그들은 이후 '도깨비, 인간, 도깨비와 인간의 중간 존재'인 그대로 함께 살아간다. 윤정은 유언장을 찾는 과정에서 인간 아닌 존재들의 세계를 조우하고, 그 세계를 이해하고 있는 그대로 인정한다. 물도깨비는 불도깨비를 사람으로 바꾸려 한 부훈장의 마음을 이해하고 윤정과 불도깨비와 함께 한다. 불도깨비는 부훈장의 유언장을 사용하여 부훈장의 무덤 앞에 서천꽃밭의 부훈장 꽃[23]을 피운다. 불도깨비는 부훈장이 소망한 대로 진심으로 환하게 웃고, 좋은 사람과 함께 하게 된다.

〈도깨비훈장〉에서 불도깨비를 비롯해 인간 세계 밖의 존재들은 인간과 관계 맺고 싶어 하지만, 인간들은 이들이 자신과 다르다는 이유만으로 두려워하고 배척한다. 이러한 배제와 혐오는 부훈장처럼 인간과 신의 세계를 이어주는 존재에게도 동일하게 작동한다. 그렇기 때문에 도깨비 등 초자연적인 존재는 더 이상 인간과 관계 맺기 어렵고, 인간 세계의 경계 밖에 머무를 수밖에 없는 것이다. 이렇게 고착화된 경계를 흔들고 균열을 일으키는 것은 경계에 걸쳐 있는 윤정과 불도깨비와 같은 중간적인 존재이다. 윤정은 부훈장의 후손이라는 핏줄로 경계를 넘을 자격을 가지고 있고, 불도깨비는 사람이 되고자 불멸을 포기하였기에 경계를 해체할 수 있는 것이다.

〈도깨비훈장〉의 결말에서 윤정, 불도깨비, 물도깨비의 관계가 어떠한 한 방향으로 극적으로 전환되지 않고, 있는 그대로의 상대방을 인정하는 것이야말로 인간과 도깨비의 경계를 해체하는 것이다. 이 웹툰에서는 현실에 작동하는 인간 중심의 차별과 배제, 합리성이라는 이름으로 자행되는 인간의 오만과 독선에 대하여 판타지의 방식으로 대안을 상상한다. 〈도깨비훈장〉에서는 상상의 세계를 통해 인간과 도깨비의 차이라는 금기를 넘어서고, 이를 통해 인간과 자연이 공존하고 인간과 신령이 함께하는 신화적 세계를 꿈꾼다. 〈도깨비훈장〉에서 도깨비는 비일상적이고 신이한 존재이면서 차이에도 불구하고 인간과 함께 공존하고자 하는 좋은 친구이다.

〈도깨비훈장〉은 무속적 세계관을 배경으로 한 한 판타지이다. 웹툰은 만화를 이어받은 장르이기 때문에 만화가 가지고 있는 환상성을 공유하고 있다. 프랑시스 라까쌩은 “만화는 내용과 극적인 주제에 관하여 오래전의 구전문학, 웅장한 이야기들, 전설, 무도곡, 우화, 애가 등에서 영웅적인 모험과 초자연적인 것들을 다시 불러오고 복원시킨다.”(프랑시스 라까쌩, 심상용 역, 1998: 293~294)고 하였다. 만화는 신화적인 것, 가상적인 것, 불가능한 것을 꿈꾸는 장르이다. 상상의 힘에 기댄 만화는 다른 어떤 장르보다 환상의 영역을 자유자재로 옮겨 낼 수 있는 매체다(박인하, 2005: 17~18).

웹툰 소재로서 도깨비의 주요한 매력은 비일상적인 환상의 대상이라는 점이다. 판타지는 일상적 경험 세계를 일탈하는 상상의 자유를 추구하지만, 한편으로는 현실의 결핍을 드러내는 전복적 상상력이기도 하다. 즉 웹툰에서 도깨비를 통해 드러나는 판타지는 현실의 문제에 대한 환상적 대안[24]이기도 한 것이다. 이러한 측면에서 도깨비 정체의 모호성과 서사의 개방성은 시대의 변화에 따라 도깨비의 새로운 의미를 생성하는 힘으로 작동하는 것이고, 도깨비 서사는 완결된 텍스트가 아니라 열린 텍스트[25]로서 끊임없이 변주되고 재창조되는 이야기[26]인 것이다.

4. 현재 진행형의 도깨비 서사

이 글에서는 도깨비 서사를 수용한 웹툰을 대상으로 도깨비의 현대적 수용과 변주를 탐구하였다. 도깨비는 역사적 맥락 속에서 실재하는 존재가 아니라 인간의 상상과 욕망이 투사되어 형성된 존재이기 때문에 단일한 개념과 위계화된 범주로 규정하기 어렵고, 도깨비 서사에는 도깨비의 신격과 성격에 대한 이질적이고 다양한 요소들이 혼재되어 있다. 도깨비 서사의 중층성과 개방성은 환상적 요소를 수용하여 판타지를 추구하는 웹툰에 적절한 소재이다. 도깨비 정체의 모호성은 현대적 상상력과 결합하여 새로운 캐릭터로 재창조하기 용이한 요소로 작동한다.

이러한 도깨비 서사의 개방성과 모호성은 현실을 배경으로 한 새로운 판타지로 파생, 확장하여 웹툰 〈도깨비〉에서는 도깨비로부터 초월적 능력을 계승한 인간 도깨비로 나타나고, 웹툰 〈도깨비훈장〉에서는 불도깨비, 물도깨비, 뱀도깨비, 흙도깨비 등 다양한 도깨비로 형상화되었다. 웹툰 〈도깨비〉의 인간 도깨비는 도깨비 서사의 신격과 인간에게 우호적인 요소를 수용하여 외세에 대항하는 민족 주체로 재현되었고, 웹툰 〈도깨비훈장〉에서는 다양한 도깨비 서사를 컨버전스 스토리텔링하여 인간과 도깨비의 관계에 대하여 이야기하였다.

도깨비를 소재로 한 웹툰은 도깨비라는 비현실적 소재가 현실의 요소와 결합되면서 새로운 이야기로 변모하는 것을 보여주고 있다. 전통을 호명하여 민족을 상기하는 스토리텔링, 인간과 이물의 관계를 통해 주체와 타자, 문명과 자연의 문제를 환기하는 스토리텔링 방식이 그것이다. 도깨비 정체의 모호성과 서사의 개방성은 시대의 변화에 따라 도깨비의 새로운 의미를 생성하는 힘으로 작동하고 있는 것이다.

도깨비 서사와 도깨비를 소재로 한 웹툰에 대한 이와 같은 접근은 연구자의 시선 밖에 존재하는 고전서사의 새로운 버전을 탐구하여 고전서사를 고정불변한 과거의 유산에서 생명력을 가진 현재진행형의 텍스트로 그 의미를 확장하는 것이라 할 수 있다. 미진한 부분이 많은 논의이지만 도깨비 서사를 소재로 한 웹툰을 선별하고, 본격적인 분석의 첫발을 내딛은 것으로 현재의 의의를 두고자 한다.

참고문헌

강성철(2007), 「도깨비 이미지의 시각적 정체성에 관한 연구」, 『일러스트레이션 포럼』 15, 한국일러스트레이션학회, 9~30쪽.

강은해(1989), 「두두리의 재고: 도깨비의 명칭 분화와 관련하여」, 『한국학논집』 16, 계명대 한국학연구소, 57~74쪽.

강은해(2003), 「도깨비의 정체」, 『한국학논집』 30, 계명대 한국학연구소, 1~30쪽.

김열규(1991), 『도깨비 날개를 달다』, 춘추사.

김종대(1994), 『한국의 도깨비 연구』, 국학자료원.

김종대(2016), 『한국의 도깨비의 전승과 변이』, 보고사.

김종대(2017), 『도깨비, 잃어버린 우리의 신』, 인문서원.

박기용(2010), 「초등 국어 교과서에 나타난 도깨비 형상 연구: 일본 오니 형상과 비교를 중심으로」, 『어문학』 109, 한국어문학회, 227~253쪽.

박기용(2011), 「한국 도깨비 형상 연구: 중국 도깨비 설화와 비교를 중심으로」, 『어문학』 113, 한국어문학회, 137~165쪽.

박범기(2016), 「웹툰 사회적인 것을 재현하는 대중매체?」, 『문화과학』 85, 문화과학사, 320~331쪽.

박인하(2005), 『만화풍속사: 골방에서 만난 천국』, 인물과사상사.

윤영도(2007), 「냉전기 국민화 프로젝트와 전통문화 담론: 한국과 타이완의 비교연구」, 『중국어문논집』 43, 331~349쪽.

이명현(2017), 「드라마 〈도깨비〉의 융합적 상상력과 판타지: 도깨비 캐릭터를 중심으로」, 『문학과 영상』 18(2), 문학과영상학회, 295~315쪽.

이명현(2018), 「웹툰의 고전서사 수용과 변주」, 『동아시아고대학』 52, 동아시아고대학회, 107~134쪽.
이인화(2014), 『스토리텔링 진화론』, 해냄.
이현지·이화·손현정(2014), 「그림책 속 도깨비의 시각적 정체성에 대한 연구」, 『기초조형학연구』 15(2), 한국기초조형학회, 473~481쪽.
황혜진(2007), 『춘향전의 수용문화』, 월인.

들뢰즈·가타리(Deleuze, Gilles·Guattari, Felix), 김재인 역(2001), 『천개의 고원』, 새물결.
에릭 홉스봄(Eric Hobsbawm), 박지향·장문석 역(2004), 『만들어진 전통』, 휴머니스트.
프랑시스 라까쌩(Francis Lacassin), 심상용 역(1998), 『제9의 예술 만화』, 하늘연못.
헨리 젠킨스(Henry Jenkins), 김정희원 외 역(2006), 『컨버전스 컬처』, 비즈앤비즈.

미주 내용

1) '도깨비 장난 같다', '도깨비에 홀린 것 같다' 등 종잡을 수 없는 행동으로 갈피를 잡을 수 없다는 의미로 도깨비가 관용적으로 사용되기도 한다.

2) 애니메이션 〈꼬비꼬비〉(송정률, 1995~1997), 웹툰 〈도깨비 신부〉(말리, 2002~연재중단), 웹툰 〈도깨비〉(네스티캣, 2006~2007) 등 도깨비를 현대적으로 해석한 다양한 시도가 있었다. 그리고 tvN에서 2016년 12월 2일부터 2017년 1월 21일에

걸쳐 방영된 드라마 〈찬란하고 쓸쓸하神 도깨비〉(연출 이응복, 극본 김은숙)는 도깨비에 대한 현대적 재해석에 새로운 지평을 연 작품으로 최종화의 시청률이 20.5%(닐슨코리아 제공)에 이르는 등 대중적으로 큰 성과를 거두었다.

3) 한국인의 도깨비에 대한 인식에 가장 큰 영향을 끼친 것은 일제강점기에 소학교 〈국어독본〉에 실린 '혹부리영감 이야기'이다. '혹부리영감 이야기'에 등장하는 도깨비는 우리의 전통적인 도깨비가 아니라 일본의 요괴인 오니(鬼; おに)이다. 이 영향으로 인해 우리는 오니의 특징인 원시인 복장, 머리의 뿔, 손에 쥐고 있는 철퇴 등을 우리 이야기 속 도깨비의 형상으로 인식해 왔던 것이다. 해방 이후에도 우리 교과서의 도깨비는 여전히 오니의 모습으로 나타났으며, 그 과정에서 우리의 도깨비는 본래의 모습을 갖지 못한 채 일본 요괴의 모습으로 전락해 버렸다(김종대, 2017: 5~6쪽).

4) 디지털 매체로서 웹툰의 특징과 디지털 네이티브의 웹툰 향유에 대해서는 이명현, 2018: 117~121 참조.

5) 김종대는 도깨비 서사를 도깨비를 주체인물로 설정하고, 사람이 도깨비를 인식하는 태도를 고려하여 다음의 8가지 이야기로 분류하였다. ① 도깨비 방망이 얻기(유사형: 형제형, 이물(도깨비감투, 능청보 등) 얻기), ② 도깨비를 이용해 부자되기, ③ 도깨비와 대결하기, ④ 도깨비에게 홀리기, ⑤ 도깨비불 보기, ⑥ 도깨비 은인되기, ⑦ 도깨비가 암시하기, ⑧ 기타 유형(김종대, 1994: 72~74).

6) 도깨비의 기원에 대한 주요한 주장은 크게 두 가지로 나누어 볼 수 있다. 하나는 도깨비를 '두두리豆豆里'에서 유래한 존재라고 분석하여 목랑木郞에서 기원한 수목신樹木神으로 해석하는 것이고, 다른 하나는 도깨비를 풍요豐饒와 초복招福의 신격, 즉 부신富神으로 해석하는 것이다.

   이에 대한 주요 논의는 다음의 논저를 참고할 수 있다. 김열규, 1991; 강은해, 1989: 57~74; 강은해, 2003: 1~30; 김종대, 1994: 35~37; 김종대, 2016: 16~19 참조.

7) 물론 도깨비 전승의 전반적 양상에 대한 해석을 통해 보다 타당한 논의에 대한 관점은 존재하겠지만 모든 전승과 기록을 만족시키는 도깨비의 기원과 정체를 제시하는 것은 현실적으로 어렵다고 판단된다.

8) 도깨비의 정체성에 대한 논의는 다음의 연구를 참조할 수 있다. 강성철, 2007; 박기용, 2010; 박기용, 2011; 이현지·이화·손현정, 2014.

9) 도깨비의 정체에 대한 연구의 상당수는 일본과 중국의 유사한 비현실적 존재와의 차이, 즉 도깨비의 변별적 정체성에 초점이 맞추어져 있었다. 일본의 오니, 중국의 귀鬼와 다른 도깨비의 신격과 위상 탐구가 중요한 논의 대상이었다. 물론 도깨비는 오니, 귀鬼와는 다른 존재이다. 그러나 일부분은 오니, 귀鬼의 성격과

유사한 부분도 있다. 차이와 구분을 통한 배타적 정체성 규명은 오히려 실제와 멀어질 수도 있다.

10) 도깨비를 고정불변한 문화원형으로 규정하는 것은 도깨비의 중층성과 다양성을 이해하는 데 도움이 되지 않는다. 원형이라는 개념 자체가 이론 체계나 방법론에서 나온 하나의 환상이고, 각각의 서사는 그 배경이나 심층에 깔려 있는 어떤 추상적인 존재가 아니라 그 판본들로 이루어진 것, 즉 원형이나 기원은 일종의 빈 공간이라고 할 수 있다. 이 자리에는 판본들로 이루어진, 일종의 상호텍스트적인 무한한 과정만이 존재한다고 할 수 있다(황혜진, 2007: 27 참조).

11) 2006년 문화부 지정 오늘의 우리 만화상을 수상하였다.

12) 웹툰 〈이상하고 아름다운〉과 〈금빛 도깨비 쿠비〉는 인간과 도깨비의 사랑(이물교혼)이라는 관점에서 다른 글에서 별도로 분석하고자 한다.

13) http://book.naver.com/bookdb/book_detail.nhn?bid=4897101

14) 이 장면에 등장하는 도깨비는 독각귀獨脚鬼로 명명되어 있다. 요다 지호코必田千百郞, 임동권, 장주근 등은 명칭의 유사함과 외다리라는 비정상적인 징표를 근거로 중국의 독각귀獨脚鬼와 도깨비를 유사한 존재로 파악했다. 이에 대해서 도깨비와 독각귀獨脚鬼는 명칭의 유사함에서 오는 혼동이라는 반론이 있다. 중국에서 독각귀는 산소山魈라고 불리는 귀鬼의 일종으로 속성 상 도깨비와 유사하다고 보기 어렵다는 주장이다.

그러나 현재 민족문화대백과 사전과 인터넷 오픈 사전에 도깨비의 정의를 '민간신앙에서 믿어지고 있는 초자연적 존재 중의 하나. 도채비·독각귀獨脚鬼·독갑이[狐魅]·허주虛主·허체虛體·망량魍魎·영감(제주도) 등의 이름으로 불리기도 한다.'라고 제시되어 있다. 이로 인해서 웹툰 작가가 독각귀를 전통적 도깨비의 하나라고 생각하여 인간과 계약하는 도깨비를 독각귀로 형상화한 것으로 추측된다.

15) 작가는 연재 중 작가의 말을 통해 "한국의 도깨비가 뿔이 없기 때문에 그리지 않았다."고 직접 밝히기도 하였다.

16) 도깨비 서사에서 도깨비의 주요 능력은 금은보화를 가져다주는 도깨비 방망이로 대표되는 인간의 세속적 욕망에 초점이 맞추어져 있다. 이에 비해 인간 도깨비들의 시간을 되돌리는 능력은 개인의 세속적 욕망을 위해 사용되는 것이 아니라 민족과 국가적 차원에서 사회의 불행을 막고, 사람들의 생명을 보호하는 일에 사용된다.

17) 〈부훈장 설화〉의 내용을 요약하면 다음과 같다. 부훈장은 아이들을 가르치고 밤길을 걸어 집으로 돌아가곤 했다. 이때 도깨비가 나타나 등불을 밝혀 주었다. 사람들이 도깨비를 한 번 보여 달라고 하자 도깨비를 불렀는데, 꿇어앉은 모습이

원숭이와 비슷했다. 부훈장은 다른 술법에도 능해서 신발 두 짝이 서로 싸우는 술법을 부리기도 했다.

18) 웹툰에서 부훈장은 심방은 아니기 때문에 신의 말을 인간에게 공수로 전할 수 없지만, 신령과 교통하는 능력은 일반적인 심방보다 크고, 도깨비, 잡신, 잡귀를 다스리고 부릴 수 있는 능력을 가진 존재로 나타난다.

19) 부훈장은 불도깨비에게 "아직도 사람이 되고 싶으냐? 사람이 된다는 것이 생각만큼 좋지는 않을게다. 나처럼 재주가 있는 사람도 거의 없고, 그러니 재주나 도깨비, 신도 이해하지 못하는 이가 많단다. 무엇보다 불멸인 도깨비와 달리 대개 100년도 못살고 죽음을 맞이하지. 하여 죽기 전 욕심을 채우기 위해, 혹은 최대한 늦게 죽기 위해 약해지고 나쁜 마음을 품고, 심지어 같은 사람도 해친단다."라고 설명해 주지만 불도깨비는 "만약 사람이 되면 부훈장 옆에서, 부훈장에게도 좋은 사람이 될 거야."라며 인간이 되고 싶은 마음을 거두지 않는다(도깨비훈장, 77화).

20) 불도깨비는 사람으로 바뀐 후에도 '불'의 특성이 남아서 머리와 눈이 밤에 빛난다. 이러한 인간과의 차이는 이후 인간에 의한 차별과 억압을 받는 원인이 된다.

21) 육지에서 온 뱃사람들은 불도깨비의 정체를 확인하였을 때를 다음과 같이 이야기한다. "그 소름끼치는 모습, 그리고 부훈장이란 자에 대한 소문. 그것만으로도 정나미가 떨어지기엔 충분했지."(도깨비훈장, 86화)

22) 웹툰에서는 도깨비가 환생꽃을 꺾으면 환생꽃의 불씨가 옮겨져 영원히 불타는 고통을 겪게 된다.

23) 웹툰에서는 모든 사람은 삼신할머니가 서천꽃밭의 꽃을 인간 세상으로 보내주어 태어난 것으로 설정하고 있다.

24) 여기서 '환상적 대안'이란 현실적이지 않은 대안이라는 의미가 아니라, 현재 경험 세계의 논리로 현실화하기는 어렵지만 상상력을 기반으로 이상적 대안을 추구하는 것을 말한다.

25) 이것은 모든 스토리가 다른 텍스트의 속편이며 추가 완결판이고 모방이며 각색이라는 상호텍스트적 관점으로도 설명 가능하다(이인화, 2014: 24 참조).

26) 이러한 상상력과 변주의 과정은 통일되거나 위계화되지 않는 접속과 창조의 무한성을 가지고 있기 때문에 동질적인 하나의 실체가 아니라, 중심 없이 불규칙하게 분열된 뿌리줄기Rhizome 같다고 할 수 있다. 따라서 필연적으로 다양성과 이질성을 가질 수밖에 없다(들뢰즈·가타리, 김재인 역, 2001: 11~58 참조).

제2부
고전서사의 심층과 웹툰의 상상력

‘바리 이야기’의 웹툰 수용 양상과 의미

강 우 규

1. 서사무가 ‘바리 이야기’의 현대적 계승

세상에는 무수한 형식의 서사물이 있다. 인간의 다양한 이야기를 표현하기 위해 다양한 장르와 매체를 탄생시켰다. 신화, 전설, 민담, 소설, 서사시, 영화, 만화 등 다양한 서사 장르들은 언어, 그림, 제스쳐 등의 다양한 매체를 통해서 이야기된다. 그런데 오랜 시간 무수히 많은 매체를 통해 이야기되고 있는 하나의 스토리도 존재한다. 이러한 스토리 중 하나가 〈바리공주〉, 〈바리데기〉, 〈바리신화〉 등으로 불리는 ‘바리 이야기’이다.

‘바리 이야기’는 무속신앙의 전통 속에서 현재도 서울 새남굿, 경북 오구굿 등 사령굿에서 구연되는 서사무가이다. ‘바리 이야기’는 시, 소설, 만화 등의 출판콘텐츠와 연극, 뮤지컬, 발레, 판소리 등의 공연

콘텐츠, TV드라마, 애니메이션, 게임 등의 영상콘텐츠 등 다양한 장르에서 수용되어 변주되고 있다(이경하, 2012: 22~27). 그리고 디지털콘텐츠인 웹툰에서도 2017년부터 지금까지 인기리에 연재되고 있다.

'바리 이야기'는 어떻게 오랜 기간 다양한 매체를 통해 이야기될 수 있었던 것일까? '바리 이야기'가 독자들의 꾸준한 관심을 받을 수 있었던 원동력은 무엇일까? 이 글은 이러한 질문에 대한 답을 찾기 위한 것으로, '바리 이야기'를 서사무가 또는 무속신화가 아닌 서사 즉 스토리 차원에서 접근한다.

스토리 그리고 스토리텔링에서 가장 중요한 것은 결국은 독자의 관심을 유도해야 한다는 것이다. 아무리 뛰어난 스토리라도 독자들의 관심 밖에 있다면 결국은 의미 없이 사장될 것이기 때문이다. 그렇다면 '바리 이야기'는 어떠한 스토리텔링 전략으로 독자의 관심을 끌고 있을까?

현재 '바리 이야기'를 재현하고 있는 다양한 매체 중 스토리텔링 전략과 독자의 관심이 가장 직접적으로 연관되는 매체·장르는 웹툰이다. 웹툰은 이용자user 중심의 대중매체이고, 웹툰 독자는 단순한 수용자가 아니라 적극적인 이용의 주체이기 때문이다. 웹툰이라는 매체에서 독자는 댓글, 조회수, 별점 등 다양한 방식으로 웹툰 유통에 참여하고, 이러한 독자의 즉각적인 관심과 반응은 작가에게 참조점과 함께 수익을 제공한다(박범기, 2016: 232). 따라서 웹툰 작가에게는 독자의 관심을 끌기 위한 스토리텔링 전략이 필수적으로 요청된다. 이러한

〈바리공주〉(김나임, Daum 웹툰)

측면에서 이 글은 웹툰 〈바리공주〉를 대상으로 '바리 이야기'의 스토리텔링 전략을 살펴보고, 보편서사인 '바리 이야기'가 어떠한 의미를 지니고 있는지를 탐색하고자 한다.

2. 웹툰 〈바리공주〉의 '바리 이야기' 수용과 변주

'바리 이야기'는 더 이상 서사무가라는 '옛것'으로서 고전에 한정되지 않고, 국어 교과서에 수록되고 21세기 문화콘텐츠 사업이 주목하는 원천콘텐츠로서 '고전classic'이 되었다(이경하, 2012: 8). 따라서 현대사회에서 '바리 이야기'는 다양한 장르와 매체를 통해 재해석되고 있고, 최근에는 디지털 스토리텔링의 특징을 지닌 웹툰에서도 수용되어 변주되고 있다.

현재 Naver, Daum 웹툰에서 연재되고 있는 작품 중 '바리 이야기'를 차용하거나 수용하고 있는 것은 사다함 작가의 〈특수 영능력 수사반〉(Naver 목요웹툰)과 김나임 작가의 〈바리공주〉(Daum 금요웹툰)가 있다. 사다함 작가의 〈특수 영능력 수사반〉에서 바리공주는 주인공의 몸주신으로서, 그가 지닌 운명과 영적 능력의 배경에 해당하는 상황 설정의 요소로 차용된다. 즉 '바리 이야기' 자체가 아니라, 이승과 저승을 연결하는 무조신 바리공주의 캐릭터와 무속적 세계관 등을 차용하고 있는 것이다.

이와는 달리 웹툰 〈바리공주〉는 '바리 이야기'의 스핀오프 작품으로 파악할 수 있다. 서사무가는 바리가 무조신이 되면서 이야기가 종료되는데, 웹툰 〈바리공주〉는 무조신이 된 이후의 이야기를 다루고 있기 때문이다. 2019년 3월 20일까지 진행이 완료된 웹툰 〈바리공주〉

의 에피소드는 15개로, 미명귀(1~4화), 구렁이(5~8화), 손말명(9~11화), 몽달귀신(12화), 사혼제(13~15화), 청계(16~19화), 나무귀신(20~23화), 잉어와 도령(24~27화), 김선비(28~29화), 새타니(30~34화), 가체(35~38화), 저승사자(39~42화), 무당(43~47화), 무덤귀(48~51화), 저승할망(52~ 55화)이다.

회차	제목	내용
예고		무장승이 환생한 바리에게 '바리 이야기'를 들려줌
1	미명귀 一	• 환생한 바리와 무장승의 만남. • 미명귀들이 네 번째 부인을 괴롭힘.
2	미명귀 二	• 바리가 미명귀들의 이야기를 들음.
3	미명귀 三	• 시어머니가 며느리들을 죽음으로 내몰았다는 것이 밝혀짐.
4	미명귀 完	• 미명귀들은 넷째 부인이 자결하는 것을 막기 위해 괴롭힌 것임. • 시어머니가 아들에게 배신당함.
		무장승은 삼신으로 인해 바리를 잃었다고 생각함
5	구렁이 一	• 바리가 뱀 기운이 강한 여인과 접촉하고, 그 남편이 구렁이임을 알게 됨.
6	구렁이 二	• 바리는 구렁이로부터 가족을 죽인 원수의 사위가 된 사연을 들음 • 구렁이가 바리를 속이고 장인을 죽임.
7	구렁이 三	• 가족을 잃은 구렁이의 슬픔과 가장을 잃은 아내와 딸의 슬픔이 대비됨.
8	구렁이 完	• 구렁이가 장인의 장례를 치름. • 바리는 남아 있는 여인들을 위해 구렁이의 정체를 묻어둠.
9	손말명 一	• 손말명으로 인한 살인사건이 발생함. • 살인사건을 조사차 떠나던 바리 일행은 손말명을 찾는 늙은 사내를 만남.
		무장승의 회상을 통해 바리가 무장승을 떠난 이유에 대하여 서술함
10	손말명 二	• 손말명을 위무하는 굿 현장을 지나던 바리 일행 앞에 손말명이 나타나고, 같이 있던 늙은 사내가 처녀를 죽게 한 범인임이 밝혀짐.
11	손말명 完	• 굿 주최자였던 손말명의 아버지가 늙은 사내의 눈을 찌르고, 아버지를 만난 손말명이 정신을 차림. • 늙은 사내는 강간 미수범으로 체포됨.
12	몽달귀신 完	• 바리가 지내는 상단의 행수(구미호)가 어리숙한 몽달귀신의 사연을 들음.
13	사혼제 一	• 바리 일행이 데려온 손말명과 몽달귀신이 첫눈에 반함.
		무장승의 회상을 통해 바리공주와 무장승의 첫 만남이 그려짐

회차	제목	내용
14	사혼제 二	• 손말명과 몽달귀신의 사혼제를 올림. 바리공주가 착한 아이여만 했던 사연과 무장승이 바리를 연모하게 된 사연이 그려짐.
15	사혼제 完	• 조선시대 무당으로 살아가는 것을 걱정하는 바리에게 무장승은 무당의 존재 가치를 설명해 주고, 언제나 도와주고 싶다고 말함. • 손말명과 몽달귀신의 해원 무장승이 바리공주의 가족에게 분노함
16	청계 一	• 청계(말년이)로 인해 남사당패의 광대가 다치는 것을 목격한 바리 일행이 남사당패를 상단으로 데려오고, 바리는 청계가 여자임을 알고 놀람.
17	청계 二	• 말년이의 오라비인 꼭두쇠는 동생이 남자와 도망간 것으로 알고 있음.
18	청계 三	• 말년이의 인형극을 본 바리가 남사당패 일행을 추궁하여 말년이가 아직 죽지 않았음을 알게 됨.
19	청계 完	• 죽을 날을 받아놓은 말년이의 한을 풀어주기 위해 광대놀이판을 벌임.
20	나무귀신 一	• 나무에 화풀이했던 한 사내가 나무귀신의 악귀들로부터 괴롭힘을 당함.
21	나무귀신 二	• 바리가 김선비와 함께 악귀들을 조사하고, 한 꼬마귀신이 다른 귀신들을 붙잡고 있음을 알게 됨. • 마을을 돌며 귀신들의 사연을 조사함.
22	나무귀신 三	• 바리는 꿈과 신통력을 통해 다른 귀신들의 사연을 알게 되고, 꼬마귀신의 사연을 들려달라고 함.
23	나무귀신 完	• 꼬마귀신은 귀신 붙은 나무라는 사람들의 말이 정말 자신을 귀신으로 만들었다고 함. • 바리는 꼬마귀신을 강제로 성불시키려다 실패하고, 꼬마귀신의 정체가 새타니임을 알게 됨.
24	잉어와 도령 一	• 황금잉어는 자신을 아껴주는 하녀(은애)를 지켜주기 위해 도령으로 변함. • 은애는 이랬다저랬다 하는 도령으로 인해 혼란스러워함.
25	잉어와 도령 二	• 도령으로 변한 황금잉어가 은애에게 사랑을 고백함.
26	잉어와 도령 三	• 황금잉어가 도령으로 변할수록 진짜 도령이 병약해짐. • 변신한 황금잉어는 바리 일행 앞에서 진짜 도령을 죽이려고 함.
27	잉어와 도령 完	• 도령을 죽이면 은애에게도 화가 미칠 것이라는 바리의 말에 황금잉어는 노비도 누군가에게는 목숨보다 소중하다고 경고하고 원래 모습으로 돌아감. • 무장승은 잉어의 마음이 다쳤을 것을 걱정함.
28	김선비 一	• 김선비는 바리에게 자신의 정체와 사연을 이야기해 줌.
29	김선비 完	• 외로움을 느끼던 김선비가 무장승과 만나 동행하게 된 사연을 들음. • 꼬마귀신이 자신의 사연을 들어달라고 나타남. 바리가 전생의 기억을 떠올림

회차	제목	내용
30	새타니 一	• 꼬마귀신이 바리에게 자신의 사연을 들려줌, • 꼬마귀신의 형이 사고를 당함. • 백제의 한 박사(무당)가 신통력을 되찾기 위한 방법으로 염매를 떠올림.
31	새타니 二	• 부모가 형을 살리기 위해 박사를 찾아가고, 박사는 업둥이를 자신에게 보내라고 제안함. • 박사가 아이를 납치해 새타니로 만들려고 함.
32	새타니 三	• 또 다른 무당이 박사의 악행을 알고 아이가 도망치게 도움.
33	새타니 四	• 도망치던 아이는 한 고목나무에 도착하는데, 부모가 자신을 버렸단 소리를 떠올리고 갈 곳을 잃고 그 자리에서 죽음. • 꼬마귀신은 죽기 전 나쁜 기억을 잊기 위해 자신이 나무귀신이라고 스스로를 속임.
34	새타니 完	• 바리는 업둥이였던 꼬마귀신의 아픔을 공유함 • 무장승은 아들(화탕지옥 초강대왕)로부터 부모가 꼬마귀신을 버린 게 아니라고 들음.
		바리가 또 다시 전생의 기억을 떠올림.
35	가체 一	• 바리는 상단 행수와 함께 가체에 붙은 귀신에게 괴롭힘을 당하는 양반가 마님을 찾아감.
36	가체 二	• 마님은 귀신의 정체를 알고 있지만 말하지 않고, 바리는 귀신의 정체가 그 집 첩임을 유추해 냄.
		양반가에서 바리가 삼신을 만남
37	가체 三	• 마님은 자신을 따르던 시녀가 남편의 첩이 되어 자신을 배신한 것에 분노했던 과거를 떠올림. • 바리는 양반댁 사람들을 탐문해 귀신의 정체를 정확히 알게 됨.
38	가체 完	• 바리가 귀신의 사연을 듣고, 자신을 잊지 말라고 나타났다는 귀신의 말에 마님은 자신의 지난 잘못을 뉘우침.
39	저승사자 一	• 수련 중인 저승사자가 꼬마귀신을 데려가려고 바리 일행 앞에 나타남. • 저승사자가 계속해서 임무에 실패한 사연을 들음.
		무장승과 삼신의 만남 (삼신은 무장승의 무뚝뚝함에 바리가 떠난 것이라고 말함)
40	저승사자 二	• 바리와 김선비가 저승사자의 임무 수행을 돕기로 함. • 김선비는 저승사자 여자임을 알게 됨.
		무장승과 삼신의 만남 (삼신이 박사가 꼬마귀신의 부모를 속였다고 알려줌)
41	저승사자 三	• 김선비는 양반가 규수였던 저승사자의 사연을 듣고 반하고, 저승사자의 임무를 적극적으로 도움. • 김선비가 저승사자에게 청혼함.
42	저승사자 完	• 저승사자는 김선비가 노래 부르는 모습에 반함. • 저승사자는 정식 사자가 되고 김선비와 연애를 시작함.
43	무당 一	• 한 마을에 무당귀신에 의한 살인 사건이 발생함.
44	무당 二	• 바리 일행은 범인을 목격한 꼬마를 통해 범인이 사람임을 알게 됨.

회차	제목	내용
45	무당 三	• 그 마을 무당의 신딸이 복수를 하는 것임이 밝혀짐. • 바리는 신통력으로 마을사람들이 무당을 죽였고, 무당의 신딸이 복수하는 것임을 알게 됨.
46	무당 四	• 7년 전 마을사람들이 했던 악행들이 드러나고, 마을의 사내가 신딸을 죽이려고 휘두른 괭이를 어슬렁 할매가 대신 맞아서 신딸을 보호함.
47	무당 完	• 신딸은 7년 전 그날 어슬렁 할매의 도움을 받았던 것을 기억하지만 복수를 멈추지 않으려 하고 바리는 그것을 막지 않음.
48	무덤귀 一	• 바리의 예전 정혼자인 시열 도령의 집에 무덤귀가 나타나고 시열 도령이 바리를 찾아옴. • 무덤귀는 시열 도령의 아버지임.
49	무덤귀 二	• 바리는 신통력으로 시열 도령이 아버지와 만나도록 도움.
50	무덤귀 三	• 시열 도령과 아버지의 대화를 듣던 꼬마귀신은 부모가 보고 싶어 울고, 무장승은 아이를 달래며 부모가 버린 것이 아님을 말해 줌.
51	무덤귀 完	• 시열 도령의 관례일에 무덤귀는 아버지에게 절하고 사라짐.
52	저승할망 一	• 저승할망이 꼬마귀신을 데려가기 위해 바리 일행 앞에 나타남.
		삼신할망과 저승할망의 이야기가 전개됨
53	저승할망 二	• 바리는 꼬마귀신의 엄마 영혼과 교감하여 부모가 아이를 버린 것이 아님을 알게 됨.
54	저승할망 三	• 바리와 저승할망의 도움으로 모자가 상봉함.
55	저승할망 完	• 꼬마귀신은 가족들의 영혼과 함께 하게 됨.
		바리공주가 저승할망을 제일 잘 이해했던 내용이 전개됨

웹툰 〈바리공주〉는 “집 나간 마누라를 찾아 돌아다니는 사내(무장승)와 무당이 되기 위한 소녀(바리공주)의 조선시대 귀신 이야기”라는 작가 소개에서 알 수 있듯이 조선시대 귀신에 관한 이야기를 하나하나의 에피소드로 풀어나간다.

‘바리 이야기’의 스핀오프라는 측면에서 이 작품은 무조신이 되었던 바리공주가 무장승을 버리고 떠나서 조선시대 양반가의 여식으로 환생하고, 이후 무장승이 환생한 바리를 찾아와 스승이 되어 바리가 진정한 무당이 되는 길을 함께 한다는 최초의 상황 설정에서 시작한다.

‘바리 이야기’를 알고 있는 독자들은 최초의 상황 설정에서 “바리가 무조신이라는 자리를 내려놓고 사랑하는 가족들을 떠나서 현세에 환생하는 구체적인 이유는 무엇일까?"라는 궁금증을 느낄 수 있다. 이러한 궁금증은 작품 속 남주인공인 무장승의 궁금증이기도 한데, 작가는 하나하나의 에피소드들을 풀어가면서 이 궁금증에 대한 단서들을 제공해 나간다.

최초의 상황 설정에는 바리와 무장승의 사랑이라는 '바리 이야기'에 대한 작가의 재해석이 담겨 있다. 나무하기 3년, 불 때기 3년, 물 긷기 3년 등 바리공주의 존재론적 전환을 의미하는 상징적인 화소들을 바리와 무장승의 러브스토리로 대체하고 있는 것이다. 이러한 상황설정에 따라 작품은 큰 틀에서 진정한 무당이 되는 바리의 목적과 바리와의 관계를 회복하려는 무장승의 목적이 교직되는 여정을 그려낸다. 그리고 이러한 여정은 조선시대 귀신(또는 요괴)에 관한 하나하나의 에피소드로 전개되고, 주인공들은 이를 겪어가면서 점차 성장해 나간다.

한편의 에피소드들은 대략 4회의 분량으로 구성되어 있다. 각각의 에피소드들은 대체적으로 귀신의 이야기를 다루면서, 조선시대의 생물학적, 사회적 약자들의 아픔과 한을 그려내고, 바리 일행을 통해 그 아픔을 달래주는 방식으로 전개된다. 귀신은 대체로 사회적으로는 상층보다는 하층, 성별로는 남성보다는 여성, 힘의 연합 여부로는 집단보다는 개인으로 나타나 권력이나 기득권과는 거리가 먼 주변적 인물이라는 공통성을 갖는다(강진옥, 2002: 52~53). 즉 귀신은 사회적으로 약자의 위치에 있는 존재라는 것이다.

웹툰 〈바리공주〉의 귀신들 역시 대부분 사회적 약자로 그려진다. 가부장제적 사회 속에서 약자의 위치에 놓일 수밖에 없었던 여성들, 그리고 노비, 광대, 무당 등 신분적으로 최하층의 인물들이 귀신 또는 귀신같은 존재로 나타나는 것이다.[2] 작품은 이러한 사회적 약자들의 이야기를 듣고 그들의 한을 풀어주면서 주인공 바리가 진정한 무당으로서 성장해나가는 스토리텔링 방식을 취한다.

각각의 에피소드들은 모두 주인공 바리의 성장 과정을 담는다는 공통점이 있지만, 스토리텔링의 측면에서 또 다른 기능을 담당하기도 한다. 〈김선비〉, 〈저승사자〉와 같은 에피소드는 바리와 동행하는 김선비, 저승사자와 같은 보조 인물들을 소개하는 기능을 담당한다. 먼저 바리 일행 중 도깨비 김선비는 바리가 귀신의 영적인 해원을 이끄는 동안 현실적인 문제 해결을 담당하는 보조 인물인데, 〈김선비〉 에피소드는 이러한 김선비가 어떤 성격의 인물인지? 어떻게 무장승과 동행하게 되었는지? 등에 대한 내용을 담는다. 그리고 〈저승사자〉 에피소드는 수습 저승사자가 바리와 김선비의 도움으로 정식 저승사자가 되어 가는 이야기이면서, 동시에 저승사자와 김선비가 연인이 되어 바리 일행과 관련을 맺는 내용을 담고 있다.

이러한 에피소드들은 하나하나로 완결되는 구도로 이루어지기도 하지만, 에피소드들이 연결되어 이야기가 완결되는 경우도 있다. 〈손말명〉, 〈몽달귀신〉, 〈사혼제〉 에피소드는 처녀귀신의 원한과 총각귀신의 사연, 그리고 그들의 영혼결혼식을 통한 해원이라는 구도로 연결되어 완결된다. 〈나무귀신〉, 〈새타니〉, 〈저승할망〉 에피소드는 한 꼬마귀신을 중심으로 연결된 이야기이다. 나무귀신인 줄 알았던 꼬마가 새타니였고, 꼬마가 새타니가 되는 사연이 전개되며, 저승할망과 바리의 도움으로 꼬마가 엄마의 영혼을 만나 진정한 해원을 얻는 결말로 이어진다.

---

2) 〈미명귀〉, 〈저승사자〉, 〈가체〉 등의 에피소드는 가부장제 사회의 여성들을 다루고, 〈몽달귀신〉, 〈청계〉, 〈무당〉 에피소드는 각각 노비, 광대, 무당 등 신분제적 사회의 최하층 인물들을 다루고 있다.

그런데 〈나무귀신〉, 〈새타니〉, 〈저승할망〉은 중간에 이질적인 에피소드가 삽입되는데도 자연스럽게 연결되고 있다. 이는 부모로부터 버림받았다는 꼬마귀신의 사연이 부모의 사랑을 받지 못했던 바리의 전생과 교직되면서 긴장감을 유지할 수 있었던 것으로 파악할 수 있다. 즉 단편적인 에피소드들이 이야기 전체의 목적을 위한 하나의 단계로서 독립적인 목적을 형성하고 있다면, 유기적으로 연결된 에피소드들은 에피소드의 목적과 이야기 전체의 목적이 중첩되는 구조를 지니고 있으면서 바리와 무장승의 전생에 관한 이야기를 내포하고 있는 것이다.

에피소드에 내포된 전생에 관한 이야기는 바리, 무장승, 삼신, 저승할망 등의 인물들이 전생에서 어떠한 관계를 맺고 있었는지에 대한 이야기이면서, 전생의 바리공주가 어떤 성격이었는지? 바리가 왜 무장승을 떠났는지? 등 작품의 최초 상황설정에 대한 궁금증들의 실마리를 제공해 준다. 즉 바리공주 이야기에 대한 작가의 재해석이 하나하나 구체적으로 밝혀지는 것이다.

바리의 전생에 관한 내용은 29, 34화에서 바리가 부모로부터 버림받은 꼬마귀신과 동질감을 느끼면서 과거의 기억을 떠올리는 경우를 제외하면, 대체로 환생한 바리를 흐뭇하게 바라보는 무장승의 과거 회상이거나, 삼신할망, 저승할망 등의 시선에서 제시되는 경우가 대부분이다. 즉 기억을 잃고 환생한 바리가 모르는 이야기인 것이다. 아래에 제시한 인용문들 역시 무장승의 과거 회상에 해당하는 내용으로, '바리 이야기'에 대한 작가의 재해석이 구체적으로 제시된다.

> "부모로부터 사랑받지 못했기에 늘 사랑을 확인하고파 했던 너와 오랜 시간 홀로 지내야 했기에 마음을 표현하지 못했던 나 (…중략…) 입 밖으

로 내보내지 못했던 마음들— 서로가 다가와 주기만을 기다렸던 너와 나. 그때와는 다를거다. 처음부터 다시 시작하자, 우리—"(9화)

바리와 무장승의 성격 및 관계의 형상화에는 '바리 이야기'에 대한 작가의 재해석이 담겨 있다. 바리와 무장승은 서로 사랑하는 사이라는 것에서 시작해서, 부모로부터 버려졌던 존재로서 늘 사랑을 확인받고 싶었던 바리, 항상 홀로 지내왔기 때문에 사랑하는 감정 표현에 서툴렀던 무뚝뚝한 무장승의 성격을 제시하면서 바리가 무장승을 떠난 이유를 간접적으로 언급하고 있는 것이다.

'바리 이야기'에서 무장승은 바리공주가 존재론적 전환을 이룩할 수 있도록 고난을 부여하는 존재로서, "얼굴이 쟁반만하고 눈은 등잔만하고 코는 절편 같고 손은 솥뚜껑만하고 발은 1m 정도나 되는 상상하기도 거북한 괴물"(심우장, 2012: 171)로 형상화된다. 바리공주가 무장승의 요구를 수용하고 무장승과 결합하는 것은 부모에 대한 효를 실천하기 위하여 어쩔 수 없는 바리의 선택이다(심우장, 2012: 176).

그런데 웹툰에서는 무장승을 바리의 연인으로 설정한다. 웹툰에서 무장승은 신화적 사고를 재현하여 거인으로 형상화되지만 인간으로 변신할 수 있는 존재로 그려진다. 그리고 오랜 시간 저승에서 홀로 지내던 무장승은 바리와의 첫 만남에서 누가 봐도 여자아이의 모습을 하고 있으면서 사내아이라 우겨대는 바리를 궁금해 하고, 나무하

기 3년, 불 때기 3년, 물 긷기 3년의 시간을 함께 하면서 바리를 이해하고 사랑하게 되는 인물로 설정되는 것이다.

무장승과 사랑에 빠지는 바리 역시 작가의 재해석을 통해 현대의 독자들에게 다가간다. 원래 '바리 이야기'에서 바리는 단지 어마마마 배 안에 열 달 들어 있던 공으로 구약여행을 떠난다. 이러한 바리의 구약여행은 "지극한 효의 실천"(심우장, 2012: 177), "자신의 존재를 인정받고 싶은 욕구"(윤인선, 2001: 191) 또는 "버려진 것에 대한 죄책감과 수치심으로부터 벗어나기 위한 행동"(조하연, 2013: 87) 등으로 해석되어 왔다.

> "나는 착한 아이여야만 했으니깐- 갓난아기였던 날 거둬주신 할머니, 할아버지는 자신들의 밥을 덜어 피붙이도 아닌 날 키워주셨어." "그러니 넌 착한아이여만 해. 노인들 힘들게 하지 마. 버려진 널 키워주셨잖니. 넌 효도해야 해. 말썽 부리지 마라. 울지도 말고 아프지도 말고 많이 먹지도 마." (…중략…) "공주께서 생명수를 구해 와야 왕과 왕비가 돌아가시지 않을 겁니다." "나를 버린 분들이잖아요." "키워주시진 않으셨으나- 그래도 공주님이 태어난 건 부모님 덕분 아닙니까-" "아프지 않았다면 날 찾지 않았을 거잖아요." "그래도 부.모.님이잖습니까."(14화)

하지만 웹툰에서는 착한 아이여야만 했던 바리가 주변의 강요에 의해 어쩔 수 없이 구약여행을 떠날 수밖에 없었다고 설정한다. 스스로의 결단이 아닌 주변의 강요에 의한 어쩔 수 없는 선택으로 그려지는 것이다.

무장승만이 바리에게 착한 아이를 강요하지 않았고, 바리를 있는 그대로 이해한다. 그리고 고생했다고 애썼다고 자신을 위로해 주는 무장승에게 바리도 마음을 열게 된다. 웹툰에서 바리의 구약여행은 부모의 사랑을 받지 못하고 착한 아이를 강요받았던 바리와 저승에서 오랜 시간 홀로 지냈던 무장승이 서로의 외로움을 이해하고 위로하는, 시작되는 연인의 시간으로 재해석되는 것이다.

웹툰은 바리와 무장승 이외에도 '바리 이야기'의 인물관계에 대한 재해석을 시도한다.

> 네놈들에겐 이 귀한 생명수도 그보다 더 귀한 이 아이도 내줄 수 없다. 가족이란 자들이 어찌 다친 곳 없냐는 말 한마디 안 건넬 수가 있나! 온갖 금은보화로 치장을 하고 화려한 비단을 걸치면서 힘없는 노인들을 거둬줄 생각조차 안 했단 말인가! (…중략…) 어리석은 오구 대왕이여– 네놈이 그렇게도 가지고 싶어 하던 아들! 네가 버린 일곱 번째 딸 바리공주가 일곱 명의 아들을 낳을 때까지 너는 생명수를 절대 구할 수 없을 것이다. 이 모든 것은 바리공주가 네놈들을 용서하고 돌아오는 그 날까지 유효할 것이니–(15화)

웹툰에서는 바리를 둘러싼 인물들 즉 오구대왕, 언니들, 신하들 등의 인물들을 이기적이고 매정하며 부도덕한 인물로 형상화한다. 따라서 바리를 사랑한 무장승은 이들에게 분노하게 된다. '바리 이야기'에서도 이러한 인물들은 이기적인 존재로 그려지지만, 그렇다고 해서 명확하게 악인으로 형상화되지는 않는다. 하지만 작품에서는 이들을 보다 선명하게 악인으로 형상화함으로써 선악의 구도를 보다 명확하게 그려낸다.

인물관계에 대한 재해석은 신화 속 구약여행의 시간을 둘로 분할한 설정과 연결된다. 신화 속 구약여행은 나무하기 3년, 불 때기 3년, 물 긷기 3년의 시간과 일곱 아들 낳기의 시간을 포괄하고, 이 모든 시간은 바리공주가 존재론적으로 전환되는 시간이다. 그런데 이 시간은 현대의 독자들에게 약수를 구하기 위한 '부당한 요구'처럼 보이고 또 여성의 '억울한 희생'으로 보이는 과정이기도 하다(신동흔, 2018: 295). '바리 이야기'의 내용을 간략하게 전달하는 웹툰 예고편의 첫 번째 베스트 댓글은 남주인공 무장승에 대한 독자들의 부정적인 시선을 보여주고 있다.

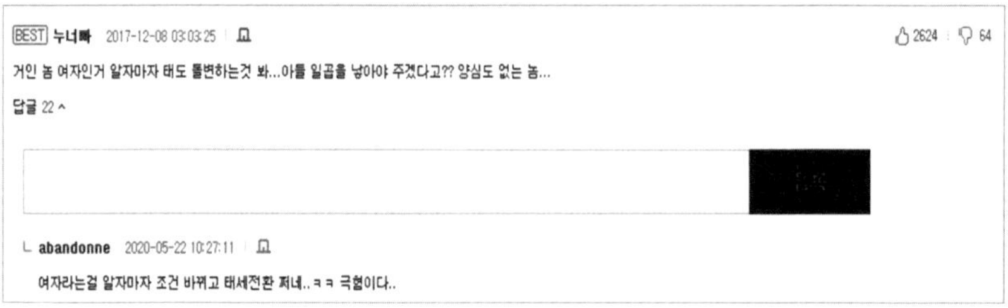

BEST 누너빠 2017-12-08 03:03:25 2624 64

거인 놈 여자인거 알자마자 태도 돌변하는것 봐...아들 일곱을 낳아야 주겠다고?? 양심도 없는 놈...

답글 22

└ abandonne 2020-05-22 10:27:11

여자라는걸 알자마자 조건 바뀌고 태세전환 쩌네.. ㅋㅋ 극혐이다..

웹툰은 신화 속 구약여행의 시간을 둘로 분할하면서, 남주인공인 무장승에 대한 독자들의 부정적인 시선을 긍정적으로 전환시킨다.

나무하기 3년, 불 때기 3년, 물 긷기 3년의 시간을 바리의 억울한 희생으로 그려내는 것이 아니라, 바리와 무장승이 서로를 알아가면서 연인이 되는 시간으로 형상화하는 것이다. 이를 통해 독자들은 무장승에 대한 부정적인 시각을 돌이키고, 오히려 사랑꾼으로 바라보게 된다.

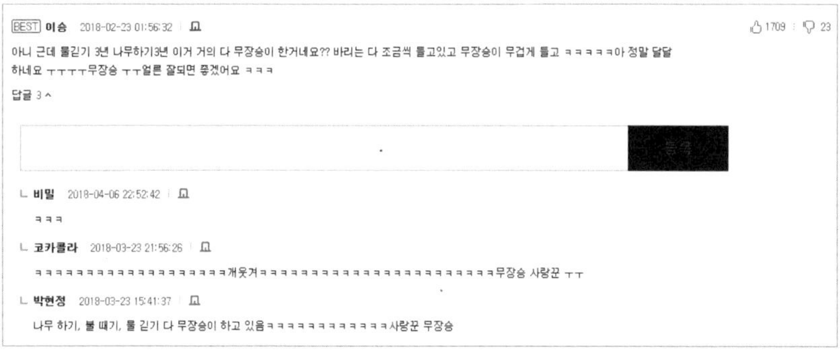

BEST 이승 2018-02-23 01:56:32 1709 23

아니 근데 물긷기 3년 나무하기3년 이거 거의 다 무장승이 한거네요?? 바리는 다 조금씩 들고있고 무장승이 무겁게 들고 ㅋㅋㅋㅋㅋ아 정말 달달하네요 ㅜㅜㅜㅜ무장승 ㅜㅜ얼른 잘되면 좋겠어요 ㅋㅋㅋ

답글 3

ㄴ 비밀 2018-04-06 22:52:42

ㅋㅋㅋ

ㄴ 코카콜라 2018-03-23 21:56:26

ㅋㅋㅋㅋㅋㅋㅋㅋㅋㅋㅋㅋㅋㅋㅋㅋㅋㅋㅋ개웃겨ㅋㅋㅋㅋㅋㅋㅋㅋㅋㅋㅋㅋㅋㅋㅋㅋㅋㅋㅋㅋㅋㅋㅋ무장승 사랑꾼 ㅜㅜ

ㄴ 박현정 2018-03-23 15:41:37

나무 하기, 불 때기, 물 긷기 다 무장승이 하고 있음ㅋㅋㅋㅋㅋㅋㅋㅋㅋㅋㅋㅋ사랑꾼 무장승

웹툰은 또한 바리가 생명수를 구해서 이승으로 갈 때 무장승이 동행하는 것으로 설정한다. 이 동행에는 보내기 싫지만 보내야 하고 가기 싫지만 가야 하는 무장승과 바리의 애틋한 마음이 담겨 있다. 따라서 바리를 걱정하는 한 마디 말도 없이 생명수만을 요구하는 오구대왕, 언니들 등에게 무장승이 분노하는 것은 너무나 당연한 것이다. 바리가 아들 일곱을 낳을 때까지 생명수를 구할 수 없을 것이라며 분노하는 것은 사랑하는 여인을 부도덕한 가족들이 아니라, 자신의 곁에 두고 싶은 사랑의 마음인 것이다.

일곱 아들을 낳아달라는, 현대를 살아가는 웹툰 독자들에게 다소 부당해 보이는 무장승의 요구는 서로를 사랑하는 무장승과 바리가 가정을 꾸리고 일곱 아들을 낳으며 보내는 행복한 시간으로 탈바꿈되는 것이다.

이상의 내용에서 웹툰 〈바리공주〉는 주인공 바리가 진정한 무당으로 성장하는 여정을 담은 탐색담이면서, 동시에 무장승이 사랑을 되찾아가는 탐색담임을 살펴보았다. 이러한 탐색담의 구도 속에 작가는 바리공주가 착하기만 한 것이 아니고 당차고 무서운 면모도 지닌 여성이라는 것, 무장승이 오랜 시간 홀로 지낸 외로운 존재였다는 것, 그리고 바리공주 이야기가 바리와 무장승의 애틋한 사랑이야기라는 것 등 '바리 이야기'에 대한 재해석을 담고 있다. 작가의 재해석은 하나하나의 에피소드들이 전개되면서 조금씩 실마리들이 제공되고 있고, '바리 이야기'를 잘 알고 있는 독자들은 고전의 익숙함 속에서 작가의 재해석 즉 고전의 변주되는 지점들을 통해 신선한 재미를 찾고 그것을 기다리게 된다.

물론 웹툰의 성공 여부는 재미와 의미가 담긴 스토리에만 있는 것은 아니다. 재미있는 스토리는 당연한 것이고, 이를 매주 연재하는 방식에 맞춰서 독자의 관심을 유도하는 스토리텔링 전략, 그리고 스토리에 어울리는 작화가 바탕이 되어야 하는 것이다. 이러한 측면에서 〈바리공주〉의 김나임 작가는 스토리텔링 전략, 한국적 이야기와 한국적 작화의 조화를 잘 이끌어나가고 있다. 작가는 전작인 〈키스앤코리아〉에서 일제 강점기를 배경으로 영국인 여성화가 '엘리자베스 키스'가 조선을 여행하는 내용을 그려낸 적이 있었다. 〈키스앤코리아〉는 인기리에 연재가 종료되었는데, 한국적인 이야기와 한국적 작화가 잘 조화된 작품이라는 평가를 받았었다. 전작에서부터 인정받았던 작가의 한국적 이야기와 한국적 작화의 조화는 〈바리공주〉에서도 유감없이 발휘되고 있는 것이다

3. 웹툰의 스토리텔링 전략과 스토리·스토리텔링의 보편성

스토리는 모든 서사양식을 만들어내는 출발이다. 작가는 자신이 쓰고자 하는 스토리를 다양한 서사 양식의 보편성 속에서 이끌어내야 한다. '보편적 스토리라는 것이 존재하는가?'라는 질문에 쉽게 답변할 수는 없지만, 반복적으로 사용되는 스토리텔링 구조는 존재한다. 반복적으로 사용되는 스토리텔링 구조는 서사양식의 보편성 즉 인물, 배경(시간과 공간), 사건(인과율에 입각한 패턴) 등 스토리의 기본 요소를 바탕으로 한다. 이와 관련하여 프로프는 『민담형태론』에서 "모든 민담(또는 마법담)은 그 구조상 동일 유형이다."라고 선언하였다. 이러한 선언은 민담(또는 마법담)이 단일한 연쇄, 즉 원인과 결과에 따른 유기적인 결합관계를 지니고 있다는 것을 바탕으로 한다. '금지의 위반 등으로 인해 발생한 결여(또는 결핍), 이를 해소하기 위한 추구(여행이나 투쟁), 최종적으로 결여나 결핍의 해소'라는 보편적인 서사 패턴을 지니고 있다는 것이다.

현재 다양한 장르와 매체에서 수용되어 변주되고 있는 '바리 이야기' 또한 '결여 → 추구 → 해소'의 인과율에 입각한 서사 패턴을 지닌 보편적인 서사이다. '바리 이야기'는 부모로부터 버림받은 한 여성이 온갖 시련과 고난을 극복하고 자신의 정체성을 찾는 탐색담의 서사 패턴을 지니고 있는 것이다. 이러한 '바리 이야기'는 정보의 차원에서 새로울 것이 없는 이야기이다. 가족 구성원의 갈등과 화해, 죽음과 삶이라는 대립적인 패러다임을 통해 인생에서 가장 보편적인 질서와 가치, 본질적 문제에 대해 이야기하고 있을 뿐이다(오세정, 2018: 137).

웹툰 〈바리공주〉는 이러한 '바리 이야기'의 보편성을 수용하고 변주하여 현대적으로 창안한 작품이다. 웹툰에는 고전서사를 수용하고 변주하는 다양한 작품들이 존재한다. 이러한 작품들은 원작의 스토리를 수용한 작품, 원작의 캐릭터와 주요 설정을 소재로 한 작품, 원작의 모티프를 상황 설정의 주요 장치로 활용한 작품, 원작을 스핀오프한 작품 등으로 구분된다(이명현, 2018: 4). 웹툰 〈바리공주〉는 원작 '바리 이야기'를 스핀오프한 작품에 해당한다.

그렇다면 웹툰이라는 장르가 끊임없이 고전서사를 차용하고 변주하는 이유는 무엇일까? 일차적으로 그 이유는 웹툰의 장르·매체적 속성에서 찾을 수 있다. 웹툰은 디지털이라는 매체적 속성과 이를 향유하는 디지털 네이티브의 스토리텔링 방식을 반영하는 대표적인 장르이기 때문에 고전서사를 수용하고 변주하는 것으로 볼 수 있다. 디지털 매체에서 향유되는 웹툰은 설화, 역사적 사건이나 위인들, 동서양의 고전 이야기, 애니메이션, 게임, 괴담 등 다양한 영역의 서사를 융합하는 디지털 네이티브의 특성을 반영하고 있기 때문이다. 즉 웹툰의 고전서사 수용은 고전서사를 옮기고(Ctrl+C), 다른 이야기를 자르고(Ctrl+X), 붙여서(Ctrl+V) 새로운 창의성을 만들어내는 디지털 네이티브의 스토리텔링 방식에서 비롯된다고 할 수 있다(이명현, 2018: 14).

또한 웹툰의 고전서사 수용은 웹툰 역시 이야기라는 장르의 하나이기 때문이다. 웹툰은 디지털이라는 매체적 특성도 존재하지만, 만화 더 나아가 서사라는 장르적 특성을 지니고 있다. 따라서 웹툰의 고전서사 수용은 독자의 관심을 끌기 위해 치열하게 경쟁할 수밖에 없는 이야기라는 장르의 보편적 속성에서 그 이유를 찾을 수 있다는 것이다.

독자의 관심을 끌기 위한 치열한 경쟁은 이야기의 보편적 속성이고, 웹툰 역시 치열한 경쟁 속에서 살아남기 위한 스토리텔링 전략을 구사할 필요가 있다. 더욱이 웹툰 시장은 독자들의 관심이 작가의 수입으로 직결되는 유통구조로 이루어져 있다. 웹툰의 독자들은 댓글이나, 조회수, 별점 등을 통해 다양한 방식으로 유통에 참여하고, 이러한 독자들의 반응 즉 작품을 보러 찾아오는 독자들의 트래픽이 작가의 고료를 책정하는 기준이 되는 것이다. 그러므로 웹툰의 스토리텔링은 독자들을 끌어들이기 위한 고도의 전략을 필요로 한다. 웹툰 작가는 하나의 작품을 시작할 때 독자들의 관심을 끌 수 있는 인물, 플롯, 소재 등을 전략적으로 탐색하고 구성할 필요가 있는 것이다. 웹툰의 고전서사 수용과 변주는 이러한 스토리텔링 전략 중 하나로서 고전서사의 전통, 인물과 플롯의 보편적 영향력을 이야기의 요소로 끌어들여 독자의 관심을 유도하는 것이다.

독자의 관심을 끌기 위한 경쟁은 현대의 웹툰 시장만이 아니라, 과거부터 지금까지 이야기꾼들이라면 누구나 겪는 일상이었다. 고전서사의 지역 전통, 전설, 인물과 플롯의 보편적 영향력을 차용하는 것 역시 아주 먼 과거로부터 이어져 온 스토리텔링 전략 중 하나이다. 이는 고대 그리스 시대 호메로스의 〈오디세이아〉에서도 찾을 수 있는 시대를 초월한 스토리텔링의 보편적인 전략인 것이다(브라이언 보이드, 남경태 역, 2013: 305~446).

하지만 아무리 고전을 좋아하는 관객이라 해도 지루해지면 언제든 마음을 돌릴 수 있다. 고전의 보편성은 시대와 지역을 초월해서 누구에게나 공감을 불러일으킬 수 있지만, 너무 뻔해서 재미없다고 여겨질 수도 있기 때문이다.

따라서 익숙한 이야기를 하면서도 관객의 마음을 붙잡는 것이 스토리텔링의 핵심적인 전략이다. 이는 목적을 명료화함으로써 이야기를 단순화하여 우리의 공감을 유도하는 한편, 장애를 통해 목적과 관련된 경험의 폭을 넓힘으로써 이야기를 확장하며, 그러면서도 이야기의 방향성을 잃지 않는 것이다(브라이언 보이드, 남경태 역, 2013: 325). 웹툰의 고전서사 수용과 변주는 바로 이러한 전통적인 스토리텔링 전략을 계승하고 있는 것이다.

웹툰 〈바리공주〉 역시 전통적 스토리텔링의 핵심적인 전략을 계승하고 구사한 작품이다. 작품은 '바리 이야기'를 스핀오프하고 이를 중심으로 다양한 귀신담과 무속신화들을 융합하여 새로운 창의성을 만들어내고 있다. 여기에서 원작은 다양한 이야기를 융합할 수 있는 전체 서사의 틀이면서 동시에 작품을 일관되게 전개할 수 있는 원동력이 된다. '바리 이야기'는 주인공 바리의 전생담이면서 동시에 작가가 무장승과 바리공주의 사랑이야기로 재해석하는 원텍스트인 것이다. 또한 '바리 이야기'에 나타난 만신, 무당의 존재론적 의미는 한편한편의 에피소드들을 풀어나가는 일관된 방식의 기준이 된다. 바리공주의 환생이자 동시에 바리신을 모시는 무당으로서 여주인공 바리는 원작의 무속적 관념을 바탕으로 귀신들의 억울한 사연을 들어주고 공감하며 문제를 해결해나는 다양한 에피소드들의 구심점 역할을 하는 것이다.

또한 웹툰 〈바리공주〉는 바리가 진정한 무당이 되는 명료한 목적으로 일관하면서도 다양한 에피소드들을 통해 다양한 장애요소를 설정하여 목적과 관련된 경험의 폭을 확장하는 전통적인 스토리텔링 전략을 구사하고 있다. 여기에서 한편 한편의 에피소드들은 조선시대 귀신이나 무속신앙에 관한 개별적인 이야기로, '귀신(요괴)으로 인한 사건의 발생 → 바리공주와 무장승의 사건의 전말 파악 → 귀신(요괴)의 해원'이라는 단순 플롯으로 구성된다. 귀신과 요괴에 관한 에피소드는 바리가 진정한 무당이 되는 목적에 대한 일종의 장애요소로서 이야기를 확장하는 방법이자, 충격적이고 위험한 사건으로서 독자들의 관심을 끄는 확실한 수단 가운데 하나이다. 또 에피소드들의 단순 플롯은 인물들을 선인과 악인으로 쉽게 구분하게 해 줌으로써 이야기의 목적을 보다 명료하게 하여 독자들의 이해를 돕는다.

그런데 단순 플롯의 에피소드 반복은 독자들이 앞으로의 이야기를 쉽게 예측하게 만들고 맥락에서 분리되기도 쉽다는 문제들이 있다. 단순 플롯을 반복한다면 결국 몇 편의 에피소드만 봐도 바리는 결국은 진정한 무당이 될 것이고 앞으로의 이야기도 별로 새로울 것이 없을 거라고 예측하게 만든다. 또한 개별적인 이야기로서 전체적인 맥락에서 분리된 에피소드들은 작품에 대한 집중도를 떨어뜨려 독자가 이탈하는 문제를 야기할 수 있다.

이러한 문제를 해결하기 위해서 웹툰은 '바리 이야기'를 재해석하여 바리와 무장승의 사랑이라는 또 다른 목적을 설정하고 바리의 성장과 무장승의 사랑 찾기라는 중첩된 목적의 위계를 통해 인물 행동의 통일성과 다양성을 이끌어낸다. 무장승의 사랑 찾기라는 목적은 독자들을 위한 것이며, 주인공 바리가 기억을 되찾기 전까지 비밀에 부쳐질 것이다.

또한 작가는 이렇게 정보를 숨기는 행위를 통해서 독자의 호기심을 자극한다. 주인공에게 정보를 숨기는 행위를 통해서 독자들에게 전체 이야기를 아는 만족감을 주며, 바리와 무장승의 행복한 재결합을 기다리는 즐거움을 준다. 정보를 숨기는 행위는 주인공에게만 적용되는 것은 아니다. 작가는 독자들에게도 정보를 숨긴다.

에피소드 단위에서 나무귀신이 새타니임을 숨기고, 새타니가 부모로부터 버림받은 것이 아님을 숨긴다. 한 화 단위로는 더욱 많은 정보들을 숨기고 있는데, 저승사자가 여자였음을 숨기고, 무섭게 생긴 저승할망이 사실은 다정한 여인임을 숨긴다. 이렇게 정보를 숨김으로써 작가는 독자들에게 신선한 반전을 선사한다. 즉 정보를 숨기는 행위를 통해 독자들에게 모든 것을 알고 있다는 만족감과 새로운 것을 알게 되는 신선함을 조율하며 독자들을 붙잡고 있는 것이다.

이상에서 '바리 이야기'를 수용한 웹툰 〈바리공주〉는 한 편의 이야기로서 독자의 관심을 끌기 위한 전통적인 스토리텔링 전략을 구사하고 있음을 살펴보았다. 웹툰 〈바리공주〉의 작가는 내용의 보편성과 창의성, 행동의 통일성과 다양성, 서사정보의 공개와 숨김 등을 조율함으로써 독자가 "이야기에서 얻는 이익과 이야기를 이해하는 데 드는 시간과 노력의 비용 사이에 균형을 맞추고 있는 것이다"(브라이언 보이드, 남경태 역, 2013: 327).

그런데 웹툰 〈바리공주〉가 보여주는 스토리텔링 전략은 결코 새로운 것이 아니다. 스토리텔링 전략의 측면에서는 원작인 '바리 이야기'와 많은 부분이 닮아 있다. 원작인 '바리 이야기' 역시 한 편의 이야기로서 보편적인 스토리텔링 전략의 자장 안에 있기 때문이다.

'바리 이야기'는 동북아시아 지역 저승여행담의 보편성을 지니고 있고, 세계광포설화의 성격을 지닌 생명수탐색담과 유사한 서사구조로 이루어져 있다. 따라서 '바리 이야기'는 무속신화라는 한국의 문화원형에 속하는 동시에 전 세계적인 보편서사 중 하나라고 볼 수 있다.

보편성과 개별성을 지닌 '바리 이야기'는 결국 전통적 스토리텔링 전략의 자장 안에 있다. 웹툰 〈바리공주〉가 보편서사인 '바리 이야기'를 수용하고 변주함으로써 보편성과 개별성을 획득하는 것처럼, 원작 '바리 이야기' 역시 한 편의 이야기로서 저승여행담, 생명수탐색담 등과 같은 보편서사를 수용하고 변주한 작품으로 이해할 수 있는 것이다.

무속신화, 서사무가에서 바리공주는 완벽하고 절대적인 존재이다. 따라서 무가로서 '바리 이야기'는 무조신 바리공주의 완전성과 신성성을 돋보이게 해 주는 장치로서 신화적 보편성을 지닌 원형 서사로 파악된다. 그런데 보편성은 상호텍스트성의 자장 안에 있는 특성이라 할 수 있고, 상호텍스트성은 모든 이야기가 갖는 특성이다. "모든 텍스트는 인용구들의 모자이크로 구축되며 모든 텍스트는 다른 텍스트를 받아들이고 변형시키는 것"(문학비평용어사전, '상호텍스트성')이라는 상호텍스트성에 따른다면, '바리 이야기' 역시 무가이기 이전에 결국 한 편의 이야기로서 상호텍스트성의 영향 아래에 있다. '바리 이야기'는 삶의 모습을 가장 닮아 있는 이야기 구조의 보편성, 인간 존재와 삶에 대한 인식을 바탕으로 한 이야기 생성 원리의 보편성을 지니고 있는 것이다(오세정, 2018: 141).

결론적으로 웹툰 〈바리공주〉의 스토리텔링 전략은 새로운 것이 아니다. 독자의 관심을 끌기 위한 치열한 경쟁은 이야기의 보편적 속성이고, 이는 원작인 '바리 이야기'에도 내재되어 있다. '바리 이야기'가 지닌 이러한 스토리텔링 전략은 '바리 이야기'가 오늘날에도 끊임없이 재생산될 수 있는 동인일 것이다.

참고문헌

강미선(2011), 「웹툰에 나타난 신화적 상상력: 웹툰 신과 함께를 중심으로」, 『디지털콘텐츠와문화정책』 5, 가톨릭대학교 콘텐츠산업과 문화정책연구소, 89~115쪽.

강진옥(2002), 「원혼설화의 담론적 성격 연구」, 『고전문학연구』 22, 한국고전문학회, 36~65쪽.

곽진석(1998), 「한국의 영혼여행담과 시베리아 샤머니즘」, 『구비문학연구』 6, 한국구비문학회, 329~349쪽.

김명희(2018), 「웹툰 「바리공주」를 활용한 한국어 문화 교육 연구」, 『한글』 79(4), 한글학회, 939~974쪽.

김민재(2016), 「공감 능력의 향상을 위한 '웹툰' 활용의 도덕과 수업방법 연구」, 『학습자중심교과교육연구』 16(3), 학습자중심교과교육학회, 59~84쪽.

김보현(2017), 「웹툰 〈조선왕조실톡〉에 나타난 역사기록물의 문화 콘텐츠화 방식 연구」, 『한국고전연구』 37, 한국고전연구학회, 283~308쪽.

김선현(2018), 「판소리 서사 기반 웹툰의 스토리텔링 양상과 특징」, 『문화와융합』 40(2), 한국문화융합학회, 77~110쪽.

김연정(2012), 「웹툰을 활용한 한국문화 교육 방안 연구: 중·고급 학습자를 중심으로」, 한국외국어대학교 석사논문.

김진철(2015), 「웹툰의 제주신화 수용 양상: 『신과함께』 〈신화편〉을 중심으로」, 『영주어문』 31, 영주어문학회, 37~62쪽.

김헌선(2004), 「바리공주의 여성신화적 성격 연구」, 『종교와문화』 10, 서울대학교 종교문화연구소, 21~89쪽.

김환희(2005), 「〈바리공주〉의 보편성과 특수성을 찾아서」, 『동화와 번역』 10, 건국대학교 동화와번역연구소, 129~177쪽.

박범기(2016), 「웹툰 사회적인 것을 재현하는 대중매체?」, 『문화과학』 85, 문화과학사, 320~331쪽.

서대석(1992), 「한국 신화와 만주족 신화의 비교연구」, 『고전문학연구』 7, 한국고전문학회, 5~50쪽.

설연경(2018), 「웹툰(Webtoon)의 교육적 활용가능성 탐색: 조형성, 서사성, 상호작용성 측면을 중심으로」, 『문화예술교육연구』 13(1), 한국문화교육학회, 25~48쪽.

신동흔(2018), 「〈바리공주〉신화에서 '낙화'의 상징성과 주제적 의미」, 『구비문학연구』 49, 한국구비문학회, 273~309쪽.

심상욱(2009), 「『리어왕』과 『바리공주』의 원형: 이미지와 모티프」, 『현대영어영문학』 53(2), 한국현대영어영문학회, 139~156쪽.

심우장(2012), 「「바리공주」에 나타난 숭고의 미학」, 『인문논총』 57, 서울대학교 인문학연구원, 149~186쪽.

안규정(2017), 「웹툰을 활용한 내용 중심 교수법 기반 다문화학생 대상 한국사 수업 방안 연구」, 이화여자대학교 석사논문.

오세정(2018), 「무속신화 〈바리공주〉 서사의 다층적 이해: 이야기·생성·소통의 세 층위를 대상으로」, 『기호학연구』 54, 한국기호학회, 119~145쪽.

오정화(2014), 「웹툰을 활용한 한국어 교육 방안연구: 중국어권 중급학습자를 대상으로」, 경희대학교 석사논문.

윤인선(2001), 「[바리공주]의 희생효와 심리적 서사구조」, 『한국언어문학』 47, 한국언어문학회, 185~202쪽.

이경하(2012), 「바리신화 '古典化' 과정의 사회적 맥락」, 『국문학연구』 26, 국문학회, 7~31쪽.

이명현(2015), 「〈신과 함께〉 신화편에 나타난 신화적 세계의 재편: 신화의 수용과 변주를 중심으로」, 『구비문학연구』 40, 한국구비문학회, 167~192쪽.

이명현(2018), 「웹툰의 고전서사 수용과 변주」, 『동아시아고대학』 52, 동아시아고대학회, 107~134쪽.

장예준(2017), 「웹툰(webtoon)에서의 고전 서사 활용 방안」, 『국제어문』 75, 국제어문학회, 395~428쪽.

정수희(2012), 「전통문화콘텐츠의 현대적 활용: 웹툰 〈신과 함께－이승편〉을 중심으로」, 『문화콘텐츠연구』 2, 건국대학교 글로컬문화전략연구소, 69~98쪽.

조하연(2013), 「서사의 분기점을 통해 본 바리공주의 성장」, 『문학치료연구』 29, 한국문학치료학회, 71~103쪽.

하송이(2014), 「웹툰을 활용한 의성어·의태어 교육 방안 연구」, 충남대학교 석사논문.

한은지(2018), 「웹툰을 활용한 한국 행동문화교육」, 세종대학교 석사논문.

홍해월·이명현(2017), 「〈변강쇠가〉와 웹툰 〈마녀〉에 나타난 공동체(共同體)와 타자(他者)」, 『우리문학연구』 54, 우리문학회, 85~113쪽.

브라이언 보이드(Brian Boyd), 남경태 역(2013), 『이야기의 기원』, Humanist.

심봉사 생애의 재구성과 아버지의 길 찾기

: 웹툰 〈심봉사전〉과 〈바람소리〉를 대상으로

김 선 현

1. 심봉사에 대한 관심, 그를 바라보는 시각들

현재 새로운 콘텐츠에 대한 요구와 필요 속에서 고전 문학을 활용한 다양한 문화 콘텐츠를 개발하는 사례가 늘고 있다. 특히 「춘향전」과 「심청전」 등 판소리 서사를 소재로 한 콘텐츠의 생산 비율이 매우 높은 편이며,[1] 그 가운데 「심청전」은 '심청 콘텐츠'(윤종선, 2009)라 언급할 수 있을 만큼 다양한 분야에서 다수의 콘텐츠로 재창작/재생산되었다.[2] 그 장르 및 분야는 판소리와 창극 등 전통 공연 예술 형식에 국한되지 않고, 현대소설에서부터 동화, 애니메이션, 웹툰, 연극,

※ 이 글은 김선현(2018), 「심봉사 생애의 재구성과 아버지의 길 찾기: 웹툰 〈심봉사전〉과 〈바람소리〉를 대상으로」(『우리문학연구』 58, 우리문학회)를 수정, 보완한 것이다.

영화, 오페라, 전시, 축제, 광고 등에 이르기까지 폭넓은 범주를 형성하고 있다.

이처럼 「심청전」이 지속적으로 새로운 콘텐츠로 기획, 제작되면서 그에 대한 연구 역시 상당량 축적되었다. 채만식과 최인훈, 오태석의 「심청전」을 바탕으로 한 희곡 작품에 대한 연구[3]에서부터 박상륭의 『심청이』(1973)와 황석영의 『심청—연꽃의 길』(상·하)(2003) 등의 소설에 대한 연구,[4] 「심청전」을 바탕으로 한 영화와 애니메이션에 대한 연구,[5] 축제 혹은 심청 서사의 콘텐츠화 사례 전반을 검토한 연구[6] 등 여러 분야에 걸쳐 연구가 이루어져왔다. 그리고 이상의 연구들을 통해 각각의 콘텐츠들이 원전으로서 「심청전」을 어떻게 재구성 혹은 재해석하고 있는지가 어느 정도 밝혀졌다.

지금까지 제작된 심청 서사를 바탕으로 한 다양한 콘텐츠들은 저마다 심청과 심봉사를 중심으로 서사를 새롭게 구성하면서 「심청전」에 대한 다양한 해석의 가능성을 보여주었다. 그러나 장르 및 매체에 따른 심청의 형상이 비슷한 양상을 보이는 데 반해, 심학규의 형상에 있어서만은 원전으로서 「심청전」과 사뭇 다른 거리감을 확보하고 있다. 가령, 「심봉사」(1936, 1948)와 「달아달아 밝은 달아」(1978)에서 심학규는 개안 후 장원급제하여 조상과 가문을 빛내고자 하는 욕망을 가지는 권위를 상실한 아버지로 형상화되거나 개인적 욕망에 사로잡혀 딸을 청루 기생으로 내다 판 비정한 아버지로 그려진다는 점에서 「심청전」과 큰 차이를 보인다. 이외에도 애니메이션 〈왕후 심청〉(2003)에서 심학규는 명문가의 재상으로서 "충직한 신하이자 자상한 아버지로 변형"(윤종선, 2009: 189)되는 반면, 영화 〈마담 뺑덕〉(2014)에서는 욕망에 눈이 멀어 결국 파멸에 이르는 존재로 그려진다.

이처럼 「심청전」의 재창작 콘텐츠들이 빚어내는 심봉사의 다채로운 형상이 비단 근대 이후 「심청전」을 기반으로 마련된 콘텐츠에서만 나타나는 것은 아니다. 주지하는 바와 같이 이미 심봉사는 「심청전」의 이본에 따라 성격이 다르게 나타나는 경향이 있기 때문이다. 현전하는 「심청전」의 이본은 230여 종 정도로 확인되는데(김영수, 2000: 26~28), 인물 형상 및 사건 구성에서 경판본과 완판본 계열 간의 차이가 크게 나타난다. 완판본 계열은 '심학규전' 혹은 '심봉사전'이라고 보는 편이 더 적합하다고 여겨질 정도로 경판본 계열에 비해 심봉사의 일화와 비중이 큰 폭으로 확장되어 있는 것이다(성현경, 1985: 206). 이에 따라 심봉사에 대한 형상 역시 두 판본 간에 큰 격차를 보이는데, 경판 24장과 26장본에서 심봉사가 '공公'으로 지칭되며 가부장의 권위를 유지하는 존재로 그려지고 있는 것과 달리, 완판 71장본에서는 심봉사의 일화가 대폭 확장되면서 그의 비속성이 강화되는 경향을 보인다.

이와 같이 판본에 따라 심봉사의 형상이 달리 제시되면서 그에 대한 평가, 인물 분석 역시 상이하게 진행되어 왔다. 어떤 계열의 판본을 바탕으로 인물을 분석했느냐에 따라 심봉사는 유교적 이념에 부합하는 인물로 평가되는 한편, 본래부터 희화화될 소지를 다분히 지니고 있는 인물(김대행, 1980: 48)로 파악되기도 하고, 이를 아울러 점잖고 숭고하면서도 점잖지 못하고 비속한 양가성을 지닌 인물(조동일, 1999: 299)로 분석되기도 했다. 또한 완판본이나 판소리 사설을 중심 텍스트로 할 경우, 그는 천상성, 신성성과 신이성, 외경성, 이타성을 지닌 심청의 대척점에 놓인 지상성, 세속성, 범속성, 통속성, 이기성을 지닌 인물(성현경, 1985: 188~189) 혹은 이기적이고 무책임하며 현실적인 대책이나 해결 능력이 없는 인물로 평가(서경희, 2014: 45)되었다. 이처럼 심봉사에 대한 상반된 인식과 평가가 나타나는 것은 판본에 따라 달리 그려진 심봉사의 모순적 형상에 기인하고 있다. 이러한 점에서 볼 때, 「심청전」이 향유되던 당시에서부터 '심청 이야기' 못지않게 '심봉사 이야기'에 대한 관심이 컸음을 알 수 있다.

이 글에서는 이러한 사실을 염두에 두며 심봉사를 중심으로 「심청전」의 서사를 재구성한 두 편의 웹툰, 〈심봉사전－심학규전〉(이하 '심봉사전'으로 지칭)과 〈바람소리〉를 주목해 보고자 한다. 두 웹툰 모두 심학규를 '맹인 검객'으로 설정하여 심학규의 서사를 새롭게 짜 넣으며 딸을 구원하는 아버지의 형상을 부각시키고 있다는 점에서 공통점을 찾을 수 있기 때문이다. 두 웹툰에서 아버지 심봉사가 어떻게 형상화되고 있는지 살펴봄으로써 지금까지 계속되어 온 '심봉사 이야기'에 대한 관심의 동향을 파악해 볼 수 있을 것이다. 여기에서는 그간 심봉사에 대한 다양한 시각들을 염두에 두며, 두 웹툰에 그려진 심봉사 이야기의 재구 양상을 살피고 그것의 의미를 파악해 보고자 한다.

2. 심학규 다시 보기: 생애의 재구성

〈심봉사전〉과 〈바람소리〉는 비슷한 시기에 1년 정도의 기간 동안 연재가 완료된 이후, 플랫폼을 달리하여 재연재되고 있는 웹툰이다. 〈심봉사전〉은 2013년 6월 4일부터 2014년 7월 15일까지 총 75화 구성으로 T플레이, 네이트에서 연재되었고, 〈바람소리〉는 2014년 10월 8일부터 2015년 12월 2일까지 총 59화 구성으로 다음 웹툰 리그에서 연재되었다. 현재 해당 플랫폼이 없어지거나 서비스가 종료되어 연재 당시의 상황을 확인하기는 어렵다. 그러나 두 웹툰 모두 2015년에 영상 판권 계약이 체결되었고,[7] 2017년 1월 9일부터 각각 배틀코믹스와 탑툰, 케이툰에서 재연재 및 서비스되고 있다는 사실로 미루어 볼 때, 꽤 큰 인기를 얻었던 것으로 보인다. 현재 해당 플랫폼의 서비스가 모두 종료된 상황이나, 〈심봉사전〉의 경우에는 2020년 11월 20일부터 다음 웹툰에서 재연재되고 있다.

앞서 언급했듯이 두 웹툰의 공통점은 심봉사를 맹인 검객으로 설정하여 「심청전」을 심봉사 중심의 이야기로 변주시키고 있다는 점이다. 두 웹툰은 기본적으로 「심청전」의 서사적 골격, 즉 효녀 심청이 아비의 눈을 뜨게 하기 위하여 자신의 몸을 팔아 인당수에 빠졌으나 살아나서 아버지와 상봉하고, 맹인 아버지가 결국 눈을 뜨게 되었다는 내용을 바탕으로 서사를 재구성한다. 여기에 원전에 없었던 심봉사와 관련된 일화, 심청과 재회 과정에서 벌어지는 심봉사의 탁월한 검술력 등을 삽입함으로써 심봉사를 중심으로 한 새로운 이야기를 마련하고 있는 것이다. 그 과정에서 원전의 심봉사와 달리 부성애를 가진 구원자로서 심봉사의 형상이 부각되고 심봉사의 생애 역시 재조명된다.

먼저 도입부를 살펴보면, 두 웹툰 모두 심봉사의 시력, 그의 주변 환경과 관련해 기본적인 정보를 제공하면서 이야기가 시작된다는 점에서 공통적이다. 이와 더불어 적대 세력을 만난 심봉사가 탁월한 검술 능력으로 이들을 물리치는 장면을 제시하고, 결국 이것이 심청을 찾거나 보호하기 위한 행위였음을 서두에 보여줌으로써 검객이자 부성애를 가진 아버지로서의 심봉사의 형상을 부각시킨다는 점에서도 공통점을 찾을 수 있다.

〈심봉사전〉의 1화는 심청을 찾기 위해 찾아간 야간 장터에서 심봉사가 적대 세력을 만나 탁월한 검술 능력으로 이들을 물리치는 장면에서부터 이야기가 시작된다. 이후 2화부터는 심학규의 출생과 성장

과정이 서술되는데, 맹인으로 태어난 심학규는 청각과 후각이 매우 뛰어난 인물로 그려진다. 그리고 그의 성장기는 검술에 능한 무혜 스님과 교유를 맺어 검술을 습득하게 되는 과정으로 채워진다. 그 과정에서 심학규는 낮에는 무혜 스님에게 검술 수련을 받고, 밤에는 아버지의 업을 이어 칼을 연마하며 성인으로 성장해 간다.

〈바람소리〉는 9세 무렵의 심청과 더불어 길을 떠나는 데서부터 이야기가 시작된다. 이 웹툰에서는 「심청전」의 전반부의 서사, 즉 곽씨부인과 심봉사 소개, 태몽담과 심청의 출생, 곽씨부인의 죽음과 심청을 위한 심봉사의 젖동냥 등의 서사가 생략된다. 그 대신 심봉사가 어린 심청과 함께하는 여정 길에 오르던 중 도적떼를 만나 검술로 이들을 무찌르는 장면이 1~3화로 구성된다. 이와 더불어 심봉사에 대한 정보가 제공되는데 그는 맹인이 아니라 백내장을 앓고 있는 인물로 그려진다. 따라서 흐릿하게나마 사물을 볼 수 있고 눈부심 방지를 위해 눈을 가린 채 심청의 도움을 받아 보행하는 것으로 설정되며, 바람소리를 통해 주변 상황을 파악하는 예리한 감각의 소유자로 그려진다.

그러나 두 웹툰은 인물의 구체적인 설정이나 이야기 시간 및 사건 전개 등에서 큰 차이를 보인다. 〈심봉사전〉이 심봉사의 출생과 성장 과정을 3화에 걸쳐 보여주며 심봉사의 검술 습득과 장애 극복 과정을 제시하는 것과 달리, 〈바람소리〉는 9세 무렵의 심청과 여정길에서 심청과 자신을 위협하는 도적들을 물리치는 장면을 통해 그의 검술의 탁월함을 보여준다. 또한 〈심봉사전〉에서 심학규는 태어날 때부터 눈이 먼 상태로 태어나지만, 검술에 뛰어난 무혜 스님의 도움으로 장애를 극복하며 청년으로 성장한다. 그러나 〈바람소리〉에서 심봉사는 백내장으로 시력을 잃어가는 상태로 희미하게나마 사물을 분별할 수 있으며, 나이 역시 중년의 연령층으로 설정된다.

또한 두 웹툰의 이야기 시간이 달리 설정되고 있으며, 이로 인해 이후 서사 전개의 양상에서 역시 큰 차이가 빚어진다. 〈심봉사전〉은 적대자 백서에 의해 발생된 심봉사의 가정 비극과 가족을 잃은 슬픔을 제시한 후 심봉사와 곽씨 부인과의 만남을 삽입한다. 그리고 심청의 출생과 곽씨 부인의 죽음이라는 「심청전」의 서두 서사를 아우르며 사건을 전개한다. 이와 달리, 〈바람소리〉는 15세 심청과 심봉사의 삶, 김대감의 수양 딸 제안과 이로 인한 심청의 위기에 초점을 맞춰 사건을 전개해 나간다. 즉, 〈심봉사전〉이 「심청전」의 초반부 서사를 수용하는 가운데 역모 세력과 반란군 세력 간의 갈등, 이와 얽힌 심봉사의 가족사를 조명하는 데 초점을 맞추고 있다면, 〈바람소리〉는 「심청전」의 초반부 서사, 즉 심청의 출생과 곽씨 부인의 죽음, 젖동냥 대목 등을 생략하고, 이에 대한 암묵적 전제 아래 심봉사와 심청의 평화로운 일상 속에 들이닥친 15세 심청의 위기를 조성하는 데 관심을 기울이는 것이다.

또한 심청이 인신공희의 희생양이 되는 과정도 다르게 제시된다. 〈심봉사전〉에서 심청은 심봉사에게 앙심을 품고 있던 동네 무뢰배들과 이들의 사주를 받은 기생 뺑덕어미의 꾐에 빠져 인당수를 잠재울 인신공희의 희생양으로 상선에 팔려간다. 그리고 이 사실을 알게 된 심봉사는 이에 연루된 자들과 검술로 대결하며 심청을 찾아 나선다. 그러나 〈바람소리〉에서 심청은 김 대감의 사주를 받은 귀덕어미의 꾐으로 갑작스럽게 김 대감의 수양딸로 팔려 가는데, 실상 여기에는 자신의 딸을 대신해 심청을 송나라 공녀로 팔아 공적을 세우고자 하는 김원형 대감의 계략이 숨어 있었다. 결국 심청은 공녀를 수송하는 배에 오르게 되지만 송나라로 가던 중 인당수의 거친 물살을 잠재우기 위해 바다에 던져진다. 이때, 딸이 공녀로 팔려가게 되었다는 사실을 뒤늦게 알게 된 심봉사는 딸 심청을 찾기 위해 관련자들을 찾아 처단하며 딸을 찾아 나선다. 이러한 서사의 흐름 속에서 두 웹툰 모두 딸을 찾기 위한 아버지 심봉사의 행위를 집중 조명하면서, 검객 심봉사의 검술 능력을 화려한 액션 장면으로 구현한다.

이후 인당수에 빠진 심청은 두 웹툰에서 모두 뜻밖의 존재에게 우연히 구출된다. 「심청전」에서 비중 있게 그려지는 용궁 체험이나 연꽃에 몸을 싣고 인당수에 이르러 상인들에게 발견되는 부분은 우연히 지나가는 배 즉, 왕세자의 배이거나 밀무역 선에 의해 구출되는 것으로 대체되며 환상성보다는 현실성을 강조한다. 〈심봉사전〉에서는 심청이 인당수 인근의 바위에서 송나라에서 돌아오는 왕세자에게 발견되며, 이후 왕세자의 총애를 받아 백서의 집권 아래에 놓인 왕궁에 머물게 된다. 그리고 〈바람소리〉에서는 인당수 근처에 연꽃처럼 떠 있던 심청을 밀무역 배인 '용궁'선의 선인들이 발견한다. 이후 심청은 심봉사를 찾아 나서고, 심봉사와 심청이 서로를 만나기 위한 여정이 교차로 제시된다. 이때 심봉사의 뒤를 쫓는 김 대감 무리, 거액의 현상금이 걸린 심봉사를 잡기 위한 '용궁'의 선인들, 왜인들이 각자의 욕망에 따라 두 인물을 추적하는 과정이 더해지면서 갈등이 고조된다.

그리고 심청의 위기가 발생한 이후에서부터 웹툰의 상당 부분은 심청을 찾아 나선 심봉사의 행위를 중심으로 구성된다. 다만, 심봉사의 행위가 딸을 구출하기 위한 개인적 문제의 차원을 넘어 국가의 문제를 해결하는 차원으로까지 나아간다는 점에서 〈심봉사전〉이 〈바람소리〉에 비해 심봉사 행위의 반경과 그 의미가 확장되어 있다고 할 수 있다. 〈심봉사전〉은 백서 무리의 역모와 반란군의 대결이라는 국난 상황을 배경으로 하는 까닭에 심봉사의 심청 찾기 여정 가운데 왕의 대를 이은 왕자 규를 등장시켜 그와 심봉사가 동행하도록 하고, 결국 심봉사는 반란군 무리와 연합하여 부모를 죽인 원수이자 역적인 백서 무리를 처단한다. 그 과정에서 백서 무리와 심봉사, 반란군과 연합군 간의 첨예한 갈등을 제시함으로써 위기 상황을 고조시키고, 맹인 잔치 장면은 백서와 심봉사의 대결 상황이 최고조에 이르는 동시에 심봉사와 심청의 만남이 이뤄지며 갈등이 해소되는 장면으로 구성된다.

이처럼 〈심봉사전〉의 초반부의 서사는 안맹으로 인해 고난을 겪는 심봉사의 어린 시절에서부터 이야기를 시작하며 심봉사가 무예 수련을 통해 이를 극복하고 성장해 가는 과정을 그린다. 그리고 역사적 소용돌이 속에서 핏빛으로 물든 비극적 가정사와 곽씨 부인과의 결연, 심청의 출생과 곽씨부인의 죽음, 젖동냥하며 심청을 기르는 심봉사의 삶을 짚어가며, 파란만장한 그의 삶의 굴곡을 서사화하는 데 초점을 맞춘다. 반면, 〈바람소리〉는 9세 무렵의 심청의 보호자로서 심봉사를 그려내는 동시에 심봉사, 심청 부녀의 평화로운 일상, 그리고 일상 속에 파고든 김원형 대감의 음모와 심청의 위기를 더해 넣음으로써 심봉사, 심청 가족의 일상과 그것이 파탄에 이르고 극복되는 과정을 비추는 데 관심을 쏟는다. 이렇게 두 웹툰 모두 심봉사를 축으로 사건을 전개해 나간다는 점에서 동일하지만, 그의 삶을 재구성하는 방식은 다른 양상을 보인다고 할 수 있다.

그러나 두 웹툰 모두 심봉사가 어떻게 딸 심청과 재회하게 되는지에 주목하며 심봉사의 삶과 생애를 재구성한다는 점에서는 공통적이다. 두 웹툰에 재현된 심봉사의 형상 속에서 「심청전」에 그려졌던 희화화되거나 무력한 아버지의 이미지 혹은 점잖은 가부장의 이미지를 찾을 수 없다. 오히려 이러한 심봉사 이미지의 정반대 형상, 잃어버린 딸을 위해 죽음을 무릅쓴 아버지의 비장한 각오, 그리고 탁월한 검술로 무장한 검객의 능력과 면모를 부각시킴으로써 구원자로서 아버지의 이미지를 강조한다. 이를 통해 「심청전」과 다른 아버지 심봉사에 주목하며 그를 재인식하도록 한다. 특히 〈심봉사전〉은 심봉사의 성장 과정과 국가의 위기 상황 속에서 발생된 비극적 가족사를 초반에 제시하고, 딸의 구출과 역적의 처단이라는 두 사건을 교직하면서 심봉사를 가족 영웅이자 국가 영웅으로서 조명한다.

3. 구원과 복수, '아버지'의 재건

〈심봉사전〉과 〈바람소리〉에는 딸을 구출하는 아버지의 구원 서사와 아버지가 딸을 위기로 몰아넣은 적대 세력을 처단하고 응징하는 복수의 서사가 융합되어 있다. 그리고 구원과 복수의 서사 중심에는 '아버지' 심봉사가 자리 잡고 있다. '심학규전'이라는 부제에서 알 수 있듯, 이 웹툰은 이미 기존의 「심청전」을 바탕으로 하되 심봉사에 초점을 맞춰 '심학규'라는 인물의 전기를 마련하는 데 초점을 맞춘다. 때문에 심봉사의 어린 시절에서부터 안맹을 극복하기까지의 성장 과정을 서두에 제시하여 「심청전」에서 다루어지지 않았던 심봉사의 이야기를 보완한다. 그리고 위기에 빠진 심청을 구출하는 심봉사의 행위를 집중적으로 조명함으로써 심청의 희생, 수난의 서사를 심봉사의 구원, 복수의 서사로 교체한다. 〈바람소리〉 역시 심청의 수난과 희생보다는 딸을 찾기 위해 부단히 노력하는 심봉사의 행위에 초점을 맞추며 구원자로서 심봉사의 형상을 부각시키는 데 관심을 쏟는다.

그 과정에서 「심청전」에 제시된 심청의 이야기 혹은 그녀의 목소리는 대부분 생략된다. 특히 심청이 위기에 직면하는 장면에서 이것이 두드러진다. 심청은 적대 세력의 사주를 받은 뺑덕 혹은 귀덕 어미의 꾐에 빠져 위기에 처하고 결국 인신공희의 희생양이 된다. 〈심봉사전〉에서 심청은 구출해 주겠다는 뺑덕의 말만을 믿고 제물이 되고, 〈바람소리〉에서는 김 대감 댁에서 다른 일감을 줄지도 모른다는 귀덕 어미의 말을 듣고 김 대감 댁을 방문하던 중 갑작스럽게 김 대감 무리에게 감금당하는 것이다. 두 웹툰은 심청을 원전과 마찬가지로 효녀로 설정하고 있다. 그러나 효녀로서의 심청의 형상을 부각시키지 않으며, 인신공희의 희생 역시 심청의 자발적인 선택으로 그려지지 않는다. 그녀의 희생은 적대적 존재의 속임수 그리고 이들에 의한 납치 및 감금, 강압 속에서 유발된 것으로, 그 결과 심청은 무력한 피해자의 이미지로 재현될 뿐이다. 두 웹툰 모두 심청을 김 대감의 하수인인 최선달을 조롱하거나 심봉사를 연모하는 뺑덕에게 자신의 의견을 개진하는 등 주체적이고 적극적인 면모를 가진 인물로 설정하고 있음에도 불구하고, 심청은 갑작스러운 위기 상황에 직면해 영문도 모른 채 곤경을 겪는 무력한 존재로 형상화된다.

물론, 두 웹툰에서 위기 상황에 직면한 심청의 대처 및 행동 방식은 다른 양상을 보인다. 〈심봉사전〉에서 심청은 위기 상황에서 눈물을 짓거나 끌려갈 뿐 적극적으로 대처하지 못하지만, 〈바람소리〉에서는 김 대감의 수양딸 제안을 거절하고 그녀를 감금하려는 무리들에게 적극적으로 저항한다는 점에서 차이를 보인다. 또한 〈심봉사전〉에서 심청은 인당수에서 건져진 이후 상황을 타개하려는 노력 없이 곤경에 빠진 채 소극적인 자세로 눈물짓는데, 이와 달리 〈바람소리〉에서는 아버지에게 배운 무술을 활용해 위기의 상황을 모면하고자 하는 면모가 더해진다. 특히 〈바람소리〉에서 심청은 밀수선 선장의 도움으로 인당수에서 구출된 이후, 스스로 아버지를 찾아 나서며 도화동으로 향하는 도중에 만난 왜인 무리들의 위협을 적극적으로 타개해 나간다. 결국 심봉사의 도움으로 왜인들이 처단되고 위기에서 벗어나기는 하지만, 심청이 곤경에 직면해 타인의 도움만을 기다리는 것은 아니다. 이점이 〈심봉사전〉과 〈바람소리〉에 그려진 심청 형상의 가장 큰 차이점이라고 할 수 있다.

이러한 사실은 두 웹툰에 반복적으로 나타나는 삽화를 통해서도 확인해 볼 수 있다. 두 웹툰은 매 화의 스토리 시작 전에 제목과 더불어 동일한 삽화를 제시하고 있는데, 〈심봉사전〉이 날선 검을 휘두르는 심봉사의 이미지를 통해 검객으로서 심봉사의 모습을 강조하고 있는 것과 달리, 〈바람소리〉는 맹인 심봉사와 다부진 눈매를 가진 심청이 검을 함께 잡고 있는 모습을 그려 넣음으로써, 심봉사와 더불어 심청의 적극적인 면모에도 관심을 기울인다.

그러나 이러한 차이에도 불구하고, 두 웹툰 모두 서사의 초점이 심봉사의 심청 구출 과정을 향해 있는 까닭에 심청의 형상과 목소리를 주목하지 않는다는 점에서 공통적이다. 서사의 상당 부분은 심봉사가 어떻게 딸을 위기에 빠트린 적대자를 찾아 응징하고 딸과 재회하는지를 담아내고 있으며, 여기에 심봉사와 적대 세력들이 펼치는 화려한 액션 장면, 적대자를 물리치는 심봉사의 탁월한 검술력을 더해 넣는다. 그 과정에서 심봉사는 '맹인'이라는 신체적 약점에도 불구하고 검술에 능한 검객으로 신비화되고, 이와 더불어 딸을 되찾기 위해 헌신하는 비장한 아버지, 딸을 위해 무장한 구원자이자 복수자, 영웅으로 자리매김된다. 이는 심봉사의 화려한 검술 장면을 통해 부각된다.

심봉사를 맹인 검객으로 설정한 것은 〈자토이치〉 시리즈와 관련이 있는 것으로 보인다. 1960년대부터 시작된 〈자토이치〉 시리즈는 이치라는 이름을 가진 맹인 검객의 대결담을 담은 것으로, 제작국인 일본은 물론, 홍콩과 한국 등 동아시아 지역에서 각광을 받았다. 특히 한국에서는 2003년 제작된 기타노 다케시의 영화 〈자토이치〉가 많은 관심을 받았으며, 학계 및 영화계에서는 이 영화의 이데올로기적 함의에 주목하였다. 일본 영화사 연구자인 정수완은 〈자토이치〉 시리즈가 "결함을 지닌 불완전한 일본이 오히려 더욱 강한 일본이 될 수 있다는 것을 보여주는 새로운 영웅상"(정수완, 2004)을 만들었다고 언급하면서, 특히 기타노 다케시의 〈자토이치〉를 여성 배제를 통해 마련된 "남성 중심의 사무라이 정신이 가득한 일본영화"(정수완, 2004)라고 평가하였다.

심봉사를 맹인 검객으로 재구한 두 편의 웹툰은 분명 〈자토이치〉 시리즈와 다른 스토리를 담고 있다. 따라서 〈자토이치〉시리즈와 동일 선상에서 비교하기는 어려울지 모르지만, 정수완이 지적한 〈자토이치〉에 내재된 이데올로기 문제, 특히 여성 배제의 문제는 구원자 심봉사와 희생자 심청의 인물 형상, 서사 속에 생략된 심청의 목소리 등에서도 짚어낼 만한 문제라고 할 수 있다. 그리고 이것은 심봉사의 영웅화 혹은 아버지의 길 찾기 과정에 은폐된 또 다른 문제적인 국면일 수도 있다. 다만, 이에 대한 심도 깊은 논의를 위해서는 심봉사와 심청의 관계, 심청의 형상화, 플랫폼 및 작가의 성향 등에 대한 면밀한 분석이 수반되어야 할 것이다.

한편, 심봉사와 대결하는 적대 세력들은 모두 권력과 욕망을 앞세워 부정을 일삼는 존재들로 그려진다. 〈심봉사전〉에서 심봉사와 적대 관계에 놓인 백서는 후궁과 역모를 꾀해 권력을 잡아 온 나라를 혼돈에 빠트린 인물이며, 〈바람소리〉에서 김 대감은 부정부패의 중심에서서 자신의 부정을 감추기 위해 또 다른 악행, 즉 인신매매를 저지르거나 심청을 겁탈하려고 하는 파렴치한 인물이다. 따라서 이들을 처단하는 심봉사는 단순히 딸의 구원자로서 의미화되는 것을 넘어 권력과 부조리에 맞선 영웅적 존재로 부상한다. 이러한 심봉사의 형상은 「심청전」 속 심봉사의 형상과 전혀 상반된 양상을 보인다.

> "애고 애고 이게 웬 말인고? 못 가리라, 못 가리라. 네가 날더러 묻지도 않고 네 마음대로 간단 말이냐? 네가 살고 내가 눈을 뜨면 그는 마땅히 할 일이나, 자식 죽여 눈을 뜬들 그게 차마 할 일이냐? 내 아무리 눈 어두우나 너를 눈으로 알고, 너의 어머니 죽은 뒤에 걱정 없이 살았더니 이 말이 무슨 말이냐? 마라, 마라, 못하리라. 아내 죽고 자식 잃고 내 살아서 무엇하리? 너하고 나하고 함께 죽자. 눈을 팔아 너를 살 터에 너를 팔아 눈을 뜬들 무엇을 보고 눈을 뜨리?" (정하영 역주, 1993: 125)

> "공이 간신이 더듬어 나가 가ᄉᆞᆷ을 두ᄃᆞ리며 발을 구을너 통곡ᄒᆞ여 왈 청아 청아 나ᄅᆞᆯ ᄎᆞᆷ아 ᄇᆞ리고 어ᄃᆡ로 가ᄂᆞ냐 ᄒᆞ니 그 경상을 이로 형언치 못ᄒᆞᆯ지라" (김진영 외, 2003: 133)[8)]

「심청전」에서 심봉사는 딸이 자신으로 인해 인신공희의 희생물이 된 상황을 알게 된 후, 울부짖으며 그녀의 희생을 만류한다. 그러나 위의 인용된 부분에서 볼 수 있듯, 그것이 어떤 판본이든지 심봉사는 안타까움을 호소하거나 발을 구르며 통곡할 뿐, 심청을 구하기 위해 적극적으로 나서는 것은 아니다. 이와 달리 두 웹툰에서 심봉사는 딸의 위기를 직감한 순간 바로 딸의 소재를 찾아 길을 떠난다. 이때 그의 형상 속에는 딸을 되찾기 위한 간절함과 비장함이 나타나 있을 뿐, 울음과 슬픔을 찾아볼 수는 없다. 무엇보다 심봉사는 원전의 심봉사와 달리 '검술'이라는 능력으로 곤경을 극복할 수 있는 자질을 갖추고 있는 존재로 그려진다는 점에서 원전과의 거리감을 확보한다.

두 웹툰에서 심봉사는 마지막에 눈을 뜨는데, 〈심봉사전〉에서 심봉사는 심청과 왕의 혼인잔치 날 딸에게 들이닥친 위기를 직감한 후, 딸을 구하고자 하는 간절함으로 인해 눈을 뜨고, 〈바람소리〉에서는 김 대감 무리, 박두령 무리, 왜인 등 적대 세력과 대적 후 피가 낭자한 상태에서 딸이 무사한지를 물으며 점차 눈이 선명해지게 된다. 물론 이전에 심봉사는 개안 혹은 백내장 치료를 위해 약을 처방받거나 시술을 받는다. 하지만 개안 시점을 심청의 위기 상황 속에 배치함으로써 딸을 구하고자 하는 간절함과 부성애를 부각시키는 것이다. 이로써 원전에서 무력한 존재였던 '아버지'는 딸의 구원자이자 권력과 부조리에 맞선 영웅적 존재로 조명되고, 여기에 딸을 향한 부성애가 더해지면서 잃어버렸던 '아버지'의 위상과 자리가 재건된다.

특히 두 웹툰 가운데 〈심봉사전〉은 1화와 마지막 화에 나라가 태평하고 백성의 삶이 풍요롭게 된 것이 '한 치 앞도 보지 못했던 장님 덕이 아니겠느냐?'는 문구를 반복적으로 삽입해 넣음으로써, 심봉사를 심청을 구원한 아버지로서뿐 아니라 국가적 위기 극복에 기여한 영웅이라는 점을 부각시킨다. 웹툰 속에 그려진 심봉사는 더이상 딸

의 희생을 바라볼 수밖에 없는 무기력한 아버지가 아니며, 가부장의 권위를 내세우는 아버지도 아니다. 그는 부조리한 세력에게 빼앗긴 딸을 되찾고자 위험과 죽음을 무릅쓰는 구원자로 자리한다.

4. 웹툰에 재현된 심봉사, 아버지의 길 찾기

심봉사를 중심으로 「심청전」의 서사를 재구성한 웹툰 〈심봉사전〉, 〈바람소리〉에는 '아버지' 심봉사의 모습이 담겨져 있다. 원전에서 희화화되었던 심봉사의 흔적은 지워지고, 그 자리에는 딸을 구원하는 존재로서 아버지의 형상이 덧입혀진다. 패러디가 근본적으로 원전과의 "유사성보다는 상이성을 강조"(린다 허천, 김상구·윤여복 역, 1993: 15)함으로써 이전 서사의 맥락을 전도시키고 초맥락화한다는 사실을 상기할 때, 두 웹툰은 「심청전」의 패러디로 규정해 볼 수 있을 것이다. 그렇다면 「심청전」의 패러디가 가지는 의미는 무엇인가? 즉, 심봉사의 형상 변화를 야기한 사회 문화적 맥락이 무엇인가 하는 점을 생각해 볼 필요가 있다. 특히 가족의 가치가 축소되고 가부장으로서 아버지의 권위 역시 약화된 현대 사회의 변화를 고려해 볼 때, 두 편의 웹툰 속에 재현된 구원자로서 아버지 심봉사의 형상은 어떠한 의미를 갖는가?

현재 우리는 아버지의 위상과 권위가 추락한 시대에 살고 있다. 특히 2015년은 이른바 '아버지 신드롬'이 어느 때보다 부각되었던 시기였으며, 가정이나 사회에서 '아버지'의 자리를 찾는 작업은 지금까지 계속되고 있다. 2015년을 전후로, 영화계에서는 〈국제시장〉(2014), 〈인터스텔라〉(2014), 〈허삼관〉(2014) 등 아버지에 대한 기억과 부성애를 담은 영화들이 개봉되었다. 그리고 TV에서는 〈내딸 서영이〉(2012~2013)라는 드라마를 통해 지극한 부성애를 선보인 이래, 〈나 혼자 산다〉(2013~), 〈아빠 어디가?〉(2014~2015), 〈슈퍼맨이 돌아왔다〉(2013~)와 같은 프로그램을 통해 친구 같은 아빠의 모습을 화면에 비추었으며, EBS에서는 〈파더 쇼크〉(2013.06.12), 〈아버지의 성〉(2014.05.14), 〈아버지의 귀환〉(2016.09.19) 등 변화하는 아버지상을 조명한 다큐멘터리가 연이어 방영되었다. 이들 매체 속에서 아버지는 가부장제의 상징적 위력, 권력을 가진 존재가 아니라 인간적인 면모를 가진 존재이며 연민을 자극하거나 친숙한 아버지로 그려졌다. 이러한 일련의 흐름에 대해 "김선영 대중문화평론가는 'IMF 등 경제 불황 때 가정의 구심점인 아버지를 통해 가족의 가치를 되새기는 콘텐츠가 늘어났고, 세월호 참사 등 사회적 불안이 가중되면서 그런 요구는 더 커졌다'면서 '과거에는 명예퇴직 등 아버지의 슬픔 자체를 조명했다면, 최근에는 권위를 벗어던진 아버지의 인간적 면모에 초점을 맞추는 경향이 뚜렷하다'고 짚었다"(이은주, 2014). 즉, 사회, 경제적 여건의 변화 속에서 각종 매체들이 아버지의 모습을 재조명하며 이들의 자리를 찾는 작업을 지속해 왔던 것이다.

이 글에서 살핀 웹툰 〈심봉사전〉과 〈바람소리〉의 출현 역시 이와 같은 대중 매체의 경향 및 아버지에 대한 사회 문화적 인식 변화와 무관해 보이지 않는다. 두 웹툰은 모두 '아버지 신드롬'이 부각되었던 2014~2015년에 연재되었고, 「심청전」에서 다소 우스꽝스럽게 희화화되거나 딸의 희생을 지켜볼 수밖에 없었던 아버지 심봉사를 재조명하는 데 관심을 두고 있기 때문이다. 두 웹툰 가운데 〈심봉사전〉의 서강용 작가는 작가 후기에서 다음과 같이 웹툰의 창작 동기를 밝히고 있는데, 여기서 '아버지' 심봉사에 대한 작가의 관심을 엿볼 수 있다.

2년 전 명절, 티비에서 우연히 본 심청전의 판소리는 고전에 대한 생각을 다시 한번 하게 만들었습니다. 맹인이 아이를 키우려면 보통사람보다 많은 노력이 필요했을 텐데 심청이 아버질 왜 저렇게 우스꽝스럽게 묘사를 하였나? 물론 극의 감초 역할임을 알았지만 동시에 드는 생각은 심봉사 손에 칼 한 자루 쥐어줘 보자고 〈심학규전〉의 뼈대가 순식간에 잡혔습니다. 여타 다른 맹인 검객도 있지만 고전소설의 봉사가 검객이 된다면 정말 재밌을 거 같다는 생각에 그림을 그렸고 생각 외로 좋아해 주시는 분들 덕에 무사히 완결을 지을 수 있었습니다.

—〈심봉사전〉 작가 후기

서강용 작가는 원전에서 다소 우스꽝스럽게 그려진 심봉사의 형상에 의문을 가지며 심봉사를 '맹인 검객'으로 설정하여 심봉사의 이미지를 재구축하고자 하였음을 밝히고 있다. 이러한 의도와 동기 속에서 딸의 죽음 앞에 무력할 수밖에 없었던 심봉사는 검술에 능한 딸의 구원자로 탈바꿈되었고, 「심청전」에서 소거되었던 아버지 혹은 그의 역할은 위험에 빠진 딸을 구하기 위해 노력하고 헌신하는 모습으로 재구성되었다. 아쉽게도 〈바람소리〉의 한기남 작가는 후기를 남겨 놓고 있지 않지만 심봉사의 인물 형상이나 스토리 구성으로 볼 때, '아버지'로서 심봉사를 어떻게 형상화할 것인가에 대해서는 서강용 작가와 유사한 문제의식 내지 관심을 가졌을 것으로 짐작된다.

앞서 살펴보았듯, 〈심봉사전〉은 국가의 위기와 심학규 가족의 위기를 엮어 심학규가 어떻게 역사적 소용돌이 속에서 잃어버린 딸을 구원해 내는지 그 과정을 짚어가며 심봉사의 전기를 마련하는 데 주력한다. 그리고 〈바람소리〉는 한 개인의 탐욕으로 인해 깨져 버린 심청, 심봉사 부녀의 평화로운 일상을 회복해 가는 과정을 심봉사의 행적을 중심으로 담담히 그려낸다. 그 과정에서 잃어버린 딸의 구원자로서 아버지 심봉사의 형상이 부각되며, 딸을 향한 아버지의 부성애가 조명된다. 이때 심봉사는 절대적인 가부장의 권위를 가진 존재로 형상화되지 않으며, 딸의 위기에 무력하게 대처할 수밖에 없는 무능력한 아버지의 모습으로 그려지지도 않는다. 지금까지 대중 매체에 재현된 아버지의 형상을 염두에 둘 때, 두 웹툰에 그려진 이와 같은 아버지 심봉사의 형상에는 사회, 문화의 흐름 속에서 변화하고 있는 아버지상 내지 아버지의 역할에 대한 고민이 반영된 것으로 보인다.

마시모 레칼카티(Massimo Recalcati)는 우리 사회를 '아버지가 해체된 시대'로 규정하며 아버지가 부재하는 시대에 아버지를 기다리며 찾아 나서는 텔레마코스를 통해 우리 시대의 아버지 부재의 문제 해결 가능성과 전망을 제시하였다. 그리고 이제 버려진 아들로서 우리가 추구해야 것은 "이미 시들어 버린 아버지의 상징적 위력을 어떻게 회복하느냐의 문제가 아니라 아버지의 남은 부분에 대해 어떤 질문을 던져야 하느냐로 귀결된다"(마시모 레칼카티, 윤병언 역, 2016: 12)고 말한다. 이러한 레칼카티의 언급을 상기해 볼 때, 두 웹툰은 「심청전」을 심봉사 이야기를 중심으로 재구성하고 아버지 심봉사의 형상을 재구축함으로써 우리 시대의 아버지의 역할 혹은 자리에 대해 질문을 던진다는 점에서 주목해 볼 만하다.

다만, 〈심봉사전〉은 역사적 부침 속에서 함몰된 한 가정의 복원 과정을 담아내는 가운데 심청의 인신공희 서사를 삽입하고, 그녀와 가정, 역사를 구원하는 존재로서 심봉사를 그린다는 점에서 〈바람소리〉에 비해 가정과 국가의 구원자로서 아버지의 역할을 다소 고정적으로 제시하는 경향이 있다. 그리고 그 과정에서 딸 심청의 목소리가 생략되고 심청을 나약한 희생양으로서만 비춘다는 점에서 문제적이다. 이는 분명 〈바람소리〉가 심청과 재회하기 위해 악전고투하는 심봉사의 모습을 중심으로 서사를 전개하되, 이와 더불어 위기 상황을 극복하고자 하는 심청의 적극적인 면모를 제시하는 것과 차이가 있다. 그러나 두 웹툰 모두 딸을 잃고 한 가정을 잃은 아버지가 어떻게 딸을 되찾아 한 가정을 회복해 나가는지를 비춤으로써, '아버지의 길찾기' 과정을 보여주는 서사를 마련하고 있다는 점에서 공통적이라 할 수 있다.

이처럼 두 웹툰은 「심청전」을 바탕으로, '딸을 잃은 아버지' 심봉사의 이야기를 새롭게 재구하면서, 현재 이슈로 떠오르고 있는 '아버지' 혹은 그의 자리에 대한 문제를 상기시킨다. 여기서 재현된 아버지의 모습은 수년 전에 창작되었던 채만식의 「심봉사」(1936, 1947)와 최인훈의 「달아 달아 밝은 달아」(1978~2007)에 재현된 아버지 심봉사의 모습과 사뭇 다르다. 이들 희곡에서는 비극적 결말을 통해 무능한 아버지로서 심학규를 희화화하는 한편 그를 욕망에 사로잡힌 비정한 아버지로 형상화했기 때문이다. 이와 같은 심봉사의 형상은 국가 및 사회적 문제와 결부시켜 이해되기도 했는데, 특히 이경재는 개안의 가능성을 상실해 버린 심봉사의 모습 속에서 일제치하 혹은 해방기 가부장적 국가 조선에 대한 조롱을 발견하고, 딸을 팔아먹은 아버지 심봉사의 모습 속에서 국가 발전을 위해 여성을 동원시켰던 70년대 유신체제의 문제를 읽었다(이경재, 2004: 14~15, 20). 이러한 관점의 연장선에서 볼 때 두 웹툰에 재현된 심봉사의 형상은 효라는 가치가 더이상 주목받지 못하고 아버지의 위기와 부재가 운위되는 요즘의 상황 속에서 아버지의 길을 찾는 과정, 혹은 그에 대한 고민과 인식이 반영된 것이라 할 수 있을 것이다.

참고문헌

곽상인(2011), 「〈심청전〉 패러디를 통한 심청의 '자기' 정립 양상: 고전 〈심청전〉과 황석영의 〈심청〉을 중심으로」, 『통일인문학』 51, 건국대학교 인문과학연구소, 99~126쪽.

구수경(2008), 「〈심청전〉의 창조적 변형과 구원의 서사: 박상륭의 〈심청이〉와 황석영의 〈심청, 연꽃의 길〉을 중심으로」, 『한국문학이론과 비평』 39, 한국문학이론과비평학회, 211~235쪽.

김대행(1980), 『한국소설문학의 탐구』, 일조각.

김영수(2000), 「필사본 〈심청전〉의 계열과 전승시기 연구」, 『판소리연구』 11, 판소리학회, 161~195쪽.

김용범(2005), 「고전소설 〈심청전〉과의 대비를 통해 본 애니메이션 〈왕후 심청〉 내러티브 분석」, 『한국언어문화』 27, 한국언어문화학회, 373~399쪽.

김진영 외(2003), 「신문관본 활자본 심청전」, 『심청전 전집』 12, 박이정.

김현철(2000), 「판소리 〈심청가(沈淸歌)〉의 패러디 연구: 채만식의 〈沈봉사〉, 최인훈의 〈달아 달아 밝은 달아〉, 오태석의 〈심청이는 왜 두 번 인당수에 몸을 던졌는가〉를 중심으로」, 『한국극예술연구』 11, 한국극예술학회, 293~347쪽.

미야지마 히로시(宮嶋博史)(2004), 「황석영의 〈심청〉과 19세기 동아시아」, 『역사비평』 67, 역사비평사, 123~134쪽.

서경희(2014), 「심청전에 나타난 가장의 표상과 역설적 실체」, 『동방학』 30, 한서대학교 동양고전연구소, 33~67쪽.

성현경(1985), 「판소리문학으로서의 심청전: 소설과의 관계를 중심으로」, 『동아연구』 5, 서강대학교 동아연구소, 179~219쪽.
신선희(2000), 「〈심청전〉의 현대적 수용과 변용」, 『고소설연구』 9, 한국고전소설학회, 239~269쪽.
신호림(2017), 「심청전에 대한 현대적 상상력과 스토리텔링 전략: 영화 〈마담 뺑덕〉(2014)을 대상으로」, 『동양고전연구』 66, 동양고전학회, 303~330쪽.
심치열(2007), 「고전소설을 수용한 장편 애니메이션: 〈왕후 심청〉 스크립트를 중심으로」, 『고소설연구』 23, 한국고소설학회, 207~236쪽.
심치열(2008), 「〈심청전〉의 또 다른 이야기 형상화: 심청에서 렌화, 로터스, 렌카로 살아가기」, 『돈암어문학』 21, 9~45쪽.
유인순(1986), 「채만식·최인훈 희곡작품에 나타난 심청전의 변용」, 『비교문학』 11, 한국비교문학회, 107~138쪽.
윤영옥(2016), 「황석영 『심청』의 장소경관과 트랜스내셔널리티」, 『한국현대문학연구』 48, 한국현대문학회, 477~501쪽.
윤종선(2009), 「심청콘텐츠의 스토리텔링 분석」, 『어문학』 106, 한국어문학회, 179~210쪽.
이경재(2004), 「심청전 패러디에 나타난 심봉사의 변이 양상과 그 의미」, 『한국학보』 30(3), 일지사, 2~23쪽.
이윤경(2004), 「고전의 영화적 재해석: 고전의 영화화 양상과 그에 대한 국문학적 대응」, 『돈암어문학』 17, 돈암어문학회, 101~127쪽.
이윤선(2007), 「설화기반 축제 캐릭터의 스토리텔링과 노스탤지어 담론: 전남의 장성 〈홍길동〉 및 곡성 〈심청〉을 중심으로」, 『남도민속연구』 15, 남도민속학회, 237~273쪽.
정하영 역주(1993), 『심청전』, 고려대학교 출판부.

조동일(1999), 「심청전에 나타난 비장과 골계」, 최동현·유영대 편, 『심청전 연구』, 태학사, 1999.
최상민(2006), 「최인훈의 '심청' 재현과 의미」, 『한민족어문학』 49, 한민족어문학회, 421~448쪽.
최상민(2007), 「근대/여성의 재현과 복수의 상상력: 최인훈의 〈달아달아 밝은 달아〉와 황석영의 〈심청〉을 중심으로」, 『한국문학이론과 비평』 34, 한국문학이론과비평학회, 403~425쪽.
최시한(2017), 「이야기 콘텐츠의 창작과 전용」, 『한국어와문화』 22, 숙명여자대학교 한국어문화연구소, 155~176쪽.
표인주(2006), 「서사문학 인물을 이용한 곡성의 상징성과 정체성 형성과정 고찰」, 『한국민속학』 44, 한국민속학회, 533~559쪽.
린다 허천(Linda Hutcheon) 김상구·윤여복 역(1993), 『패러디 이론』, 문예출판사.
마시모 레칼카티(Massimo Recalcati), 윤병언 역(2016), 『버려진 아들들의 심리학』, 책세상.
김유나(2015), 「KT 올레마켓웹툰, '바람소리' '모범택시' 등 인기 웹툰 영상판권 계약 성사」, 『국민일보』, 국민일보사, 2015.07.29.
이은주(2014), 「대중문화계에 부는 '아버지 신드롬', 왜?」, 『서울신문』, 서울신문사, 2014.12.26.
정수완(2004), 「일본적 슈퍼히어로의 변주: 1962년과 2003년 자토이치들과 기타노 다케시」, 『씨네21』 438호, 한겨레신문사, 2004.02.05.
재담미디어, '서강용 작가님의 〈심봉사전〉 드라마화 확정' 공지글 (http://www.jaedam.com/bbs/bbs/board.php?bo_table=notice&wr_id=123).

미주 내용

1) 여기에서는 판소리 혹은 판소리계 소설 등 판소리 서사 전반을 포괄하는 개념으로 '춘향전', '심청전'을 사용하였다. 그러나 사실상 「춘향전」, 「심청전」을 기반으로 새로운 작품을 재창작/재생산한 경우, 그것의 기반이 된 작품 및 장르를 소설, 설화, 판소리 어느 하나로 특정하기 어렵다. 뿐만 아니라 재창작/재생산은 특정 장르와 작품을 대상으로 하는 경우는 물론이고 이들을 아울러 부분적으로 수용한 경우도 있고, 「춘향전」이나 「심청전」 등 기존 서사를 바탕으로 재창작/재생산된 작품이 검토 대상이 되기도 한다.
2) 기존의 이야기를 바탕으로 새로운 작품이 마련된 경우, 이것은 연구자에 따라 변용, 재창작, 재생산, 재창조, 매체변이, 장르전환, 재매개, 개작, 번안, 각색, 패러디 등의 용어로 제각각 언급되어 왔다. 최근 이러한 용어들을 포괄하는 용어로서 '전용轉用'이라는 용어가 제안된 바 있다. 그러나 아직 학술적으로 정립된 용어라고 볼 수 없기 때문에 이 글에서는 재창작/재생산이라는 용어를 사용하고자 한다. 전용에 대해서는 최시한(2017: 166) 참조.
3) 유인순, 1986; 김현철, 2000; 신선희, 2000; 최상민, 2006; 최상민, 2007.
4) 미야지마 히로시, 2004; 최상민, 2007; 구수경, 2008; 심치열, 2008; 곽상인, 2011; 윤영옥, 2016.
5) 이윤경, 2004; 김용범, 2005; 심치열, 2007; 신호림, 2017.
6) 표인주, 2006; 이윤선, 2007; 윤종선, 2009.
7) 김유나(2015); 재담미디어, 공지글 참조.
8) 이와 같은 심봉사의 반응은 경판 24장본에 역시 동일하게 나타난다.

웹툰 〈쌍갑포차〉에 재현된 무속신화적 세계인식

유 형 동

1. 무속의 세계관과 웹툰

배혜수의 〈쌍갑포차〉는 다른 사람에게 쉽게 털어놓기 어려운 사연을 지닌 사람들이 홀연히 마주하게 되는 포장마차에서, 그 포장마차를 운영하는 붉은 한복을 입은 여인(월주신)을 만나 벌어지는 일들을 옴니버스식으로 구성한 작품이다. 이 작품은 2016년 6월 1일부터 2020년 8월 현재까지 193화에 걸쳐 연재되고 있으며 14권의 단행본이 출간되었다. 또한 일부 에피소드가 2020년 5월~6월까지 12부작 드라마로 편성되어 방송되기도 했다. 연재가 진행되고 있는 상황에서 예단하기는 어렵지만, 대중성과 작품성을 인정받고 있는 작품이라고 할 수 있다.[1]

이 작품은 우리가 삶에서 마주하게 되는 너무도 일상적인 동시에 비일상적인 국면을 여러 인물의 다양한 에피소드로 엮어 간다. 그러면서 각기 다른 에피소드에 등장하는 인물들의 관계가 거미줄처럼 엮여 흥미로운 구성을 보여준다. 그러나 이 작품이 흥미로운 것은 그러한 구성 때문만은 아니다. 무엇보다도 눈길을 끄는 것은 신화적 상상력에 기반을 둔 작품의 세계관이다. 작가는 이승과 저승, 삼신과 저승사자 등 대중에게도 널리 익숙해진 한국 신화의 요소들을 차용·융합한다.[2)]

〈쌍갑포차〉가 지니는 이와 같은 특징은 〈신과 함께〉의 그것과 매우 닮아 있다. 주호민의 〈신과 함께〉는 무속신화의 모티프를 현대적으로 해석하고, 현실에 대한 비판적 인식을 드러내면서도 재미와 감동이라는 대중성까지 획득했다.[3)] 〈신과 함께〉는 신화를 소재로 한 문화콘텐츠 스토리텔링의 모범적인 사례로 여겨지고는 한다.

〈쌍갑포차〉와 〈신과 함께〉는 신화를 활용한 콘텐츠라는 공통점을 지니고 있지만 스토리텔링 방식에서는 약간의 차이가 있다. 〈신과 함께－저승편〉과 〈신과 함께－이승편〉은 인간세상과 저승의 법도·사회현실에서 벌어지는 군대 내 폭력, 가정해체와 가치수호의 문제를 신화적 소재를 활용해서 설명한다. 이어지는 신화편은 프리퀄, 즉 앞에 등장했던 신들이 신으로 좌정한 내력을 설명하는 방식으로 한국(특히 제주도) 무속신화의 서사, 인물 등을 대체로 수용하는 차원에서 컨버전스를 시도한다.[4)]

이에 비해 〈쌍갑포차〉는 한국 무속신화에서 몇몇 캐릭터를 차용한 뒤 독자적 세계관을 구축한다. 서사를 직접적으로 활용하기보다는 캐릭터의 수용, 제의적 측면에서 확인되는 무속의 정신 등을 컨버전스 스토리텔링 방식으로 구성한다.

이 글에서는 이와 같은 〈쌍갑포차〉의 스토리텔링 방식의 특징에 주목하여 논의를 진행해 보려고 한다. 즉 〈쌍갑포차〉에 무속신화와 그것이 연행되는 과정에서 드러나는 세계인식이 어떻게 그려지고 있는지 살펴볼 것이다.

2. 이승과 저승, 그승을 살아가는 너무도 인간적인 신

작가가 밝히고 있는 것처럼 〈쌍갑포차〉의 세계는 전통적인 세계를 재구성하거나 작가가 창조한 세계이다(배혜수, 2018(7): 127). 이 세계는 크게 천상, 저승, 이승, 그승으로 구분된다. 그리고 그보다 더 높은 층위로 마고신이 존재한다.

〈쌍갑포차〉에서 가장 큰 신은 마고신이다. 마고신은 마고할미를 염두에 두고 설정된 캐릭터라고 할 수 있다. 우리 문화에서 마고할미는 흔히 거인신으로 알려져 있다. 18세기에 장한철이 지은 『표해록』에는 사람들이 한라산을 보며 살려달라고 비는 모습이 묘사되어 있는데 그때 사람들은 '선마고'라는 말을 했다고 한다. 선마고는 선문대할망을 나타내는 것으로 보인다. 제주도에서 설문대할망은 巨女神으로서 창조신적 면모를 지니고 있다. 〈쌍갑포차〉에서는 마고-선문대할망이 삼신과 연결된다는 점이 흥미롭다.

무속신화에서 삼신의 기원과 관련된 이야기는 두 가지 형태로 존재한다. 첫 번째는 제주도에 전승되는 〈생불할망본풀이〉이다. 삼신의 자리를 놓고 '명진국따님아기'와 '용왕국따님아기'가 대결을 펼친다. 그 결과 '명진국따님아기'가 삼신이 된다. 그리고 '용왕국따님아기'는 어린아이들에게 질병을 주어 죽게 하는 저승의 신격이 된다.

두 번째는 〈제석본풀이〉이다. 당금애기는 황금대사와의 하룻밤 인연으로 잉태를 하고, 토굴에 갇혀 지내면서 한 번에 세 쌍둥이를 낳는다. 이 화소 통해서 당금애기가 지닌 생산력을 확인할 수 있는데, 이는 당금애기가 삼신이 되는 데 중요한 요소가 된다. 이후에 아이들이 자라 아버지를 찾아가 삼불제석으로 좌정할 때 당금애기는 황금대사에게 삼신이라는 신직을 부여받는다.

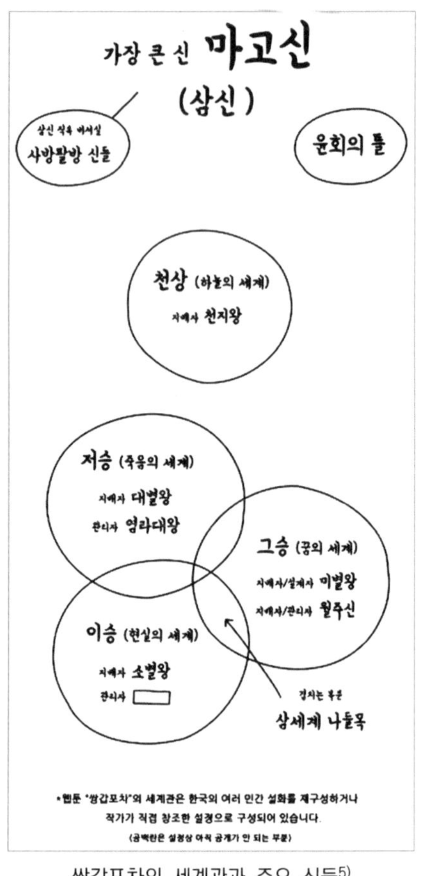

쌍갑포차의 세계관과 주요 신들[5)]

〈쌍갑포차〉에서 삼신은 자주 등장하지만, 그 내력을 확인할 수 있는 에피소드는 아직 나타나지 않았다. 다만 마고와 삼신을 하나의 신격으로 묘사하면서 가장 큰 신으로 설정하고 있다는 점을 특기할 만 하다.

천상은 하늘의 세계로 천지왕이 다스리는 세계이다. 그리고 이승은 우리가 살아가는 현실세계이다. 이곳은 천지왕의 아들인 소별왕이 다스리는 세계이다. 저승은 죽음의 세계로 역시 천지왕의 아들인 대별왕이 지배하는 세계이다. 아직 이 작품에서 천지왕 대별왕, 소별왕의 관계가 에피소드로 소개되거나 그를 유추할 수 있는 요소가 공개되지는 않았다. 하지만 이들 캐릭터와 공간은 〈천지왕본풀이〉에서 설정을 차용한 것으로 보인다.

가장 인상적인 공간은 역시 그승이다. 그승은 작가가 오롯이 창작한 세계로 꿈의 세계이다. 따라서 이승의 존재도, 저승의 존재도 모두 도달할 수 있는 공간이다. 또 그승은 저승에도 이승에도 존재할 수 있는 공간이 되는 것이다. '돼지뒷고기 숯불구이'에서 오미란은 리온 빌딩 옥상에서 쌍갑포차를 만나는데 이는 이승과 그승이 겹치며 형성된 공간이다. '박속낙지탕'에서 이끝순 할머니는 저승에서 주막의 모양을 한 쌍갑포차를 만난다. 이를 의아하게 생각한 이끝순 할머니에게 월주신은 다음과 같이 말한다. "쌍갑포차가 이승, 저승, 그승 못가는 곳이 어딨소. 지옥도 갈 수 있는데."(배혜수, 2018(2): 44) 즉 그승은 꿈의 세계이므로 어디에나 있을 수 있고, 또 어디든 갈 수 있는 세계인 것이다.

작품에서 그승을 설계한 존재는 미별왕이고, 관리를 하는 존재는 월주신이다. 미별왕과 월주신도 작가가 만들어낸 캐릭터이다. 이 둘은 모두 그승의 지배자라고 하는데, 미별왕에 대해서는 특별히 밝혀진 바가 없다. 월주신은 그승에 존재하는 쌍감포차를 운영하는 존재이다.

쌍갑포차에는 누군가로 인해 상처를 받은 사람들, 또는 죽기 직전 미련을 가진 이들이 찾아온다. 어쩌면 그러한 사람들을 쌍갑포차가 찾아간다고 하는 것이 더 합당한 설명일지 모른다. 월주신은 주인공들이 좋아했거나, 주인공의 추억이 얽힌 음식을 매개로 삼아서 이야기를 나눈다. 이 음식들은 화려한 음식이 아니다. 일상 속에서 쉽사리 마주할 수 있는 그런 음식들이다. 이는 곧 작품에 등장하는 인물들의 사연이 우리와 멀리 떨어져 존재하는 것이 하니라 우리 가까이 있다는 점을 보여주는 것이다. 이렇게 함으로써 이승과 저승, 그승을 다루는 이 판타지를 나의 이야기인 듯 인식하게 만든다. 월주신이나 미별왕은 모두 서사의 전면에 등장하기보다는 주인공들의 뒤에서 그들의 사연을 들어주고 몇 마디의 말로 울림을 주는 존재이다. 특히 월주신은 무심한 듯하면서 다정하고, 차가운 듯하면서 따뜻한 존재이다.

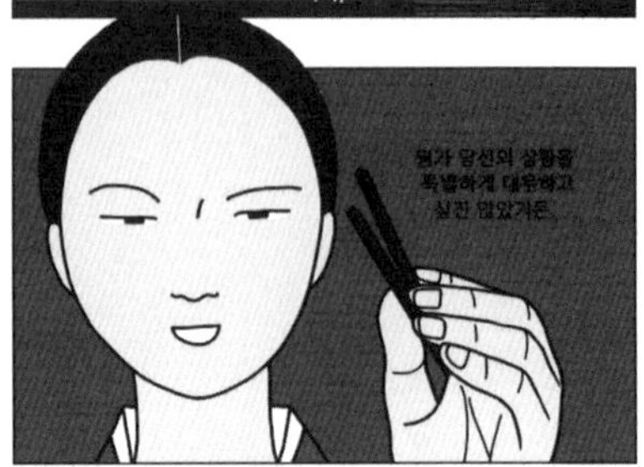

죽음 앞에 선 미란에게 말을 건네는 월주신

월주신은 무속의 신이 그렇듯이 인간과 관계 맺기를 시도한다. 그러나 그 관계는 제의적 공간에서 이뤄지는 것이 아니다. 자신이 관장하고 있는 꿈의 세계인 그승에서 인간에게 다가간다. 각 에피소드의 주인공들은 월주신과의 만남이 꿈인지 아닌지 모호한 지점에 놓여 있다. 이것은 그승과 쌍갑포차가 꿈이라는 장치가 활용되어 형성된 것이기 때문에 충분히 가능한 일이다.

우리가 무속의 신을 만나는 것은 우리의 일상성이 파괴되고, 무언가에 간절하게 기대고 싶을 때이다. 쌍갑포차의 주인공들이 월주신을 만나는 지점도 이와 다르지 않다. 이들은 각자 삶에서 가장 위기의 순간에 월주신을 만난다. '돼지뒷고기 숯불구이'의 오미란, '달걀말이'의 차현옥은 그 대표적인 인물이다.

기독교나 불교와 같은 보편 종교에서 신은 인간이 동일시하기 원하는 규범이나 이상형이다. 보편 종교의 인간은 항상 신을 신성시하며 늘 예배의 대상으로 삼는다. 그러나 무속적 관점에서 신은 다른 위상을 지닌다. 대체로 일상생활 속에서 신은 기억의 저편에 존재할 뿐이다. 그러다가 일상성을 망가트리는 일이 발생하면, 우리는 그제서야 신을 찾는다. 가령 집에 병을 앓는 사람이 생기거나, 죽음이 발생해 망자를 천도해야 하는 일이 생기면 신을 소환하는 것이다. 거칠고 냉정하게 말하면 무속적 인식에서 신은 도구적으로 존재한다고 말할 수 있다. 이렇게 인간을 위해 존재하는 신의 모습이 〈쌍갑포차〉에 형상화되고 있는 것이다.

또 한편 무속의 신은 매우 인간적인 면모를 지니고 있다. 특히 인정에 약하고, 뇌물에 흔들리며, 때로는 융통성을 발휘하는 등의 모습이 나타난다. 이는 〈쌍갑포차〉의 에피소드에도 잘 표현된다. '달걀말이'의 마지막에 나타나는 가방에 깃든 도깨비와 저승사자의 모습은 인정에 약한 신의 모습을 그대로 보여준다. 김준우가 어린 시절 매고 다니던 가방에 깃든 도깨비는 준우를 데려가려는 저승사자의 앞을 가로막는다. 저승사자를 통해 염라대왕은 도깨비가 품고 있던, 준우를 찾기 위해 전단지를 돌리던 차현옥의 사연을 마주한다. 결국 염라대왕은 준우 대신 도깨비를 저승으로 데려오도록 하고, 준우의 명부를 고치게 한다.

이러한 신의 모습을 잘 보여주는 대표적인 무속신화가 〈장자풀이〉이다.

오 사재 사마장재네 집에 냅다 서니 / "장재느 음식 먹고 / 장재느 전량 갖고 / 이게 웬 일이요? / 죽을 목심 인도환생시겨주오" 허니 / 즈게는 사재가 어넌 말이 / "사마장재는 간(奸)허고 독허고 / 쌀쌀허고 모지고 허다더니 / 인심이 자력허구나 / 아이고 신으 성방 / 먹기 전에 일러 도랬더니 / 아니가르처 주더니 / 먹고 노니 이제는 씰디 없고 / 입어 노니 이제는 씰디 없고 / 받어 노니 이제는 씰디 없네…….” / 그제는 장제보고 허넌 말이 / “여봐라 장재야 / 너허고 한 날 한 시에 / 난 사람 여그 있느냐?” / “예 저 건너 우마장재가 / 한 날 한 시에 났십니다” / 그제는 사재들이 사마장재 살려 놓고 / 우마장재 잡으러 / 우마장재 문전에 당도하여 (임석재, 1970: 135~136)

〈장자풀이〉 유형의 신화에서 저승사자는 사마장자를 잡으러 왔다가 사마장자의 며느리가 마련한 음식을 먹고는 우마장자를 잡아가려고 한다. 본래 부여받은 임무보다는 접대에 대한 보답을 중요하게 여긴다. 또한 우마장자집에서는 부당한 저승사자의 처사에 온갖 가신들이 나타나 저승사자를 방해한다. 이와 같은 인간적인 신의 모습은 함흥의 〈황천혼쉬〉나 제주도의 〈사마니〉, 〈맹감본풀이〉 등에서도 발견된다. 신이 인정에 기울어지는 계기에는 차이가 있지만 무속신화와 〈쌍갑포차〉에서 우리는 인정에 약하고 너무도 인간적인 신의 모습을 만나게 된다.

무속의 신들이 이렇게 인간적인 면모를 보이는 것은 그들이 인간의 세계에서 신의 세계로 이행한 존재이기 때문일 것이다. 무속신화에는 〈오귀풀이〉의 ‘바리공주(바리데기)’, 〈차사본풀이〉의 ‘강림’ 등 수 많은 인간 출신의 신들이 존재하며, 이들은 신의 세계와 인간의 세계를 넘나든다. 무속신화의 주인공들은 인간인가 하면 신으로 보이고, 신인가 하면 인간으로 보인다. 신과 인간은 폭넓게 교류하며, 결혼의 형태로 결합한다. 그리고 인간사를 보살피는 신은 거의 예외 없이 인간 출신이다. 그들은 그 자신 인간으로서 생사고락을 겪는 가운데 세상 사람들의 수호자가 된다(신동흔, 2010: 359). 이러한 양상이 〈쌍갑포차〉에는 매우 선명하게 재현되어 있다.

3. '쌍갑' 상호주체적 관계의 지향

쌍갑포차를 찾아오는 존재들은 모두 인간관계에서 상처를 받고 휘청거리거나, 스스로 업을 쌓은 존재들이다. '돼지뒷고기 숯불구이'의 주인공 오미란은 대형마트 시식코너에서 일하며 몇 차례나 친절직원으로 뽑힐 정도로 항상 열심히 웃으며 일하는 직원이다. 하지만 미란은 마트에서 만나는 손님들의 무시와 갑질로 피폐해져 간다. 미란은 자신을 지쳐가게 만드는 일에 대응할 수도 없고, 마음 속 일을 털어놓을 곳도 없다. 이 모든 것을 혼자 참고 견뎌야만 했던 미란은 언제 터져도 이상하지 않은 시한폭탄과 같았다. 감정 노동의 한계가 점점 다가온 것이다.

그러던 어느 날 미란이 일하는 마트에 차병구라는 손님이 방문하는데 그는 미란이 일하는 시식코너에서 비아냥거리며 미란을 자극한다. 결국 감정이 폭발한 미란은 자신도 모르게 화를 냈고, 회사에서 뛰쳐나오고 만다. 이 에피소드는 서비스업 종사자들의 감정 노동에 대해 이야기 한다. 그리고 문제의 이면에는 갑질이 존재한다. 쌍갑포차에서 이와 같은 사연을 전하면서 여전히 주눅이 들어 있는 미란에게 월주신은 다음과 같이 충고한다.

쌍갑은 상호주체성을 의미하는 것이다.

'쌍방 간에 갑'이라는 것은 상대방에게 아무렇게나 대해도 된다는 것이 아니다. 상대방에 대한 존중과 배려가 전제되어야 하는 것이다. 이 메시지는 상호관계 맺음에 대한 중요한 메시지를 전해 준다.

상호관계의 시사점은 무속신화에서 더욱 구체적으로 확인할 수 있다. 앞서 언급한 것처럼 무속의 신은 인간 출신이 많다. 이들은 고난과 역경을 이겨내고 신으로 좌정한다. 그런데 이들이 겪는 고난은 이들이 맺고 있는 불균형적인 인간관계에서 비롯하는 경우가 많이 보인다.

> ᄒᆞ를날은 비는 촉신촉신 오는디 강이영성광 홍운소천 부베간이 앚아둠서 하도 심심 야심ᄒᆞ난 ᄄᆞᆯ아기덜광 문답이나 허여보저. / "큰ᄄᆞᆯ아기 이레 오라, 은장아기 너는 누게 덕에 먹고 입고 행우발신 ᄒᆞ느냐?" / "하늘님도 덕이웨다. 지애님도 덕이웨다. 아바님도 덕이웨다. 어머님도 덕이웨다." / "큰ᄄᆞᆯ아기 기뜩ᄒᆞ다. 어서 느 방으로 가라." / "셋ᄄᆞᆯ아기 이레 오라. 놋장아기 너는 누게 덕에 먹고 입고 행우발신 ᄒᆞ느냐?" / "하늘님도 덕이웨다. 지애님도 덕이웨다. 아바님도 덕이웨다. 어머님도 덕이웨다." / "셋ᄄᆞᆯ아기 기뜩ᄒᆞ다. 어서 느 방으로 가라." / "족은ᄄᆞᆯ아기 이레 오라. 가믄장아기, 너는 누게 덕에 먹고 입고 행우발신ᄒᆞ느냐?" / 가믄장아기 말을 ᄒᆞ뒈, / "하늘님도 덕이웨다. 지애님도 덕이웨다. 아바님도 덕이웨다. 어머님도 덕이웨다마는 나 베또롱 아레 선그뭇 덕으로 먹고 입고 행우발신ᄒᆞᆸ네다." / "이런 불효막심ᄒᆞᆫ 예ᄌᆞ식이 어디 있겠느냐. 어서 �나고 가라." / 어멍 눈에 ᄀᆞ리나고 아방 누에 시찌 나 입단 입성 거더설러 감은 감쉐예 시꺼 놓고 먹을 군량 시꺼 놓고 나고 간다. / "어머님아, 잘 살암십서. 아바님아, 잘 살암십서."(현용준, 2007: 169)

위의 인용은 〈삼공본풀이〉의 한 대목이다. 강이영성과 홍운소천은 혼인하여 세 딸을 낳는다. 딸들을 낳은 이후에 형편이 좋아져서 막내딸인 가믄장아기가 15살이 넘을 무렵에는 천하에 둘도 없는 큰 부자가 되었다. 비가 촉촉이 내리던 어느 날 강이영성과 홍운소천은 딸들을 차례대로 불러 누구 덕에 잘 먹고, 잘 입고, 행세하며 사는 것인지를 묻는다. 은장아기와 놋장아기는 부모덕에 잘 사는 것이라고 대답했지만, 가믄장아기는 부모의 덕도 있겠지만 자신의 배꼽 아래 그어진 선 덕분에 잘 사는 것이라고 답했다. 이에 부모는 가믄장아기를 내쫓는다.

강이영성과 홍운소천이 이렇게 행동할 수 있었던 것은 딸들을 자신들의 삶에 종속된 존재로 인식했기 때문이다. 부모라는 이름으로 자식들의 삶을 규정하고, 자신들의 기대와 다른 답이 돌아왔을 때 자신들의 삶 밖으로 밀어내기에 주저함이 없다. 부모와 자식 사이의 주체성을 전제하지 않은 인식적 관계가 형성되었을 때 상대적 약자인 자식은 고난의 상황에 놓이게 된다.

이러한 인식이 〈삼공본풀이〉에서만 나타나는 것은 아니다. 〈바리공주〉의 바리공주, 〈제석본풀이〉의 당금애기도 가믄장아기와 비슷한 상황에 놓인다. 바리공주의 부모는 혼인에 앞서 '폐길년閉吉年'인 금년에 혼인하면 칠공주, '대개년大開年'인 명년에 혼인하면 삼동궁을 낳을 것이라는 점괘를 얻는다. 그러나 이를 무시하고 폐길년에 혼인을 한다. 이 점괘는 그대로 실현되어 연이어 일곱 딸을 낳는다. 그리고 일곱 번째 딸은 버려지게 된다. 바리공주의 부친이 이와 같은 결정을 하는 것도 바리공주를 그저 자신의 운명에 끼어든 액운의 하나로 인식했기 때문이다. 어디에도 바리공주를 하나의 주체로 바라보는 모습을 확인할 수 없다. 심지어 바리공주는 갓난아이의 태를 벗기도 전에 버려진다.

당금애기도 부모와 오빠가 집을 비운 사이에 일어난 모종의 사건으로 인해서 죽임을 당할 위기에 놓인다. 당금아기의 아버지는 딸을 죽이려고 한다. 금이야 옥이야 키운 딸이 누군지 모를 사람의 아이를 임신했으므로 부모로서 화가 날 법도 하다. 하지만 그렇다고 해서 딸을 죽이겠다는 것은 지나치다. 당금애기는 이 상황에서 어머니의 도움으로 겨우 죽을 위기를 모면한다. 그렇다고 상황이 그리 좋은 것도 아니다. 아버지를 향한 어머니의 설득은 고작 후원에 토굴을 마련해 그곳에 가둬두면 굶어 죽든지, 얼어 죽든지 하게 될 것이라는 주장에 그친 것이기 때문이다.[6] 당장 죽음을 피하고 후일을 도모하려는 시도였겠지만, 당금애기의 상황이 아주 좋아진 것은 아니었다. 그저 당금애기의 생명을 얼마간 더 연장했을 뿐이다. 그런데 중요한 것은 이러한 결정 어디에도 당금애기 본인의 의사는 반영되지 않았다는 것이다. 결국 당금애기도 부모의 인식에서는 부모의 삶에 종속된 존재인 것이다.

가믄장아기·바리공주·당금애기가 부모-자식 간의 종속적 관계 인식으로 인해서 고난에 놓이게 되는 인물이라면, 강림은 좀 다른 양상을 보여준다.

> 강님이 동안 마당 ᄃᆞᆯ려들어 ᄇᆞ레보니 앞의는 섬페 뒤예는 후페 앞밧디 작두 걸라, 뒷밧디 버텅 걸라. 자강놈 불러 칼춤을 추어가고, 강님의 목에는 큰 칼을 씨웁데다. 강님이 비개ᄀᆞ찌 울멍 원님에게 말을 ᄒᆞ뒈, / “원님아, 원님아 강님이는 죽을 목에 들었수다마는 살을 도레는 엇읍네까?” / “그러거든 저승 강 염내왕을 잽혀올티야? 이승서 목숨을 바칠티야?” / 강님이 엇데답 ᄒᆞ는게, / “저승 강 염내왕을 잽혀오리웨다.” (현용준, 2007: 206)

과거 급제하고 돌아온 세 아들이 한 날 한 시에 죽어 버리자 과양셍이 각시는 고을을 관장하는 김치원님에게 죽은 아들을 살려달라는 소지 올리는 일을 반복한다. 죽음의 문제를 원님이 해결하는 것은 무리다. 그러나 과양셍이 각시의 요구는 집요하고 또 폭력적이다. 이에 견디지 못해하던 김치원님에게 부인이 묘수를 알려준다. 강림을 불러들여 다짜고짜 포박하고, 목숨을 내놓을 것인지 아니면 저승에 가서 염라왕을 잡아 올 것인지 선택하도록 하라는 것이었다. 김치원님은 그대로 실행한다. 강림은 얼떨결에 저승에 가서 염라왕을 잡아오겠다고 말한다.

이 과정은 그야말로 갑질의 전형이다. 강림은 아무런 잘못 없이 자신의 상관에 의해서 죽음의 상황으로 내몰린다. 강림이 잘못한 것이라고는 동헌에 들라는 명령을 그대로 따른 것뿐이다. 저승을 간다는 것은 자연스럽게 죽음으로 연결된다. 살아 있는 사람이 저승을 가는 것은 불가능하기 때문이다. 결국 강림에게 주어진 두 선택지는 모두 죽음을 의미하는 것이다. 강림은 김치원님이 행한 지위를 활용한 부당한 요구로 인해서 고난의 길을 가게 되는 것이다.

그뿐만이 아니다. 강림에 의해 이승으로 소환되어 과양셍이 각시의 문제를 해결한 염라왕은 강림을 두고 김치원님과 거래를 한다. 저승의 왕인 자신을 이승으로 소환하는 역할을 한 강림이 마음에 들었기 때문이다. 거래의 결과 김치원님은 강림의 몸을, 염라대왕은 강림의 혼을 차지한다. 그런데 여기서도 강림의 의견이 반영될 여지는 없다(유형동, 2016: 139). 염라왕이 강림의 혼을 저승으로 데려간 뒤, 강림의 죽음을 받아들이지 못한 강림의 부인은 김치원님을 죽음에 이르도록 한다.

물론 가믄장아기, 바리공주, 당금애기, 강림은 그 고난을 겪고 신으로 좌정하는 극적인 변화를 겪는다. 그러나 이들이 겪는 핍진한 고난의 이면에는 상호주체적인 인간관계에 대한 고민이 내재되어 있다고 할 수 있다.

〈쌍갑포차〉는 이러한 문제의 양상을 전면적으로 다룬다. 상호 간의 관계 맺음이 어느 한쪽의 부당하고 불합리한 우위에서 이뤄질 때 우리의 인생사를 관통하는 여러 문제가 발생할 수 있음을 보여준다.

4. 공감과 위안, 상생을 통한 맺힌 것의 풀림

무속신화에서 빼놓을 수 없는 중요한 세계인식은 맺힌 것이 없어야 한다는 것이다. 무엇이 맺혔다는 것은 문제가 발생했다는 것과 같은 의미이다. 이 맺힌 것을 풀어 본래의 편안한 상태를 만드는 것, 그것이 바로 무속에서 발견되는 세계인식이라고 할 수 있다. 〈쌍갑포차〉의 세계관은 이와 같은 무속적 세계관의 연장선에 놓인다고 볼 수 있다.

〈쌍갑포차〉 '생굴'에는 감나무집 여인들의 비극적인 삶이 그려진다. 사건은 박이월이 딸을 낳은 데에서 시작되었다. 옛날 감나무집 박이월 할머니는 '아들을 낳기 위해서는 딸을 버려야 한다'는 시어머니에 말에 따라서 갓 태어난 딸과 생이별을 했다. 자신의 아이에게 젖 한 번 물리지 못하고 떠나보내야 했던 것이다. 박이월은 이후 두 아들을 낳고, 그 중 둘째 아들이 또 아들을 낳는다. 박이월에게는 손자가 생긴 것이다. 그런데 이 손자인 수오는 전쟁에 참전했다가 생식기능을 잃고 말았다. 다시 대가 끊길 위기에 처한 박이월은 손자며느리 옥희에게 '씨내리'를 강요한다. 박이월은 자신이 시어머니에게 받았던 상처를 손자며느리에게 되풀이 하는 것이다.

한편 태어나자마자 어머니와 생이별을 했던 희영은 무당이 되어 다시 어머니의 동네를 찾아온다. 오랜 옛날, 딸이 있으면 그 집안의 대가 끊기리라는 무당의 예언 때문에 아는 척을 하지는 못하지만, 어머니와 딸은 서로를 알아본다.

희영은 남편을 잃은 올케 영지의 재가를 돕고, 옥희의 씨내리를 가장 상처받지 않을 방식으로 인도한다. 부자 동네에서 희영을 모셔 가겠다고 해도 희영은 가난한 사람들의 마을을 떠나지 않고 동네를 두루 보살피기까지 한다. 희영이 이렇게 행동한 것은 사실 어머니의 곁에 있고 싶었기 때문이다. 어머니의 강요로 손주며느리가 씨내리까지 받았건만 결국 그 집안엔 아들이 태어나지 않았다. 결국 대가 끊긴 셈이지만, 그래도 수오와 옥희는 행복했다. 딸을 낳았고, 할머니 박이월의 유언대로 석출이라는 이름을 지어주고 잘 키웠다. 이렇게 가족의 삶이 끊어지지 않고 끝내 이어질 수 있었던 데에는 돌아온 딸, 희영의 공이 컸다. 버림받았던 딸이 역설적으로 그 집안을 지탱하는 가장 큰 기둥이 된 것이다.

버려졌지만 돌아오는 딸, 대무당 희영의 서사는 〈바리공주〉의 바리공주와 닮아 있다. 바리공주가 일곱 번째 딸로 태어났다는 이유로 버려졌듯이 희영이도 손이 귀한 집안에서 딸로 태어났다는 이유로 버려진다. 물론 그것이 부모의 뜻은 아니었지만 집에서 버려졌다는 점에서 크게 다르지 않다.

바리공주의 부모가 병에 걸려 바리를 찾은 것과는 달리, 희영은 스스로 어머니가 있는 마을로 돌아온다. 그리고 서로를 보살핀다. 박이월이 대무당에게 의존하는 것은 실은 자신의 딸을 한 번이라도 더 보고 싶었기 때문이다. 그렇지만 가문의 대가 끊기는 것을 염려해 19년 동안 딸을 딸이라고 부르지 못했다. 심지어는 임종하는 순간까지도 말이다. 희영은 희영대로 어머니의 마음을 알았기에 역시 어머니라고 부르지 않았다. 이는 가문의 계승이라는 부모의 뜻을 이으려는 희영의 상징적 구약행위이다.

어머니와 이별하고, 조카 부부가 부산으로 떠난 그때, 희영은 쌍감포차에서 월주신을 만난다. 무엇에 홀린 것처럼 희영은 자신의 사연을 털어 놓는다. 월주신과 대화하고 마음에 맺혀 있던 한이 풀리면서 비로소 여성으로 태어났다는 죄 아닌 죄에서 벗어나 자유로워지는 것이다. 그래서 희영은 조카 부부가 있는 부산으로 갈 수 있게 되는 것이다.

'달걀말이'도 한이 해소되는 과정을 그리고 있다. 차현옥은 28년 전 아이를 잃어버렸다. 그 아이를 잊지 못해 여전히 찾아 헤매고 길에서 전단지를 나누어 준다. 당시 차현옥을 마음에 두고 있던 백동우가 차현옥의 아들 준우를 고아원 앞에 버린 것이다. 백동우가 남긴 쪽지에 따라 준우의 이름은 주영이로 뒤바뀌고 심지어 미국으로 입양 보내진다. 그리고 28년이 흐른 현재 준우는 병마와 싸우고 있다.

준우를 잃어버린 직후 차현옥은 준우의 친부를 찾아가고 우연히 그의 내연녀 임미희를 만나게 된다. 임미희도 과거 미군과의 사이에서 낳은 아이를 빼앗겨 잃어버린 어머니였다. 차현옥과 임미희는 서로의 상처에 공감하며 함께 지낸다.

28년째 아들을 찾는 차현옥의 사연을 소개한 텔레비전 프로그램, 병마와 싸우면서도 고향으로 돌아가겠다는 준우의 의지, 그리고 그승과 저승의 신들의 도움으로 현옥은 준우와 재회한다. 앞서 이야기한 바와 같이 가방이 깃든 도깨비, 염라대왕, 저승사자는 준우의 수명을 연장시켜 28년간 나누지 못한 모자의 정을 나누도록 했다. 준우 대신 희생한 도깨비는 삼신의 배려로 준우와 에이미의 아이로 태어난다.

이 에피소드에서 주목되는 지점은 차현옥과 임미희의 사연이다. 임미희는 아이를 잃은 절망에 거의 폐인이 된 차현옥을 찾아와 허세 가득한 말을 늘어놓는다. 그러나 차현옥에게는 그 말이 동병상련의 아픔을 겪는 사람의 말로 들려온다. '당신도 자식 잃었어? 당신이 막 울면서 말하는 것 같아'라는 현옥의 말에 임미희는 자신의 사연을 이야기한다. 자신도 아이를 잃었기에 차현옥의 마음을 누구보다 잘 이해할 수 있었던 것이다. 준우를 꼭 찾으라며 모아두었던 돈을 건네고 위로를 전한다.

공감의 연대를 보여주는 차현옥과 임미희

차현옥과 임미희는 공감을 바탕으로 한 연대를 보여준다. 이들이 보여주는 연대의 가치는 잊지 않고, 기억하며 끝까지 희망의 끈을 놓지 않는 것이다. 이 부분은 〈장자풀이〉의 마지막 부분을 연상시킨다. 무도한 사마장자를 잡으러 온 저승사자는 사마장자의 며느리가 차린 음식을 먹었다. 그리고 그 대가로 사마장자 대신 다른 사람을 잡아가고자 한다. 사마장자와 한 날 한 시에 태어난 우마장자를 잡으러 가지만 그 집의 가신들의 보호로 실패했다. 그러자 사마장자가 타고 다니던 백마를 대신 잡아가고, 사마장자가 무도하여 말로 변한 것이라고 둘러댄다.

사마장자 대신 죽음을 당한 백마는 사마장자의 꿈에 계속 나타나 자신의 억울한 사연을 이야기한다. 이에 사마장자는 잠을 이루지 못하고, 이를 알게 된 며느리는 무당인 소강절을 찾아가 방도를 묻는다. 돌아오는 대답은 말을 위한 씻김굿을 하라는 것이다.

"아 여보시요 부인 / 그 집 살림 기우러저 막 가는 살림 / 말 시끔이나 히 주시요. / 말 시끔 히주며는 / 원수가 은연되여 / 사람으로 되여 나갑니다." (…중략…) 하루를 굿을 허니 / 염나대왕 문이 열리는 구나 / 이틀 굿을 허니 / 갈산 지옥 문이 벗어진다 / 사흘을 굿을 허니 / 발의 고채 끌러진다 / 나흘을 굿을 허니 / 고랑이 풀러진다 / 오일 닷새 굿을 허니 / 말으 허물 벗어지고 / 인도환생하야 사람이 되여 오네 (임석재, 1970: 139)

그 말에 따라 씻김굿을 하자 말이 쓰고 간 업이 풀리고 사람으로 환생을 하게 되었다고 한다. 결국 이 서사는 말에게 맺힌 한과 그것을 해원하기 위한 적극적인 노력으로 모두가 행복한 결과를 맞게 되었음을 보여준다. 서사에서 확인되는 함원과 해원, 상생의 의미는 무가의 마지막에 의례적으로 확장된다. 무가의 마지막은 씻김굿에서 〈장자풀이〉를 하면 온갖 액운을 막고, 또 소멸시켜 집안을 평안하게 한다고 전한다.[7)]

이처럼 무속신화의 내용은 제의적 의미로 확장되기도 한다. 기실 무속제의인 굿의 중요한 특징 가운데 하나는 신이든 인간이든 거의 모든 존재에게 참여가 열려 있다는 점이다. 심지어는 별도의 제상을 받지도, 굿거리에서 놀려지지도 않는 잡귀잡신들 마저도 뒷전에서 소통을 갖고 풀어먹인다(이용범, 2016: 77~78).

서사 그 자체로, 혹은 의례적으로 무속적 세계는 맺힌 것의 풀림을 지향한다. 그리고 그 과정에서 필요한 것은 바로 상호주체적인 관계 인식과 그에서 비롯한 이해와 공감, 연대인 것이다. 그리고 웹툰 〈쌍갑포차〉는 이러한 무속적 세계를 재현하고 있다.

5. 웹툰에 재현된 전통-무속의 가치

〈쌍갑포차〉에는 무속-무속신화에서 발견되는 세계인식의 특징이 발견된다.[8] 상호주체성을 기반으로한 소통체계, 인간 중심의 신관, 그리고 무엇보다 공감과 상생을 통한 한과 업의 풀림까지.

작품의 주인공들이 일상 속에서 죽음을 떠올릴 만큼 비일상적인 삶의 충격이 발생했을 때 그승과 저승의 신들은 인간에게 다가온다. 그리고 주인공들과 신들은 누가 우위에 있는지를 따지지 않고 서로가 갑의 입장에서 이야기를 나눈다. 작품에 등장하는 인물들은 서로가 서로의 마음속에 맺힌 것을 풀어주고, 잊혀지는 것에 대해 관심을 두며, 사그라져 간 존재를 망각하지 않고 기억하고 애도한다. 때로는 같은 아픔을 지닌 존재의 공감과 연대를 통해서 삶의 희망적인 국면을 보여준다. 나아가 이러한 정서적인 울림이 작품을 읽는 독자들에게도 공감을 불러일으키고 있다.

아직 작품이 연재되고 있는 과정에 있기 때문에 단정적으로 말할 수는 없지만, 우리 주변에 있음직한 한스러운 사연을 간직한 사람들의 이야기를 통해 상생의 가치를 드러내 보여준다는 점에서 훌륭한 문학적 성취를 얻어가고 있는 작품이라고 할 수 있을 것이다. 또한 무속으로 대표할 수 있는 전통적 세계관의 대중적 확장이라는 측면에서도 높게 평가할 수 있을 것이다.

여기서 한 발 더 나아가서 〈쌍갑포차〉는 무속적 세계, 혹은 전통적 세계가 우리의 현실과 동떨어져 있는 것이 아님을 보여주기도 한다. 현재는 조금 덜 하지만 여전히 무속이라고 하면 거부감을 갖는 사람들이 있다. 그것은 아마도 무속의례가 보여주는 제의적 환경의 낯설음 때문일 것이다. 그러나 그것에 내재되어 있는 가치는 무엇보다도 인간적이고, 인간을 위하는 것이며, 인간이 인간답게 사는 것을 지향하는 것이다. 이러한 세계인식이 웹툰이라는 매체를 통해서 재현될 때 작품에 공감하고 대중적 지지를 보내는 것은 우리가 살아가는 현재가 더 나아지기를 희구하는 마음을 지니고 있기 때문이다. 그리고 이를 통해서 우리는 새로운 매체를 통해 전통적 세계가 지닌 보편적 가치와 의의를 새삼 확인하게 되는 것이다.

참고문헌

배혜수(2018), 『쌍갑포차』 1~7, 이야기숲 설림.

서대석(2004), 『한국의 신화』, 집문당.

임석재(1970), 『줄포무악』, 문화재관리국.

현용준(2007), (개정판) 『제주도무속자료사전』, 도서출판 각.

강미선(2011), 「웹툰에 나타난 신화적 상상력: 웹툰 〈신과 함께〉를 중심으로」, 『디지털콘텐츠와 문화정책』 5, 89~115쪽.

김진철(2015), 「웹툰의 제주신화 수용양상: 〈신과 함께－신화편〉을 중심으로」, 『영주어문』 31, 37~62쪽.

신동흔(2010), 「무속신화를 통해 본 한국적 신 관념의 단면: 신과 인간의 동질성을 중심으로」, 『비교민속학』 43, 349~377쪽.

유형동(2016), 「〈허웅애기본풀이〉의 구조와 의미」, 『어문론집』 68, 129~148쪽.

이명현(2012), 「설화 스토리텔링을 통한 구미호 이야기의 재창조」, 『문학과영상』 13, 35~56쪽.

이명현(2015), 「〈신과 함께〉 신화편에 나타난 신화적 세계의 재편: 신화의 수용과 변주를 중심으로」, 『구비문학연구』 40, 167~192쪽.

이용범(2016), 「굿, 소통을 통한 관계맺음의 의례」, 『한국무속학』 32, 69~91쪽.

정수희(2012), 「전통문화콘텐츠의 현대적 활용: 웹툰 〈신과 함께－이승편〉을 중심으로」, 『문화콘텐츠연구』 2, 69~98쪽.

허수정(2011), 「죽음의 세계를 통해 현재를 보다: 작가 주호민의 웹툰 〈신과 함께-저승편〉 비평」, 『글로벌문화콘텐츠』 7, 275~283쪽.
황인순(2015), 「본풀이적 세계관의 현대적 변용 연구: 웹툰 〈신과 함께〉와 〈차사본풀이〉의 비교를 통해」, 『서강인문논총』 44, 353~384쪽.

롤랑 바르트(Roland Barthes), 김희영 역(1997), 『텍스트의 즐거움』, 동문선.

미주 내용

1) 이 작품은 2017 대한민국 만화대상에서 오세형의 〈신도림〉, 수사반장의 〈김철수씨 이야기〉와 함께 우수상을 수상하였다.
2) 이러한 세계관의 형성은 '컨버전스 스토리텔링'이라는 개념으로 이해할 수 있을 것이다. 이 개념을 제안한 이명현에 따르면 '서로 다른 이야기를 공통된 시공간을 배경으로 삼아 하나의 이야기로 리텔링하는 스토리텔링 방식'을 의미한다(이명현, 2012: 40~44 참조).
3) 주지하는 바와 같이 〈신과 함께〉는 한국(특히 제주도)에서 전승되는 무속신화를 바탕으로 만들어진 웹툰으로 그 인기에 힘입어 라디오드라마, 뮤지컬, 영화 등으로 제작되었다.
4) 이에 대해서는 다양한 연구가 진행된 바 있다. 강미선(2011: 89~115), 허수정(2011: 275~283), 정수희(2012: 69~98), 김진철(2015: 37~62), 이명현(2015: 167~192), 황인순(2015: 353~384) 등을 대표적인 성과로 언급할 수 있다.
5) 이 그림은 http://webtoon.daum.net/webtoon/viewer/52262에서 인용, 쌍갑포차 83화 '빈 상(1)'.
6) "당금애기 모친전에서 하시는 말씀 / 금수도 제 새끼를 제가 아니 죽이는데, 사람으로서 어찌 내 자손을 내 손으로 살해하시렵니까? 후원동산에다 토굴을 이룩하고 넣어두면, 제가 굶어서래두 죽을거요. 엄동설한에는 얼어서래두 죽을거니 그리하여 두옵시다."(서대석, 2004: 207)

7) "말으 윤진 마련허여 산신제야 서낭제야 유왕제야 시끔굿에 장자풀이를 허면 액운을 막여 일년 열 두 달 삼백육십일 죄액을 거두어 모두 액을 쇠멸시키여 정칠월 이팔일 삼구월 오동지 육선달 일년 삼백육십일 지내가도 월액 도액 닥어 내고 신액도 막어내고 관액도 막어내고 근심걱정없애여 집안 평안시깁니다."(임석재, 1970: 140)

8) 작가의 실제의도와 관련 없이 이야기는 다른 이야기의 영향을 받을 수 있다. 바르트는 "텍스트는 수많은 문화의 온상에서 온 인용들의 짜임이며 작가는 결코 근원적인 몸짓이 아닌 다만 이전의 몸짓을 모방할 뿐이라고 했다(롤랑 바르트, 김희영 역, 1997: 32). 이런 입장에서 무속신화와 〈쌍갑포차〉는 상호텍스트성을 지니고 있다고 말할 수 있을 것이다.

웹툰 〈왕 그리고 황제〉에 나타난 스토리텔링 기법과 의미

이 채 영

1. 왜 웹툰 〈왕 그리고 황제〉인가?

조선시대의 '왕'은 문학 작품뿐만 아니라 문화콘텐츠의 다양한 영역에서 창작의 소재로 곧잘 활용되어 왔다. 물론 배경만 조선으로 두고 허구의 왕이나 세자 캐릭터를 창작한 경우도 있으나, 대다수의 작품에서는 실존했던 왕을 메인 캐릭터로 재현하다 보니, 실제 역사서에 남아 있는 기록을 토대로 사건, 인물, 배경 등을 설정하는 경우가 많았다. 그러다 보니 왕 캐릭터의 특성이 다수의 콘텐츠에서 유사한 이미지로 묘사되어 왔다. 특히 1970년대부터 현재에 이르기까지 여러 방송사에서 지속적으로 제작되어 온 TV드라마에서 이러한 특징을 발견할 수 있다. 태조, 태종, 세종, 세조, 숙종, 영조, 정조, 고종이 드라마에서 가장 많이 재현된 왕 캐릭터로 꼽힐 수 있다. 이들을 다룬

콘텐츠는 역사서를 통해 후대로 전승되어 온 사건을 모티프로 삼고 있어, 각기 다른 콘텐츠에서도 캐릭터의 이미지가 일정 부분 유사하게 그려지는 경우가 많았다.

그런데 각각의 콘텐츠의 면면을 들여다보면, 왕과 관련된 실제 역사 기록에서 주목하는 지점들이 조금씩 다르며, 왕 캐릭터의 묘사도 콘텐츠별로 일정 부분 독자성을 띠는 것을 알 수 있다. 예컨대, TV 드라마 〈뿌리 깊은 나무〉와 〈대왕 세종〉은 각각 동일한 인물인 세종대왕과 사건들을 독자적으로 해석하고 재탄생시켰다고 평가받는다. 이러한 경향은 비단 세종이라는 특정 캐릭터에만 국한되는 것이 아니며, 또한 TV라는 특정 매체에서만 찾아볼 수 있는 것이 아니다. 영화나 웹툰, 또는 그 외의 여러 분야의 콘텐츠에서도 왕 캐릭터를 활용하여 스토리텔링을 시도한 작품들을 찾아볼 수 있다. 이들은 실제 일어났던 특정 사건을 기반으로 하고 있기에 일정 부분은 유사성을 띠지만, 전작을 답습하지 않기 위해 독자적 장치를 설정해서 이를 부각한다.

이러한 경향은 뉴미디어 콘텐츠에서 가장 급부상한 것으로 평가받는 웹툰에서 잘 드러난다. 역사 기록을 주요 소재로 다루는 웹툰의 경우, 기존의 영상 콘텐츠나 만화와는 다른 독자적인 스토리텔링 기법을 구현하는 것을 쉽게 발견할 수 있다. 조선시대에 실존했던 왕을 메인 캐릭터로 내세워 창작된 웹툰은 네이버 웹툰 〈조선왕조실톡〉과 다음 웹툰 〈왕 그리고 황제〉가 있다.

웹툰 〈조선왕조실톡〉은 기존의 사극과는 달리 일상툰을 표방하고 있다는 점에서 독자적이다. 왕의 서사를 그리되, 조선시대의 의식주와 관련된 생활 전반에서 발견되는 일상적인 소재를 활용하고 있기 때문이다. 하지만 단편 에피소드로 특정 왕의 일화를 묘사하면서 비교적 짧은 분량 내에서 완결 짓는 방식을 취하다 보니, 길게 이어지는 사건을 깊이 있게 다루지는 못하는 특성이 있다. 이와는 달리, 웹툰 〈왕 그리고 황제〉는 조선시대의 기반을 세웠고 가장 강인한 군주로 회자되는 태종, 그리고 외세 침략과 국내외 상황의 격변기에서 나약한 황제로 대중에게 인식되어 온 고종을 연결 지어 실제 역사를 새롭게 그리는 시도를 한다는 점에서 다른 콘텐츠와 구분되는 독자성을 마련했다.

이 글에서는 기존에 논의되지 않았던 웹툰인 〈왕 그리고 황제〉를 중심으로 웹툰 스토리텔링을 살펴보려 한다. 〈왕 그리고 황제〉를 대상으로 삼은 이유는 크게 두 가지이다. 첫째, 다른 콘텐츠에서도 자주 등장했으나 별개로 존재하며 각각의 시기를 살아가던 태종과 고종이라는 두 왕을 메인 캐릭터로 설정하여 대비시키고 연결 짓는 시도를 함으로써, 선형성을 띠며 흘러가는 역사를 다층적으로 구성하고 돌아볼 수 있게 하기 때문이다. 둘째, 역사물 콘텐츠에는 이미 돌이킬 수 없이 완결된 과거의 사건에 '만약이 있다면?'이라는 전제에서 출발하여 향유층과 창작자가 가정하고 희구하는 허구적 요소가 일정 부분 구현되는 경우가 많다.

특히 〈왕 그리고 황제〉의 주요 배경인 일제 침략 시기는 다수의 대중이 회한의 역사로 기억하고 바꿀 수 있다면 바꾸기를 희구하는 대표적인 역사 중 하나이다. 〈왕 그리고 황제〉에서는 이러한 대중의 희구를, 조선 초의 태종이라는 캐릭터를 통해 일정 부분 실현해 나간다. 대중이 잘 알고 있는 실존 인물을 내세워 위기와 격변의 시대를 어떠한 방법과 자세로 변화시켜 나가는지를 생생하게 풀어내는 것이다. 이러한 과정에서 드러나는 스토리텔링의 전개 방식과 활용 장치는 다른 콘텐츠와 대별되며, 나아가 향유자에게 통치자의 역할, 역사를 바라보는 관점, 역사를 만들어나가는 주체로서의 사명감 등을 깊이 있게 생각해 볼 기회를 만들어준다.

이에 이 글에서는 먼저 〈왕 그리고 황제〉의 전체 회별 구성을 서사 전개도로 도식화하고, 이를 토대로 이 작품에서 실존 인물의 이야기를 다루는 방식, 즉 역사와 허구의 융합적 재현 양상과 특징을 고찰하고자 한다. 또한 서사 전개에서 태종과 고종을 연결짓거나 대비시키기 위해 어떠한 장치를 활용하고 있는지를 파악함으로써, 〈왕 그리고 황제〉가 재현하고 있는 독자적인 스토리텔링 기법을 분석하고자 한다. 이를 토대로 오늘날 웹툰에서 조선시대의 왕이 어떠한 스토리텔링 기법을 통해 재현되고 있는지 그 양상과 의미를 확인할 수 있다. 나아가 이러한 고찰이 곧 역사물 소재 웹툰의 스토리텔링 전략으로 확장, 적용될 수 있기를 기대한다.

2. 〈왕 그리고 황제〉의 전반적인 서사 전개 과정과 특징

〈왕 그리고 황제〉는 '미디어 다음'에서 2017년 1월부터 시즌 1~3을 거쳐 2021년 3월 연재 종료된 정이리이리 작가의 웹툰이다. 네티즌 평점 10점 만점 중 9.8점을 받은 웹툰으로, 평점에서도 짐작할 수 있듯이 작품에 대한 네티즌의 평가가 매우 긍정적이라는 것을 알 수 있다. 실제 에피소드별로 작성된 댓글에서도 작품의 완성도가 뛰어나다는 의견, 역사와 실존했던 여러 인물들을 다시 생각해 보게 한다는 의견, 역사에 대한 작가의 통찰력이 돋보인다는 의견 등을 쉽게 찾아볼 수 있다.

한편 이 글은 〈왕 그리고 황제〉가 연재 진행 중이던 2020년에 작성

완료된 글이라 당시 진행된 시즌과 회차까지를 중심으로 작품을 분석하고 고찰할 것이다. 따라서 이 글에서 다루지 못한 이후 회차에서 스토리텔링의 새로운 면모가 발견될 수도 있으나, 이미 세 시즌을 거쳐 총 90화 이상 전개된 상태의 작품을 분석했으므로 〈왕 그리고 황제〉의 전체 서사를 통틀어 관통하고 있는 전반적인 설정과 스토리텔링의 특징에 대한 논의는 충분히 가능하다고 보았다. 또한 이러한 논의를 통해 웹툰에서 조선의 왕을 구현하기 위해 어떠한 스토리텔링 기법을 활용하고 있는지, 그리고 그 의미는 무엇인지를 함께 파악할 수 있다.

〈왕 그리고 황제〉는 제목에서도 알 수 있듯이 왕이었던 태종과 황제였던 고종이 메인 캐릭터로 설정되어 있고, 이들이 실존했던 시대를 배경으로 서사가 진행된다. 한 에피소드 내에서도 시기와 인물이 바뀌어 가면서 서사가 전개되는 경우가 있어, 각 회차의 내용을 요약해서 순서대로 정리한 후 전체 서사의 흐름을 조망할 필요가 있다. 이에 1) 시즌별로 전체 서사를 3등분하고, 2) 각 에피소드의 배경이 되는 시기를 제시하며, 3) 각 에피소드의 메인 캐릭터가 누구인지, 4) 각 에피소드에서 다루는 주요 사건을 요약 제시하면서 시즌별로 에피소드가 어떻게 전개되는지 그 특징을 조망하고자 한다. 참고로 〈표 1〉의 메인 캐릭터 항목에서 태종이 된 고종을 '고종(태)'로, 고종이 된 태종을 '태종(고)'로 표기하고자 한다.

〈표 1〉 〈왕 그리고 황제〉 시즌 1의 서사 전개도 요약

회	제목	시기	메인 캐릭터	주요 사건
1	후회	1873년	고종	• 일제에 통치권 빼앗김. • 종묘에 가서 태종 신주 앞에서 읍소.

회	제목	시기	메인 캐릭터	주요 사건
2	인식	1412년	태종이 된 고종	• 지식과 내관과의 대화를 통해 본인이 태종으로 바뀌었음을 확인.
3	얼굴	1412년	고종(태)	• 정사를 돌봄. • 정종과의 사냥.
		1873년	태종(고)	• 자신이 고종으로 바뀌었음을 확인.
4	두 사람	1873년	태종(고)	• 홍선대원군과의 만남. • 태종 실록을 읽음.
		1412년	고종(태)	• 세자 이제와 종묘 제례 거행.
5	결심	1412년	고종(태)	• 아들들과의 만남. • 세자 이제에 대한 반감을 드러냄.
6	탐색	1412년	고종(태)	• 세자 교체를 위한 작전 수행 시작.
		1873년	태종(고)	• 늦은 밤까지 실록을 읽음.
7	대립	1873년	태종(고)	• 대원군과 만나 대립각을 세움.
8	설득	1412년	고종(태)	• 고종(태)의 작전대로 음주가무를 방탕하게 즐기는 세자 이제. • 세자 교체를 위한 마음을 다잡는 고종(태).
9	이도(李祹)	1873년	태종(고)	• 대신들에게 전교를 내림. • 내관을 통해 훈민정음을 익힘.
		1412년	고종(태)	• 이제와 이도를 불러 대화하는 고종(태).
10	미래	1412년	고종(태)	• 이도에게 총을 그려 보이는 고종(태).
		1873년	태종(고)	• 중전 민씨의 등장과 궁녀 처벌.
11	정신 VS 육체	1873년	태종(고)	• 중전 민씨와 협력하여 주요 대신을 새롭게 임명(고). • 활쏘기 등 체력을 다지려 하지만 신체가 뜻대로 따라주지 않음을 확인(고).
12	부자(父子)	1412년	고종(태)	• 세자 이제의 학문 정진. • 고종(태)이 한 이도와의 비교 발언에 화난 세자의 음주가무.
		1873년	태종(고)	• 태종(고)에게 상소문을 쓰는 최익현.
13	상소(上疏)	1873년	태종(고)	• 최익현의 상소와 태종(고)의 치하. • 대신과 유생의 반발. • 민승호와 최익현의 만남. • 두 번째 상소문을 작성하는 최익현.
14	제안	1412년	고종(태)	• 고종(태)에 대한 반항심 때문에 일탈하는 세자 이제. • 미국으로 이도를 유학 보내려 하는 고종(태). • 이에 감복하여 다시 학문에 정진하는 세자 이제.
15	실각(失脚)	1873년	태종(고)	• 최익현의 2차 상소에 유배형을 명함. • 대신들의 반대에 부딪히나 강행. • 대원군의 입궁을 거부하는 태종(고).

회	제목	시기	메인 캐릭터	주요 사건
16	누설	1412년	고종(태)	• 학문에 정진하는 이도. • 함정에 넘어가 음주를 즐기는 세자 이제. • 부친의 모략을 듣는 세자 이제.
17	변화	1413년	고종(태)	• 방황하는 세자 이제. • 이제를 걱정하지만 역사를 바로 잡기 위해 자신의 의지를 굽히지 않는 고종(태). • 기방 동생들과 음주를 하고 돌아가다가 폭행당함.
18	선수(先手)	1874년	태종(고)	• 민씨 집안의 기세에 불만을 가지는 태종(고). • 민승호의 집 폭발 사건.
19	조우	1413년	고종(태)	• 내관에 의해 환궁하여 진상을 확인하는 세자 이제. • 동생 이보, 이도를 불러 음주를 하면서 독을 넣었다고 떠보는 세자 이제.
		1874년	태종(고)	• 형제의 상을 치르고 수사를 청하는 중전 민씨. • 왜군의 도래.
20	강행	1413년	고종(태)	• 동생들을 돌려보내고 괴로워하는 세자 이제.
		1875년	태종(고)	• 수사를 종용하는 중전 민씨. • 일본의 개항 요구에 대한 조정의 논의. • 개항을 수락하고 계약 조건을 수정하자고 먼저 제안하는 태종(고)

〈표 1〉을 통해서도 알 수 있듯이 전체 서사의 도입부인 시즌 1의 1화는 1910년 8월 29일 일본에게 통치권을 빼앗겨 자책하고 있는 고종의 모습을 묘사하면서 시작한다. 고종이 종묘의 태종대왕 신주 앞에 이르러 엎드려 울며 자신의 무능을 자책하는데 이 와중에 벼락처럼 보이는 범상치 않은 하늘의 기운이 묘사되면서 특별한 사건이 일어날 것임을 암시하는 장면에서 1화는 끝이 난다. 그리고 2화에서 세수를 하다가 비친 얼굴이 타인의 얼굴이라는 사실을 알고 놀라는 고종의 모습이 이어진다. 궁 안의 내관, 궁녀 등의 전언과 반응, 그리고 스스로의 추론을 토대로 고종은 자신이 태종의 몸으로 바뀌어 조선 초에서 살게 되었음을 깨닫는다. 3화의 중반에 이르기까지 태종으로 변신한 고종이 역사를 거스를까 봐 왕으로서의 결정이나 책무를 이행하기 전에 고민하는 상황이 전개된다. 한편, 고종만 태종으로 변

신한 것이 아니라 태종도 고종으로 변신한 상황이 뒤이어 드러난다. 이는 3화의 중반 이후부터 시작되는데 1873년 9월, 고종으로 몸이 바뀐 태종이 바뀐 시대와 상황에 적응해 가는 서사가 이어진다.

시즌 1을 관통하는 주요 사건은 크게 두 가지로 나뉜다. 첫째는 1412년, 태종이 된 고종이 세자 교체를 시도하는 사건이다. 둘째는 1873년, 고종이 된 태종이 개항을 요구하는 외세와 이를 반대하는 대신들 사이에서 갈등을 빚는 사건이다. 이는 시즌 2까지 이어진다.

〈표 2〉 〈왕 그리고 황제〉 시즌 2의 서사 전개도 요약

회	제목	시기	메인 캐릭터	주요 사건
21	선택	1875년	태종(고)	• 일제에 교류에 관한 수정 사항을 먼저 제안하자고 대신들에게 주장하는 태종(고). • 중전 민씨와의 대화.
		1413년	세자 이제	• 역모를 결심하는 세자 이제.
22	선언	1413년	고종(태) 세자 이제	• 학문을 게을리 하는 세자에 대한 불만을 가지는 고종(태). • 군사를 모집하는 세자 이제.
		1875년	태종(고)	• 신헌을 대마도로 보내 일본과의 재교섭을 시도하는 태종(고).
23	의심	1875년	태종(고)	• 일본의 보류를 확인하는 태종(고). • 청의 지원을 요청하라는 중전 민씨. • 병력의 강화와 성벽 보수를 명하는 태종(고).
		1413년	고종(태) 세자 이제	• 산적을 병력으로 확보하려는 세자 이제.
24	설득	1413년	세자 이제	• 자신의 신분을 믿지 않는 산적들을 데리고 입궁하여 증명하는 세자 이제.
		1875년	태종(고)	• 전투를 준비하여 배를 타고 조선으로 오는 일본군
25	대원군	1875년	대원군	• 대원군의 뜻과 행적에 대한 회상과 확인.
26	습격	1875년	태종(고)	• 강화도를 침략하여 전투를 일으켜 피해를 입음. • 이 소식에 격노하는 태종(고).
27	국격(國格)	1875년	태종(고)	• 대신들과의 논의를 거쳐 일본 군을 접견하는 태종(고).
		1414년	고종(태)	• 왜구 침입의 소식을 듣고 후계를 먼저 안정시키겠다고 다짐하는 고종(태).

회	제목	시기	메인 캐릭터	주요 사건
28	불균형	1414년	고종(태)	• 군사 및 배 정비 • 왕자들을 만나 세자에 대한 불만을 표하는 고종(태). • 군사를 훈련시키는 세자 이제. • 세자를 찾아가는 이도.
		1875년	태종(고)	• 일본군과 만나 일본의 제안대로 조약을 체결하는 태종(고).
29	충고	1875년	태종(고)	• 일본에 수신사 파견하는 태종(고).
		1414년	고종(태)	• 세자 이제를 찾아가 염려하는 세종. • 내관을 통해 세자의 비행을 보고받는 고종(태).
30	소음(騷音)	1875년	태종(고)	• 궐내에 무당을 불러들여 굿을 하는 중전 민씨와 이를 저지하는 태종(고). • 궐 밖으로 궁녀에게 심부름을 보내는 중전 민씨.
31	이해(利害)	1414년	세자 이제	• 자금 부족으로 역모 준비가 무산될 위기에 처하자 외숙부들을 찾아가 역모를 모의하는 세자 이제.
32	견제	1875년	중전 민씨, 태종(고)	• 청에 서찰을 잘 전했는지 확인하는 중전 민씨. • 수신사의 일본 견문.
33	불길	1875년 ~1879년	태종(고)	• 조정에 주의를 주고 돌아가는 청과 분노하는 중전 민씨. • 교태전 주변에 군사를 배치하는 태종(고). • 경복궁에 화재 발생, 창덕궁으로 이어. • 조정 대신 및 군제 개편.
		1415년	고종(태)	• 역모를 준비하는 세자 이제. • 이도와 바둑을 두는 고종(태).
34	역류(1)	1879년	태종(고)	• 아들들이 죽는 꿈을 꾸고 실록을 확인한 후 역사가 바뀌었음을 알게 되는 태종(고).
		1415년	고종(태) 세자 이제	• 종묘 제례를 지내는 고종(태)와 세자 이제. • 역적들의 역모를 위한 매복.
35	역류(2)	1415년	고종(태) 세자 이제	• 역적이 오지 않자 찾으러 나섰다가 포위되는 세자 이제.
		1879년	대원군	• 대원군에게 왕의 독단을 막아달라고 입을 모으는 대신들.
36	역류(3)	1415년	고종(태) 세자 이제	• 외숙부들과 함께 잡혀가 추국당하는 세자 이제. • 추국장에 등장한 이도.
		1879년	태종(고) 대원군	• 대원군과 대면하는 태종(고).
37	역류(4)	1879년	태종(고) 대원군 김옥균	• 태종(고)의 뜻을 받아들이고 돌아가는 대원군. • 개화를 주장하는 김옥균. • 사헌부를 통해 대신들의 비리를 파악하도록 지시하는 태종(고).
38	역류(5)	1415년	세종 고종(태) 세자 이제	• 세자의 무고를 주장하는 이도 덕에 상황 전환. • 민씨 형제는 유배되고 세자는 폐위됨.

회	제목	시기	메인 캐릭터	주요 사건
39	이이 제이	1879년	태종(고)	• 외척들의 동태를 파악하는 태종(고). • 부정 관리에 대한 처벌 시행하는 태종(고). • 일본의 거절로 청에 무기 개발 기술을 요청하는 태종(고). • 청으로부터 서신을 받는 태종(고).
40	진군(進軍)	1415 ~1419년	고종(태)	• 이도를 세자로 책봉하는 고종(태). • 심온 등의 세력을 없애고 대마도로 출항하는 고종(태).
41	명분(名分)	1879년	태종(고)	• 청의 이홍장의 주선으로 조선과 미국 간의 통상 조약 체결. • 이완용의 장원 급제 • 위정척사와 조선 내 거주 일본인과 조선인이 대립 심화. • 부산의 민란 진압을 위해 직접 토벌군으로 나서는 태종(고).
42	제압	1419년	고종(태)	• 대마도를 정벌하고 왜를 제압하는 고종(태).
		1879년	태종(고)	• 민란군을 제압하는 태종(고).
		1419년	고종(태)	• 왜의 내륙으로 진군 결정하는 고종(태).
43	암흑	1419년	고종(태)	• 진군의 지속과 승리를 거두는 고종(태).
		1879년	태종(고)	• 토벌을 정리하고 치하하는 태종(고).
		1419년	고종(태)	• 전투 중 화살을 맞고 쓰러지는 고종(태).
		1879년	태종(고)	• 자리에서 일어나지 못하는 태종(고)와 부재한 왕의 역할을 대신 하려 하는 중전 민씨.

〈표 2〉에서도 알 수 있듯이 시즌 2에서 세자 이제가 역모를 꾸미는 사건이 중후반부까지 이어지며 고종(태)은 염원하던 대로 세자 이제를 폐위하고 이도를 새로운 세자로 책봉한다. 또한 시즌 2의 후반부에 고종(태)은 강력한 왕권과 군사력을 바탕으로 대마도를 정벌하고 왜국 본토에서 전투를 강행한다. 한편 태종(고)은 시즌 2에 가서 더 복잡다단해지는 외세의 요구를 조정하고, 개화를 염원하거나 반대로 위정척사 또는 쇄국을 염원하는 다양한 계층 사이에서 빚어지는 갈등을 봉합한다. 특히 시즌 2의 후반부에서는 부산에서 민란이 일어나고 이를 직접 제압하는 태종(고)을 재현하는 사건이 중점적으로 그려진다. 그러나 전투 중에 화살을 맞고 고종(태)는 쓰러지고, 고종(태)와

마찬가지로 태종(고) 역시 불명확한 이유로 갑작스럽게 의식을 잃은 상태로 묘사된다.

〈표 3〉〈왕 그리고 황제〉 시즌 3의 서사 전개도 요약

회	제목	시기	메인 캐릭터	주요 사건
44	격변	1879년 이후	명성황후, 일제와 청의 군사	• 일본 군사의 조선 주둔 • 명성황후의 요청에 의한 청 군사의 조선 주둔
45	분열	1879년 이후	명성황후, 대원군	• 민씨 친족 세력 확장과 깨어나지 못하는 태종(고)에 대한 대신들의 염려 • 대원군을 중심으로 명성황후와 민씨의 집권을 막으려 하는 세력의 움직임
46	어둠 속에서	연도 미상	고종, 태종	• 꿈 속에서 환영 때문에 괴로워하는 고종 • 고종의 환영을 없애고 고종에게 충고하는 태종
47	욕망 VS 욕망	1879년 이후	명성황후, 대원군	• 규모를 확장하여 한양으로 집결하는 대원군의 행렬 • 이를 저지하려는 명성황후와 외척
48	차도 지계	1879년 이후	명성황후, 대원군 무리	• 청에게 대원군을 제거하라고 요구하는 명성황후 • 대원군 행렬을 공격, 총살하는 청나라 군대
49	대가	1879년 이후	명성황후, 청군	• 조선과 청 사이의 무역 협정 체결로 인한 청의 조선 무역 세력 확장 • 의식을 잃고 누워 있던 왕이 깨어났다는 소식을 명성황후가 전달받고 달려감
50	각성	1879년 이후	태종(고) 고종	• 의식을 찾아 그간의 실정을 확인하는 태종(고) • 태종(고)에게 외척과 명성황후의 행적을 고하는 대신들 • 민씨 척족들에 대한 강도 높은 추국을 하는 태종(고)
51	시작	1879년 이후	태종(고) 고종	• 태종(고)의 민씨 척족에 대한 처결에 따른 청과의 갈등 • 태종(고)의 개혁 시행 • 일전에 납치했던 대원군을 다시 불러들이는 청
52	인내천	1879년 이후	태종(고) 대원군 고종	• 대원군을 협박하며 조선으로 보내는 청 • 태종(고)의 급진적인 개혁 시행 • 동학의 발전 양상
53	파도	1879년 이후	태종(고) 고종	• 형벌로 동학을 규제하는 태종(고) • 대원군을 통해 청의 조선 인사 조정 의견을 일부 수렴하는 태종(고) • 지속적인 자금 확보를 위한 대책에 대해 대신들의 논쟁과 대책을 고려하는 태종(고)
54	과거와 미래	1879년 이후	태종(고) 고종	• 궁궐 밖에서 개화파를 만나 노비세습제 폐지를 예고하고 이를 시행하는 태종(고) • 김옥균의 일본 차관 제안과 이를 수락하는 태종(고)

회	제목	시기	메인 캐릭터	주요 사건
55	갈등과 기회	1879년 이후	태종(고) 고종	• 노비제 폐지로 혼란과 갈등을 빚는 조선 사회 • 프랑스와의 전쟁으로 본국으로 돌아가는 청군
56	타협	1879년 이후	태종(고) 고종	• 청, 일본과의 3국 조약으로 일본군과 청군 철수하는 태종(고) • 중앙은행 설립과 소총 제작, 경복궁 이어 등 다양한 개혁을 시도하는 태종(고)
57	불안 요소(1)	1879년 이후	태종 고종	• 서양의 문물 수용 및 외국과의 수교 등 다양한 방면에서 개혁을 행하는 태종(고) • 고종의 육체를 이탈하여 미래에 대해 논의하는 태종과 고종
58	불안 요소(2)	1422년, 1879년 이후	태종 고종	• 의식을 찾지 못하는 태종 • 대원군 집에 온 폭탄으로 인한 명성황후와 대원군의 대립
59	불안 요소(3)	1879년 이후	고종	• 명성황후와 대원군의 대립을 중재하는 고종 • 여러 중신들의 균형을 조절하면서 징병제를 제안하는 고종
60	의지	1879년 이후, 1422년, 1892년	고종 태종	• 징병제에 따른 각 계층의 반발 • 태종의 승하 • 태종 영혼의 사라짐, 고종의 개혁에 대한 결심
61~	각편 제목 생략	1879년 이후,	고종 태종	• 1879년 이후의 국내 및 동아시아 관련 사건을 배경으로 하여 고종을 둘러싼 사건 및 조선과 주변 국가의 정세 변화 및 갈등, 해결 등에 대한 내용이 다채롭게 진행됨. 시즌 3의 각편이 시즌 1, 2에 비해 많기 때문에 61편 이후에 진행되고 있는 각에피소드 내용에 대한 표 첨부는 생략함.

시즌 3의 가장 큰 특징은 크게 두 가지로 나뉜다. 첫째, 시즌 1, 2와 달리 조선 초기, 즉, 태종대의 사건을 다루지 않고 매회의 서사에서 조선 후기, 즉, 고종대의 사건만을 지속적으로 전개한다. 둘째, 고종의 육체를 두고 고종의 영혼과 태종의 영혼이 자유롭게 논의하고, 이들의 논의 후에 고종의 육체를 통해 주로 태종이 결정한 바를 이행하는 과정이 지속적으로 묘사된다. 이러한 묘사는 46화에서 고종의 꿈속에서 고종과 태종이 만나 논의한 이후로 빈번히 활용되는 경향을 보인다. 그리고 60화에 이르면 1422년 태종이 승하하는 상황이 묘사되는데, 태종의 승하 이후 고종의 육체를 두고 태종과 고종이 자유롭

게 논의하는 과정은 나타나지 않는다.

이처럼 시즌 1, 2, 3은 각각의 독자성을 드러내는 서사의 구성을 취하면서도, 전체적으로 한 캐릭터의 이야기를 시작하면 그 캐릭터의 이야기를 일정 부분 지속하는 구성을 취한다는 점에서 공통된다. 시즌 1,2의 전체 서사를 관통하는 구성상의 특징은 표에서도 알 수 있듯이 첫째, 한 회당 전체 지면을 모두 할애해 고종(또는 태종)이 겪는 사건만을 다루거나, 둘째, 한 회 분량의 일정 부분은 고종(태종), 나머지 부분은 태종(고종)으로 나누어 분할하여 순차적인 전개를 지속하는 방식을 취하고 있다는 점이다.

전자의 경우는 당연히 한 회에서 메인 캐릭터 한 사람의 이야기를 집중적으로 다루고 있는데 보통 50개 이상의 컷으로 구성, 전개되고 있다. 후자의 경우 역시 두 메인 캐릭터의 시대를 한 회 안에서 모두 다루지만, 두 왕의 시대를 지속적으로 교차 편집하는 형식의 다단한 전환을 꾀하지는 않는다. 보통 하나의 메인 캐릭터가 겪는 사건에 대해 20~30컷 정도를 연속시켜 재현하고, 다른 메인 캐릭터의 사건으로 전환하여 20~30컷 정도로 연속 전개하는 내러티브를 구축하고 있다. 또한 시즌 3에 가면 58화와 60화에서 잠시 태종의 의식 불명 상태를 묘사하는 것 외에는 조선시대 초기의 상황을 더 이상 비중 있게 다루지 않는다. 대신 시즌 3의 서사는 조선시대 후기를 중심으로 메인 캐릭터인 고종의 고민과 결단을 보여주는 것에 집중하는 것으로 구성의 변화를 보인다. 이는 시대와 캐릭터를 교차 편집하면서 복잡한 변화를 꾀하기보다는 시대의 간극과 캐릭터의 대비에서 오는 혼란을 줄이는 효과가 있다.

이를 통해 〈왕 그리고 황제〉가 시즌 1, 2에서는 두 명의 메인 캐릭터를 비슷한 비중으로 다루기 위해 균형을 잡는 구성을 취하되, 빠르게 전환하여 교차 편집을 하기보다는, 하나의 사건을 집중적으로 지속시킨 다음, 다른 왕의 시기로 넘어가는 서사 전개의 기법을 따르고 있음을 알 수 있다. 이 작품에서 타임슬립Time-slip이라는 장치가 작품의 거시 서사의 틀을 구성하는 주요한 기능을 담당하지만, 타임슬립으로 인해 콘텐츠의 향유자가 겪을 수 있는 혼란을 최소화하기 위한 방편의 일환이라 사료된다. 또한 시즌 3에 가서는 이미 고종대인 조선 후기의 시기로 함께 타임슬립한 고종과 태종 두 캐릭터를 보여줌으로써 한 시기에 더욱 집중하여 서사를 전개한다는 것을 알 수 있다.

한편, 고종과 태종의 육체가 뒤바뀌는 시점은 그들의 출생 시점까지 거슬러 올라가지는 않는다. 고종이 태종으로 바뀌어 태종으로 살아가게 되는 시기의 출발선상은 1412년이고, 태종이 고종으로 바뀌는 시기의 출발점은 1873년으로 설정되어 있다. 이 시기는 이미 두 왕이 재위하고 일정 시간이 경과한 이후다. 연재가 완결되지는 않았으나 시즌 3까지 진행된 에피소드를 살펴보면, 1410년대와 1870년대 이후를 주요 배경으로 설정하여 사건을 지속시키고 있음을 알 수 있다. 특히 시즌 3은 1870년대 이후의 격변기에 집중되어 고종의 변화 양상과 맞물려 역사가 조금씩 달라지는 모습을 그려내고 있다.

이를 통해 작가가 향유자에게 전달하고 싶었던 서사의 요체는 1) 1870년대 이후, 고종대의 격변하는 정세와 일제의 침략, 2) 1412년~1419년, 태종대의 세자 교체와 대마도 정벌 사건이라고 볼 수 있다. 작가는 왜 이 사건들에 주목하였고 이 사건 외의 다른 부차적인 사건들은 서사 전개에서 배제했을까? 그 이유로 첫 번째, 사건의 단순화와 서사 전개의 집중을 통해 캐릭터의 고민과 선택의 과정을 일관성 있게 드러내어 오히려 캐릭터의 특성을 생생하게 부각시킬 수 있기 때문이다. 두 번째로는 작가가 택한 주요 사건이, 캐릭터의 선택 행위에 따라 향유자가 존재하고 있는 현재에도 영향을 미칠 수 있을 정도의 파급 효과를 불러올 수 있는 사건이라는 점이다. 조선의 성군으로 칭송되는 세종대왕의 존재와 조선의 개화 및 일제의 식민지 통치는 현재까지 영향력을 미치지 않으리라 단정할 수 없는 사건들이기 때문이다. 이에 향유자는 서사의 전개에 더욱 몰입할 수 있으며, 또한 보다 적극적인 감정 이입을 할 수 있다.

특히 시즌 3에 가서는 태종대의 사건은 거의 묘사되지 않고, 고종대의 문제 상황과 개혁의 과정 위주로 서사가 전개된다. 이를 통해 작가가 특히 주요하게 다루고자 하는 시대는 고종대이며, 이 시기의 조선의 개화와 변혁에 대해 작가가 주요한 문제의식을 가지고 있음을 파악할 수 있다. 또한 시즌 3의 전개를 통해 실제 사건과 허구를 융합하는 구성으로 당대를 새롭게 해석하는 작가의 역사관과 창작의 동력을 가늠해 볼 수 있다.

이러한 사건 제시에서 주목해야 할 또 한 가지는, 이 작품이 역사에만 의존하지도, 그렇다고 허구로만 진행되지도 않는다는 점이다. 여타의 역사물을 다루는 많은 콘텐츠들이 그러하듯 〈왕 그리고 황제〉도 역사 기록과 작가의 상상력을 적절히 조화시켜 진행하고 있다. 다만 여타의 콘텐츠들과 차별화되는 지점은 시즌 1에서 역사 기록과는 배치되는, 오로지 작가의 상상력으로만 가공된 사건을 창조하는 것을 절제하는 흐름을 보였다는 것이다. 이를 통해 역사와 허구가 동떨어져 간극이 벌어지는 것을 최소화하고 틈새를 메우는 연출을 의도하고 있다는 것을 알 수 있다.

작가는 시즌 2 중반에 가서야 역사 기록과는 다른 허구의 사건을 주요 서사 전개에서 활용하고 있다. 물론 시즌 1에서도 에피소드 중간중간에 허구가 녹아 있다. 그러나 이들 허구의 설정이 실재했던 사건의 결과를 크게 뒤바꿀 정도의 영향력을 미치지는 못하는 경우가 많다. 소소한 설정의 변용 정도로 파악하는 것이 더 적합하다. 그러나 시즌 2의 경우, 고종(태)이 대마도 정벌 이후 일본 본토에 들어가 전투를 벌이는 사건, 그리고 태종(고)가 일본의 개항 조약을 받아들이고 오히려 먼저 조건을 제시하는 사건이라든가, 군대를 이끌고 직접 부산 민란의 현장에 가서 문제 상황을 종식시키는 사건 등이 메인 내러티브로 전개된다. 시즌 3도 실재했었던 인물(민씨 외척, 청군, 일제의 인물, 김옥균 등)과 실제 역사에서의 사건(동학 등)을 토대로 태종의 개혁을 다루고 있어서 이러한 경향에서 크게 벗어나지는 않는다.

작가는 이 작품이 역사에 토대를 두지만, 허구로 만든 것이라는 공지를 매회 제일 앞머리에 제목과 함께 제시하면서 에피소드를 시작한다. 웹툰의 매회 제목과 함께 제시된 문구는 다음과 같다. "이 작품은 실제 역사의 인물들을 바탕에 두고 작가적 상상력을 더하여 재창조해낸 허구입니다. 실제 역사가 아니니 오해 없으시길 바랍니다. 다만 실제 역사를 알고 보면 더 큰 재미를 느끼실 수 있을 겁니다." 그리고 시즌 후기나 예고편 등을 통해 혹은 중간 중간의 안내를 통해 어떠한 부분이 역사이고 어떠한 부분이 허구에 기초한 것인지를 간략하게 예고하거나 제시한다. 이처럼 〈왕 그리고 황제〉는 태종과 고종의 생애 모든 시기가 아니라 특정 시기로 한정하고, 또한 이 시기에서도 특정 사건에만 포커스를 두고 실제 역사의 결과를 중심으로 서사를 전개하는 특징을 보인다. 이처럼 선별된 특정 사건을 재구하는 방식에서 역사와 허구의 간극 메우기의 효과를 확인할 수 있다. 향유자는 이를 통해 안정적으로 역사 기록과 허구를 대비해 볼 수 있다.

또한 태종이 고종으로 살면서 보여주는 여러 사건의 변화 양상을 통해, 역사 속의 인물과는 전혀 다른 특성을 지닌 캐릭터가 원래 예정되어 있던 역사의 흐름 속에서 특정 사건을 맞닥뜨렸을 때 어떤 선택을 하는지, 그리고 그 선택은 어떠한 결과로 이어지는지를 보다 심도 있게 보여주고, 그러한 선택과 선택이 빚은 변화의 의미에 대해 깊이 있게 고찰할 수 있는 기회를 마련한다. 즉, 웹툰의 배경인 실재했던 사건의 큰 틀은 역사와 거의 유사하게 구현하고 있어서, 변수가 되는 캐릭터의 특성과 행위가 더욱 대비되어 보이는 효과를 마련하게 된다. 향유자는 이 작품을 허무맹랑한 판타지가 아니라 현실적으로 있었을 법한 사건이라고 수긍하게 된다. 이는 궁극적으로 태종과 고종이라는 실존 인물과 당대의 역사, 나아가 향유자가 살아가고 있는 현재를 더 깊이 있게 들여다보게 한다.

3. 타임슬립을 활용한 미시 서사의 분할과 거시 서사의 통합

타임슬립Time-Slip은 많은 콘텐츠에서 자주 활용되는 내러티브의 구성 장치 중 하나다. 1964년 미국의 필립 K. 딕의 소설 『화성의 타임슬립Martian Time-Slip』에서 명칭의 유래를 찾아볼 수 있는데, 타임슬립은 초현실적인 현상을 통해 시공의 틈으로 미끄러지는 현상을 뜻하며 시간여행의 방식 중 하나라 할 수 있다(이정환, 2013: 4). 전통적으로는 미래에서 과거로 가거나, 과거에서 미래로 가는 구조의, 비교적 단선적인 전환의 기법들이 지속적으로 쓰여 왔다. 현대의 영상콘텐츠에 이르러서는 타임슬립의 전개 방식이 더욱 다양해진 경향이 있다. 크리스토퍼 놀란 감독의 영화는 전통적이면서 한정적인 타임슬립의 구성의 새로운 지평을 연 대표적인 사례로 꼽힌다. 과거와 현재가 한 사람의 기억 속에서 뒤섞이거나(〈메멘토〉의 경우), 여러 사람의 꿈속에서 복잡하게 교차되거나(〈인셉션〉의 경우), 또는 우주와 차원의 불일치에 의해 벌어지는 타임슬립(〈인터스텔라〉의 경우)의 구성을 통해 타임슬립 구성 방식의 다양화를 꾀했다. 놀란의 영화뿐 아니라 국내 콘텐츠의 경우에도 영화, TV드라마, 웹 드라마, 그리고 웹툰 등에서 타임슬립의 기법을 활용한 작품을 쉽게 찾아볼 수 있다. 특히 퓨전 사극이나 판타지 장르의 경우 타임슬립 기법을 종종 활용한다.

박명진은 "일반적으로 시간 여행을 소재로 하는 판타지 양식은 과거(또는 미래)로 여행을 가서 시간여행자의 인생이나 세계(또는 역사)를 바꾸고자 하는 내용을 다룬다."(박명진, 2013: 289)고 하였다. 주지하다시피 현실 세계에서 우리가 당면하는 시간은 '과거－현재－미래'의 선조성을 가지며, 우리는 물리적으로 이러한 규칙에서 자유롭지 못하다. "신체는 '미래와 과거 사이의 늘 전진하는 경계'로"(스티븐 컨, 박성관 역, 2004: 119), 이미 지나가 버렸기에 바꿀 수 없는 과거와 정확하게 예측할 수 없는 미래의 사이인 '현재'에 존재하고 있기 때문이다.

따라서 프루스트가 "의식적인 노력으로는 과거를 되찾을 수 없다고 주장"(스티븐 컨, 박성관 역, 2004: 151)한 바 있듯이, 현실세계에서 우리가 시간의 선조성을 거스르고 과거(또는 미래)를 현재화하여 한 번 진행된 바 있는 시간을 돌이켜 흐름을 바꾼다는 것은 불가능하다. 그러다 보니 우리는 선조적인 시간의 규칙에서 벗어나 고정된 과거와 미지의 미래를 자의대로 조절하는 것을 꿈꾼다.

이처럼 시간의 제약에서 벗어나고자 하는 인간의 욕망은 보편적이다. "'시간여행'은 단순히 과거와 미래로의 시간 '여행'이 아니라, 주인공의 시간에 대한 '선택'의 문제와 과거 삶을 돌이키고자 하는 주인공의 '의지' 및 '욕망' 문제를 제기하며 인생관, 세계관과 닿아 있다."(서곡숙, 2011: 89) 따라서 시간여행을 다루는 대다수의 서사는 도입부에서 주인공이 시간을 거스르려는 욕망의 원인을 제시한다. 그리고 문제 상황이 발생한 사회를 여실히 보여주고, 사회에 대한 주인공의 세계관과 삶에 대한 의지를 전면화한다.

〈왕 그리고 황제〉 역시 시즌 1의 1화에서부터 고종의 강렬한 욕망에 의해 타임슬립이라는 현상이 일어나게 된다. 그런데 고종의 강렬한 욕망은 향유자 또는 창작자의 욕망을 일정 부분 반영하고 있는 것으로 보인다. 대다수의 대한민국 국민들은 일제의 식민지 통치를 겪게 되었던 당대의 상황에 대해 회한과 오욕의 역사라는 문제의식을 지니고 있다. 이러한 문제의식은 과거를 전복시키고자 하는 희구와 맥을 같이 할 수 있다. 현실에서는 불가능하지만 콘텐츠에서라면 시간 여행이라는 장치를 통해 과거를 새로운 국면으로 전환시키는 것이 가능하다. 이러한 희구에서 〈왕 그리고 황제〉는 '고종'을 통해 과거를 바꾸어 나간다. 상황을 바꾸고자 하는 욕망을 가지고는 있으나, 종묘의 신주 앞에서 엎드려 읍소하는 것 외에는 아무것도 할 수 없는 무력한 고종을 향해 하늘에서 벼락이 일렁이는 모습으로 타임슬립이 구현되는 것이다.

〈왕 그리고 황제〉에서 타임슬립은 크게 세 가지의 특성을 보이는데 이 특성은 콘텐츠 내적, 외적으로 여러 기능을 담당한다. 첫째, 전복성과 초월성의 특성이 있다. 시간의 순차적 진행을 전복시킴으로써 시간적 질서가 유발하는 제약을 초월하게 만드는 기능을 한다. 둘째, 현재성과 상호작용성의 특성이 있다. 메인 캐릭터가 현재에서 과거로 가거나, 과거에서 현재로 오는 설정은 향유자의 몰입을 강화하면서 과거의 현재성을 강화하는 기능을 한다. 또한 콘텐츠 내적으로는 캐릭터들 간의 상호작용, 시대와 시대의 상호작용을 원활하게 하며, 콘텐츠 외적으로는 콘텐츠의 과거와 향유자와의 상호작용을 강화시키는 기능을 한다. 셋째, 분할과 통합의 특성이 있다. 먼저 분할의 특성은 전체 서사가 일 방향으로 흐르지 않고 분할, 교차되어 전개되도록 하는 기능을 한다. 그러나 이에 그치지 않고 결국 분할된 서사를 통합시키는 장치로도 기능한다. 즉, 타임슬립을 통해 미시 서사에서는 방향성과 흐름이 분할되는 효과가 발생하는 대신, 작품 전체를 관통하는 거시 서사는 통합된다. 그런데 미시 서사 즉, 각각의 에피소드의 배열이나 한 에피소드 내에서 타임슬립으로 인해 태종대와 고종대의 사건과 배경은 지속적으로 분할된다. 하지만 시즌 1~3을 관통하는 전체 거시 서사는 타임슬립에 의해 하나의 연결고리로 이어질 수 있게 되는 것이다. 서사를 단순히 하나로 보게 되면 분석을 면밀하게, 그리고 입체적으로 진행할 수가 없으므로, 이 글에서는 작품의 시즌 전체를 관통하는 서사를 거시 서사로, 그리고 각 에피소드를 미시 서사로 규정해 보았다. 이처럼 주로 서사의 반전을 꾀해야 하는 경우나 서사가 마무리되어야 하는 지점에서 타임슬립은 다시 과거를 과거로, 현재를 현재로 복귀시키는 기능을 한다.

〈왕 그리고 황제〉는 타임슬립을 통해, 조선 후기의 역사적 사건을 재구성할 논리적 기반을 마련하였고, 자주적인 통치와 내실을 다지는 조선의 재현에 대한 개연성을 부여할 수 있었다. 또한 타임슬립은 태종의 영향으로, 강한 군주가 된 황제 고종에 대한 구현을 가능하게 만들었다. 이러한 서사의 전개는, 시의적절한 판단, 외세와 역사를 바라보는 균형 있는 관점과 과감한 결단력, 빠른 실행력 등 한 나라의 통치자가 지녀야 할 자질과 무게를 향유자가 깊이 있게 고찰할 수 있도록 만들어준다. 또한 이러한 통치자의 영향력이 역사 속에서 얼마나 오래, 깊이, 그리고 넓게 영향을 미치는지를 향유자가 절감할 수 있는 기회를 제공한다.

4. '두 인물 간의 몸 바꾸기'를 통한 캐릭터 성장 스토리텔링 구현

'변신'은 "이야기의 원류라 할 신화의 핵심 모티프"(김윤아, 2010: 171)로, 신화뿐 아니라 오늘날 여러 미디어에서 구현되는 콘텐츠에서도 쉽게 찾아볼 수 있다. 오늘날 문화콘텐츠의 경우 주로 판타지 장르에서 변신 모티프가 많이 활용되는데, 대표적으로 베트맨, 스파이더맨, 어벤저스 류의 영웅 서사류를 꼽을 수 있겠다. 이러한 콘텐츠들에 드러난 변신 모티프의 공통점은 바로 사회적 제약이나 제도에서 이탈하여 신이한 능력을 발휘하는 메인 캐릭터를 묘사하는 기능을 하고 있다는 점이다.

이처럼 변신의 종류는 다양하지만, 이 글에서 주목한 변신은 〈왕 그리고 황제〉에 재현되고 있는 '두 인물 간의 몸 바꾸기(육체 교환)'에 의한 변신이다. 일반적으로 두 인물의 영혼이 본래의 육체를 이탈하여 상대방의 육체에 안착하는 상황을 다루는 콘텐츠는 TV드라마나 영화에서 찾아볼 수 있었다.

이러한 '두 인물 간의 몸 바꾸기' 변신은 다른 변신 모티프와는 대별되는 특성을 가진다. 여타의 '변신' 모티프는 캐릭터의 변신 후 현실적 조건 또는 제도적 규범에서 이탈하여 신이한 능력을 발휘하는 상황을 보여주는 경우가 많다. 그런데 '두 인물 간의 몸 바꾸기' 변신은 각자가 기반을 두는 현실이 상호 전환되는 것을 의미하므로, 현실에서 비현실로 이탈하는 것이 아니라, 새로운 현실적 조건이나 제도적 규범을 맞닥뜨리는 캐릭터를 묘사하는 장치로 기능한다. 즉, '두 인물 간의 몸 바꾸기' 변신은 캐릭터의 신이한 능력 발휘보다 현실에 적응하고 사회와 관계를 맺어가는 과정 속의 갈등과 순응, 그리고 변화를 그리는 것에 초점을 둔다.

따라서 '두 인물 간의 몸 바꾸기'를 모티프로 하는 콘텐츠는 육체가 바뀌어서 태생적 신체 조건과 환경 등이 모조리 달라지는 걸 겪게 되는 캐릭터의 서사를 중심으로 진행된다. 보통 '두 인물 각자의 생활 → 비현실적인 사건 발생 → 두 인물 간의 육체 교환 → 변신을 인식하고 현실을 부정 → 현실 인정 → 새로운 현실에 대한 적응 노력 → 현실을 과감하게 변화, 개척 → 비현실적인 사건 발생 → 다시 원래의 육체로 귀환'의 구조를 따르는 경우가 많다.

이 구조를 통해 두 인물의 고난과 각성, 성장이 이루어짐을 알 수 있다. 인물의 1차적 고난은 변신 전 익숙한 것들에 대한 염증에서 비롯되며 이는 현실 도피 욕망으로 발현된다. 몸이 뒤바뀐 이후 인물의 고난은 전환된다. 이는 인물의 2차적 고난으로, 2차적 고난은 곧 익숙한 것들과의 결별에서 발생한다. 익숙한 세계와의 분리를 겪으면서 두 인물의 타자에 대한 인식과 사유 체계는 전복되고 주체는 혼란을 겪는다.

몸이 뒤바뀐 고종과 태종은 본인의 의지와 관계없이 기존의 세계로부터 완전히 분리된다. 〈왕 그리고 황제〉에서도 몸이 뒤바뀐 후 고종과 태종 모두 먼저 타자와 본래의 자신과의 차이를 인식하고 적응해 나간다. 그리고 각자 타자의 삶의 방식과 그를 둘러싼 환경을 접하면서 타자와 자신에 대해 지속적인 고찰을 한다. 새로운 얼굴과 몸을 가지고 새로운 세계에 속하여 새로운 선택을 할 수 있는 상황에 놓이면서, 변신 이전의 자신과 변신 이후의 자신 모두를 되돌아볼 수 있게 된다. 이러한 상황 속에서 변신 이후의 주체는 타자의 존재를 자기 안으로 받아들이고 그 속에서 타자를 이해하는 과정을 거친다. 동시에 변신 이전의 자신과 세계를 되돌아보게 됨으로써 결국 주체는 한 층 성장한다.

한편, 몸이 뒤바뀐 이후 고종과 태종이 겪는 사건과 갈등의 경중에는 차이가 있다. 1412년으로 거슬러 올라간 고종은 세자 이제를 폐위하고 이도를 새로운 세자로 옹립하는 문제에 골몰하는 것으로 시즌 1과 시즌 2의 전반부가 할애된다. 이에 반해 1873년으로 건너간 태종은 중전 민씨를 비롯한 외척에 대한 경계, 대원군과의 반목, 일본과 청나라 사이에서 빚어지는 복잡다단한 갈등을 겪는다. 이 때문에 웹툰의 공감 수가 높은 댓글에서 종종 태종 이야기가 더 궁금하다거나 더 흥미롭다는 반응이 발견된다. 웹툰 24화 첫 번째 베스트 댓글 "솔직히 양녕대군이랑 고종 행보는 관심없고 태종이 제일 궁금 ㅋㅋ", 31화 세 번째 베스트 댓글 "나는 왜 조선 초기 보단 조선 말기 태종이 들어간 고종의 스토리만 궁금한지 모르겠다.", 39화 네 번째 베스트 댓글 "태종나오는 부분이 제일 재밌음.. ㅎ 역대 왕중에서도 태종을 좋아하는지라~" 등이 이러한 예에 속한다.

두 캐릭터가 겪는 갈등이 경중의 정도에서 차이가 나는 원인은 세 가지 요소에서 찾아볼 수 있다. 첫째는 실제 역사 기록에 기반을 둔 배경 설정 때문이다. 시기상 두 인물이 실존했던 시기는 조선 개국 초와 구한말로 나뉜다. 개국 초, 즉 태종대인 1412년의 경우, 국가 존립과 왕권 강화에 방해가 됐던 세력을 다수 제거하고 왕권의 기반을 다졌기 때문에 안정된 시기로 평가된다. 이에 반해 고종대인 1873년의 경우, 조선 후기의 외척의 세도 정치와 쇄국 정책, 외세 열강의 빈번한 개항 요구와 전투 등에 의해 나라 안팎으로 혼란스러운 시기였다고 평가된다. 이러한 시대적 요인 때문에 태종으로 변신한 고종의 서사가 고종으로 변신한 태종의 서사에 비해 보다 단조롭게 전개된다고 볼 수 있다.

둘째로 캐릭터 설정에서 기인하는 부분도 있다. 〈그림 1〉과 같이 실제 웹툰 내에 제시된 여러 대사를 통해서도 확인되듯이 태종은 '기개가 넘치고 누구나 아는 그 이방원'으로 강인하고 냉철한 군주 캐릭터로 설정되어 있다. 이에 비해 고종은 '위엄이라고는 눈곱만큼도 없고 생각이 모자란' 무력하고 유약한 캐릭터로 설정되어 있다.

〈그림 1〉 메인 캐릭터 설정 대비의 양상

고난이 심화되는 상황에서도 여러 문제들을 잘 처리하고 오히려 능동적으로 변화에 적응, 유연하게 대처해 나가는 태종 캐릭터의 특성 때문에 복잡다단한 사건의 결합으로 서사를 전개하는 것이 가능해졌다고 볼 수 있다. 이에 반해 '나라를 두 번 망칠 수 없'다고 되뇌는 고종을 통해서도 알 수 있듯이 소극적으로 주변의 변화와 이로 인한 파장을 방어하려는 고종의 특성이 태종화된 고종의 서사를 단선적으로 전개하는 데에 일조한다. 바꾸어 보면, 〈왕 그리고 황제〉는 두 주인공이 겪는 갈등의 경중과 사건의 배치를 동등하게 설정하지 않음으로써, 오히려 몸이 바뀐 두 캐릭터 특성이 대비되는 효과를 강화했다고 볼 수 있다.

셋째, 시즌 3에서는 태종대의 서사가 완전히 소거되고 고종대의 서사만 제시된다. 시즌 3의 초반부에는 태종이 통치자로서의 영향력을 발휘하지만, 중반부로 넘어가면서 태종은 주로 고종에게 통치자의 자세와 판단력에 대해 조언하는 모습으로 묘사된다. 시즌 3의 후반부에 가면 태종은 사라지고 홀로 남은 고종이 한층 성장한 모습으로 역경과 시련에 대처해 나간다. 시즌 3 후반부의 고종의 모습은 이전 시즌과는 사뭇 다르다. 태종의 조력 없이도 고종이 자신의 판단으로 과감하면서도 현명하게 통치하는 모습을 보인다. 이는 태종과의 몸 바꾸기를 거치면서 변화하고 성장한 고종의 캐릭터를 선명하게 드러내는 기능을 한다. 특히 61화 예정된 일(1)에서는 동학교도를 만나는 과정에서 대신들의 반대에 부딪혔음에도 자신의 판단대로 계획을 실행하는 고종의 모습을 찾아볼 수 있다. 이러한 고종의 변화 양상은 61화 이후에도 계속 일관되게 그려진다. 결단력과 실행력, 균형 있는 관점 등을 갖춘 강한 군주로 묘사되면서 태종과 오버랩되는 이미지로 그려지기도 한다. 이를 통해 고종 캐릭터에 대한 개연성이 마련되고, 변화된 고종 캐릭터의 자립과 능동성이 부각된다. 나아가 창작자가 고종 캐릭터의 성장과 변화에 많은 무게를 두고 있음을 확인할 수 있다.

이처럼 〈왕 그리고 황제〉의 '몸 바꾸기' 모티프와 캐릭터 갈등 경중의 편차는 캐릭터의 성장 서사를 마련하는 역할을 하고 나아가 이는 향유자의 감정 이입을 강화하는 기능을 한다. 뒤바뀐 육체와 달라진 환경 때문에 당황하다가 결국 현실을 직시하여 적응해 나가는 과정을 세밀하게 묘사하는 콘텐츠를 접하는 동안 향유자는 갑작스럽게 뒤바뀐 두 캐릭터의 입장에 생생하게 몰입할 수 있기 때문이다. 특히 〈왕 그리고 황제〉는 고종과 태종의 고민이나 생각을 내적 독백으로 자주 제시하고 있어서 더욱 향유자가 감정 이입을 적극적으로 할 수 있는 여건을 마련한다. 이를 통해 창작자는 고종의 변화와 성장을 통해 실제 역사와 다른 허구의 서사 전개에 개연성을 부여할 수 있었다. 나아가 변화된 고종의 판단력, 대처 방식을 통해 통치자의 자질과 통치의 중요성, 역사는 과거의 화석이 아닌, 현재와 미래의 동력임을 깊이 있게 고민하고 구현하고자 한 작품의 주제 의식을 드러내면서 향유자에게도 깊이 있는 통찰을 독려하는 역할을 한다.

5. 웹툰 〈왕 그리고 황제〉의 스토리텔링에서 발견된 의미와 남겨진 과제

웹툰 〈왕 그리고 황제〉는 조선의 왕 '고종'과 '태종'을 내세워 이들의 육체가 뒤바뀌면서 새로운 존재가 되어 이미 종결되었던 역사의 사건을 새로 바꾸어 나가는 과정을 그리고 있다. 이 글에서는 〈왕 그리고 황제〉의 스토리텔링 기법을 분석하고 이러한 기법이 가지는 의미를 고찰하고자 하였다.

〈왕 그리고 황제〉는 첫째, 역사서의 기록에 남아 있는 당대의 다양한 사건 중에서 특정 사건을 선별하고 이 사건에 대한 재구에 집중하면서 동시에 실제 역사의 큰 흐름을 비껴가지 않는 정도로 허구의 활용을 절제하고 있다. 이를 통해 역사와 허구의 간극이 조절되고 향유자는 역사와의 지나친 괴리로 인한 거부감을 최소화할 수 있다. 시대 배경을 역사와 유사하게 설정하여 변수가 되는 캐릭터의 특성과 행위가 더욱 대비되어 보이는 효과를 마련하게 된다. 향유자는 이 작품을 허무맹랑한 판타지가 아니라 현실적으로 있었을 법한 사건이라고 수긍하게 되고 궁극적으로 당대의 역사, 나아가 향유자가 살아가고 있는 현재를 깊이 고찰하게 한다. 둘째, 〈왕 그리고 황제〉는 타임슬립을 주요 모티프로 활용하고 있다. 고종이 1412년으로, 태종이 1873년으로 타임슬립하면서 이 두 캐릭터가 각 시대를 살아가는 서사가 교차로 전개된다. 〈왕 그리고 황제〉의 타임슬립은 웹툰의 회차별로 진행되는 미시 서사를 교차로 분할하나, 전체를 관통하는 거시 서사는 두 캐릭터를 아울러 통합할 수 있도록 하는 기능을 한다. 이를 통해 자주적인 통치와 내실을 다지는 조선의 재현에 대한 개연성을 부여할 수 있었다. 셋째, 〈왕 그리고 황제〉는 고종과 태종이라는 '두 인물 간의 몸 바꾸기(육체 교환)' 모티프를 통해 캐릭터 성장의 서사를 구축할 수 있었다. 또한 캐릭터의 특성을 대비, 강화하고 이를 통해 향유자의 몰입과 감정 이입을 증폭시켰다.

기존의 역사를 바탕으로 하는 콘텐츠에서는 찾아보기 어려웠던 스토리텔링 기법을 활용하고 있는 〈왕 그리고 황제〉를 통해, 21세기에 들어 급부상한 웹툰에서 우리가 알고 있던 기존의 역사와 인물을 새로운 관점에서 바라보게 하는 시도가 다양하게 모색되고 있음을 알 수 있다. 이러한 모색과 변화의 조류를 심층적으로 파악하기 위해서 다양한 웹툰을 분석 연구할 필요가 있다. 이는 후속 과제로 삼고자 한다.

참고문헌

1. 원전자료

정이리이리, 〈왕 그리고 황제〉, 2017~2021 미디어 다음 웹툰 연재.

2. 연구논저

김윤아(2010), 「몸 바꾸기 장르 애니메이션 연구: 합체, 변신, 진화의 장르 관습을 중심으로」, 『영상 문화』 15, 한국영상문화학회, 171~204쪽.

박명진(2013), 「타임머신/시간여행 모티브 드라마에 나타난 자기 계발 이데올로기」, 『한국극예술연구』 47, 한국극예술학회, 261~294쪽.

서곡숙(2011), 「시간여행 영화의 쾌락: 시간, 죽음, 두려움으로부터의 해방」, 『영상예술연구』 18, 영상예술학회, 67~98쪽.

이정환(2013), 「타임슬립 소재의 영상화에 관한 연구: 영화와 TV드라마의 경우」, 국민대학교 석사논문.

스티븐 컨(Stephen Kern), 박성관 역(2004), 『시간과 공간의 문화사』, 휴머니스트.

무속 신화의 현대적 수용과 재구

: 웹툰 〈묘진전〉의 사례를 중심으로

강 명 주

1. 스토리텔링 소재로의 무속

한국 문화를 소재로 한 현대의 콘텐츠 스토리텔링에서 '무속'의 요소는 쉽게 찾아 볼 수 있다. 2016년 개봉하여 백상예술대상, 아시아 필름 어워드, 청룡영화상 등에서 수상을 휩쓸었던 영화 〈곡성〉에서 시작하여 2017년, 2018년에 연달아 1, 2편을 개봉해 쌍 천만 관객을 달성한 영화 '신과 함께'가 대표 사례다. 유교를 국교로 택했던 조선의 지배층이 구세력들을 몰아내는 과정에서 '무속'은 천대받아 왔으며 오늘날에도 미신처럼 인식되는 경우가 많다. 그럼에도 불구하고 오래 민중들의 곁에서 자리를 지켜왔기 여전히 사람들은 극한의 힘든 상황에서 굿을 떠올리기도 하고 기저 한 편에 친근함을 가지기도 한다. 해가 바뀔 때 신년 사주를 보는 것도 그러한 맥락에서다. 결국 한국

문화와 무속은 떼놓고서는 생각하기 어려운 것이다. 이러한 관점에서 무속신화에 내재된 당대의 시대정신과 보편성이 현대 대중에게 대응하여 새로운 매체에서 어떻게 재구성되었는지 살펴보려 한다.

무속 신화의 경우 굿판에서 서사무가와 함께 구연되어 전해져 온 구비문학에 속하므로 서사성과 함께 연행성과 현장성을 장르적 특성으로 가진다고 할 수 있다. 생생한 현장성과 화자와 청중이 정서적 교감을 공유하는 연행방식은 오늘날 웹에서도 찾아볼 수 있는바, 특히 웹 콘텐츠로 재구된 양상을 살필 때보다 유의미한 가치를 찾을 수 있을 것이다. 웹은 수용자(소비자)들이 자신의 의견을 표출하고 공유할 수 있는 사이버 장場을 제공한다. 웹이라는 최적화된 사이버 공간에서 소비자들은 제공되는 콘텐츠의 의미를 주체적으로 찾고자 하며 의견을 실시간으로 공유할 수 있다. 이러한 측면에서 연행성과 현장성을 함축하고 있는 장르로 웹툰을 바라보고 구비 서사가 웹툰에서 어떻게 변주되고 향유되는지를 살피는 것에 의미가 있겠다. 따라서 '웹'이라고 하는 매체가 갖고 있는 시공간적 현장성과 멀티미디어적 속성과 결합하여 연재되는 웹툰의 연행성에 주목하여 시론始論으로써의 논의를 진행하고자 한다.

무속 신화의 모티프를 현대적으로 재해석한 콘텐츠의 사례 중 웹툰 〈신과 함께〉의 경우 대중성을 확보하면서 주목을 받아 몇 편의 연구가 이미 이루어진 바 있다. 개별 신화소의 성공적인 현대적 대중화 스토리텔링 전략에 관한 논의들은 이미 많은 연구자들이 진행해 왔기에 여기에서는 무속 신화의 서사 구조적 측면의 활용과 한국적 신관념을 중심으로 한 무속 신의 재구 양상을 파악하는 것에 초점을 두고자 한다. 이를 포털 사이트 다음에서 2015년 연재 완료된 웹툰 〈묘진전〉의 사례를 통해 살펴보겠다.

웹툰 〈묘진전〉의 경우 완결 웹툰 랭킹 상위권에 들 정도의 대중적 인지도를 확보하였으며 평점 9.9의 긍정적인 평판을 받은 작품이다. 뿐 아니라 작가 젤리빈은 만화 전문 리뷰 웹진 에이코믹스와의 인터뷰에서 한국의 무속신앙에 뿌리를 두고 무속신화 속 인물들의 정서나 핵심을 토대로 새로운 무속신의 이야기를 풀어내고자 하였다고 직접 인터뷰를 통해서도 언급한 바 있다. 그렇기에 다음 절에서 웹툰 〈묘진전〉의 사례를 분석 대상으로 하여 대중들의 공감을 확보한 무속신화로써 가변서사를 살피고 현대적 이본異本으로의 의미를 찾아보고자 한다.

2. 웹툰 〈묘진전〉에 재구된 무속신화의 양상

1) 자아찾기의 서사: 부정적 자기존재발견과 탈주

웹툰 〈묘진전〉은 하늘에서 떨어진 사내 '묘진'을 중심으로 이야기가 전개된다. 그는 갓난아기 때 '오니'로 버려졌다. '오니'는 천계의 가장자리에 위치한 곳으로 매일 비가 내리고 어떠한 생명도 잉태할 수 없는 버려진 땅이다.

이와 같이 '버림/버려짐'을 화소로 한 것은 많은 무속신화에서 확인할 수 있다. 〈궤네깃당본풀이〉의 궤네깃한집은 부모가 헤어진 상황에서 아버지의 심기를 불편하게 하였다는 이유로 버림받았고, 〈칠성본풀이〉의 칠성은 중의 아기라는 이유로 불경하다하여 버려졌으며, 〈오구풀이〉의 바리공주는 왕자를 기다렸지만 7번째도 역시 딸이 태어난 것에 대해 분노한 왕에 의해 버림 받은 후 바리공덕 할아비와 할미에게 구출되어 키워진다.

무속 신화 속 주인공들은 '버려짐' 이후 필연적으로 시련을 겪게된다. 그리고 조력자의 도움을 받거나 자신의 비범한 능력을 이용해 시련의 상황을 극복해 냄으로써 영웅적 면모를 드러내고 신으로 좌정하게 된다. 이때 영웅성을 인정받기 위한 극복 행위는 새로운 사회에 통합되기 위한 하나의 입무식入巫式, 즉 통과의례의 한 과정이다. 반게넵의 『통과의례』(1985)에 따르면, 통과의례의 과정은 '분리-전이-통합'의 세 단계로 이루어지는데 다음과 같다. 먼저 기존 지역에서 다른 낯선 곳으로의 경계를 넘기 위해 먼저 기존에 있던 곳에서 '분리의례'를 치르고, 낯선 지역으로 들어가기 전 이방인으로서 '전이의례'를 치른다. 마지막으로 새로운 구성원으로서의 '통합 의례' 이렇게 세 단계의 의례를 치름으로써 새로운 곳과 융합되는 것이다.

샤먼은 인간과 신의 중계자이자 삶과 죽음, 이승과 저승 사이에서 조화를 수행하는 역할을 하는데 그렇기 때문에 분리된 두 세계에 대한 이해와 위로를 할 수 있어야만 한다. 이는 샤먼뿐 아니라 민간의 곁에서 그들을 위로해 준 무속신에게도 요구되는 부분이다. 무당들의 조상신격인 무조신 바리데기 신화에서도 이와 같은 부분을 확인할 수 있다. 바라던 아들이 아닌 딸이라는 이유로 부모는 바리데기를 죽음으로 내던진다. 첫 번째 분리의 단계다. 다행히 바리공덕 할아비와 할미라는 조력자를 만나 잘 자랄 수 있었던 바리는 다시 시련에 접어든다. 병든 왕을 치료하기 위해서는 저승에서 약수를 가져와야 하는데 험난한 길이라 모두가 거절하였고 바리데기가 기꺼이 그 시련의 길을 가겠다고 수락한 까닭이다. 하여 저승으로 여행을 하는 과정에서 닥친 숱한 난관들을 극복하면서 전이단계를 거친다. 온갖 고행을 견디고 결국에는 약수를 구해 낸 바리데기는 저승을 관정하는 무조신으로 통합의 단계를 겪는다. 그녀가 무조신이 될 수 있었던 것은 죽음과 같은 고난을 겪으면서 삶과 죽음의 세계 모두 이해할 수 있게 되었기 때문이다. 분리의 단계에서 죽음의 문턱 앞에서 마주하고 전이의 단계에서 부정적 자아로부터 탈주할 수 있을 때 통합의 단계로 나아간 것이다. 이 세 단계의 통과의례를 겪고 나면 죽음의 세계로 넘어갈 만큼의 괴로운 '한'을 가진 이들을 위로할 수 있게 된다. 통과의례를 통해 내면의 신성이 발현되면서 진정한 '신적 존재'로 거듭난 것이기 때문이다. 한국 무속신화에는 이러한 통과의례의 단계가 서사구조 곳곳에 나타난다.

한국 무속신화의 서사구조에 의미가 있는 것은 "캠벨의 신화 기능 중 핵심이라 할 수 있는 '개인의 정신적인 자각과 성숙을 통한 문제 상황의 극복'에 대하여 확실한 기능을 잠보하기 때문"(조홍윤, 2017: 15)이다. 이는 통과의례의 단계에 비추어도 살필 수 있는데 개인의 정신적 자각은 분리의 상태에서, 성숙은 전이의 상태에서, 문제 상황을 극복한 후 통합의 상태로 나아간다. 웹툰 〈묘진전〉에서도 이러한 서사구조를 따르고 있는 것을 확인할 수 있다.

먼저 '분리'의 단계에서 주인공은 자신의 내면을 들여다봄으로써 정신적인 자각을 하게 된다. 〈묘진전〉의 주인공 묘진도 마찬가지다. 그는 어느 곳에서도 환영받지 못하는 버려진 존재다. 갓난아기 때 모두가 꺼려하던 죽어가는 땅 오니에 1차적으로 버려졌으며 이후 힘들게 천계로 올라가지만 그곳에서 오니 출신이라거나 출신이 불분명하다는 이유로 여전히 천대받는다.

〈그림 1〉에서 확인할 수 있듯이 천계의 신들은 그들만의 기득권을 지키고자 오니에서 흘러들어 온 존재인 이방인 '묘진'을 경계하고 모해한다. 그로 인하여 천계로부터 환영받지 못한 묘진은 술수에 말려

〈그림 1〉

살생의 죄를 짓게 되고 다시 한 번 지상으로 떨어져 분리 당한다. 분리의 단계에서 철저한 타자로 존재하는 것이다. 이때 부정적 자아의 '한'이 생성된다. 스스로 직면해야 하는 내면의 어둠이 생성된 것이다. 기본적으로 사무치는 '한'을 가졌다는 것은 그 자신이 고통스러움을 직접 겪은 것이기에 죽을 만큼 괴로운 다른 이의 한에도 더욱 공감할 수 있다. 위로가 필요한 이와 교감하여 보듬어 줄 수 있는 필수적인 단계를 거 것이다.

또 다른 여자 주인공 '막만'의 경우도 마찬가지로 이러한 분리의 단계를 겪는다. '막만'은 작품의 말미에 묘진과 함께 신으로 좌정하는 인간이다. 제목이 〈묘진전〉이기는 하지만 후에 신으로 좌정하는 인물은 묘진뿐 아니라 막만도 함께이며 상당한 비중을 차지하는 인물이다. 새로운 무속신인 묘진과 막만은 모두 한국적 신 관념에 합치하는 모습을 보인다. "한국의 무속신화들은 인간이 태생적으로 신성을 내재하고 있음을 전제하는 가운데 그것을 발현하여 신이 된 존재들에 대하여 이야기하고 사람들로 하여금 그 신성을 깨닫게 하는 이야기를 다루"(신동흔, 2010: 14)고 있는데, 묘진과 막만 두 인물은 모두 인간적인 면모를 가지고 그 내면의 신성을 발현하는 데 애쓴 인물들이다. 묘진의 경우 비록 천계에 존재하였던 적은 있으나 다시 지상으로 분리 당하였으므로 신적인 존재보다는 오히려 인간적인 존재에 가까우며 막만은 본디 인간이다.

묘진과 막만은 둘 모두 각각 뚜렷한 목표를 욕망하고 있지만 욕망하는 것에 도달하지 못하고 타자로 분리된 채 고난을 겪는다는 점에서 닮아 있다. 둘은 서로가 서로를 통해 자신의 부정적 모습을 발견하게 된다. 닮아 있는 서로를 들여다보며 부정적 자아를 발견하고 그에 대한 정신적 자각을 이루게 된다. 부정적 자아의 발견은 '분리'의 단계에서 이루어져야 하는데 그렇지 못한 경우에는 '전이'의 단계로 나아갈 수 없다. 그렇기에 그들은 이야기 초입부에서부터 각각의 목표를 위해 나아가고자 하지만 속한 세계에서 계속해서 벗어날 수 없었다. 묘진의 경우 덕을 쌓으면 다시 하늘로 올라갈 수 있을 것이라는 말에 덕을 쌓기 위하여 각시손님의 아들 '산이'를 속죄양 삼아 키운다. 산이는 각시손님의 아들이지만 묘진의 아들은 아니다. 피 한 방울 섞이지 않은 완전한 타인인 것이다. 심지어 각시손님은 묘진의 한쪽 눈을 속여 뺏은 후 산이에게 이식한 인물이다. 그럼에도 묘진은 산이에게 한쪽 눈을 내어주고 아들삼아 키우기까지 하지만 여전히 그는 하늘로 올라갈 수 없었으며 올라갈 수 있는 방법도 알 수 없었다. 그가 지은 살생의 죄를 돌아보고 산이를 거둔 것이 아니라 오로지 천계를 향한 목적으로만 거둔 것이기 때문이다. 자신을 돌아보지 못하고 천계만 바라보던 묘진이 처음으로 스스로를 되돌아보게 된 것은 막만을 만나

고서다.

막만은 묘진의 그림자shadow가 투영된 존재로 볼 수 있다. '한'으로 가득한 막만은 복수를 다짐하고 폭주의 길을 들어선다. 그런 막만의 옆에서 묘진은 처음으로 그녀의 아픔을 들여다보게 된다. 그림자와 같은 막만의 아픔에 마주하면서 자신의 자아에도 직면하게 된다. 막만의 폭주를 막기 위한 길을 떠나기로 묘진이 마음먹었을 때 비로소 자신의 손에 죽은 억울한 원혼들이 그에게 말을 걸어온다.

〈그림 2〉

〈그림 2〉에서처럼 나타난 원혼들은 어쩌면 항상 그 자리에 떠다니고 있었던 것들이다. 기억조차 하지 못하던 얼굴들이 원혼들로 보이게 된 것은 그가 스스로 부정적 자기존재를 인지하였음을 뜻한다. 알고자 하지도 않았던 내면의 어둠을 인지함으로써 이제 그곳으로부터 탈주할 수 있게 된 것이다. 묘진은 결국 또 다른 '나'인 그림자 막만이 더 이상 악의 길로 가지 않도록 그녀를 막기 위한 여정을 다시 시작한다. 그 여정은 이미 신통력이 약해진 묘진을 노리는 잡귀들이 득실거려 그에게는 죽음을 향한 길이 될 수도 있는 시련의 길이다. 그럼에도 불구하고 처음으로 대가없는 희생을 자처한 것이다. 이는 부정적 자아를 극복하기 위한 탈주를 시작한 것으로 이를 통해 진정한 자아 찾기의 서사에 들어섰다고 하겠다.

'막만'의 경우를 들여다보면 노비 출신의 부모가 강제적으로 지방으로 내려가고 그녀 혼자 주인댁에 홀로 남겨짐으로써 1차 분리를 겪는다. 홀로 남은 막만은 자신을 괴롭히는 것을 통하여 우월감을 느끼던 주인댁 딸 진홍에 의해 극한의 시련의 상황에 처한다. 삶의 고통에서, 진홍에게서 벗어나고자 한 막만은 죽을 힘을 다하여 도망친다. 그러나 제의가 치러지는 산행날 '신내림 처녀'로 잡히면서 두 번째 시험에 처한다. '신내림 처녀'는 영적인 것들이 자신의 신성성을 유지하기 위해 죽여 바치는 희생 제물이다. 막만은 온 힘을 다해 살고자 하였으나 결국은 산주인들에게 다시 죽임당하는 분리의 과정을 겪고 자신을 그렇게 만든 이들을 향한 복수심으로 다시 태어난다. 이때 '재생'은 오로지 복수심으로 인한 것이었으며 그녀가 정신적 자각을 이루기전인 상태로 몸이 흙처럼 부서지기도 하는 완전한 재생이 아니라 여전한 분리의 단계에 해당한다고 볼 수 있다.

막만이 비록 복수심으로 재생한 것이나 그녀는 그 어둠을 내면의 빛으로 이겨냄으로써 그녀의 신성성을 발현한다. 그로써 말미에는 신으로 좌정하는 것이다. 반면 막만을 괴롭힌 진홍은 욕망이 빛을 가려 어둠에게 잡아먹히고 악귀로 타락한다. 진홍은 상대를 위협하고 해침으로써 자신의 우월감과 존재가치를 증명하고자 하는 캐릭터다. 진홍은 상대를 제압할 수 있는 권력에 대한 끝없는 욕망을 주체할 수 없어 막만을 극한으로 괴롭힌다. 진홍의 추악한 욕망은 '그슨대'를 만든다. 그슨대는 어둠을 매개로 하는 존재로 컴컴한 밤 지사에 한없이 큰 형상으로 나타나 사람을 해치는 혹독한 사귀다. 〈묘진전〉에서는 진홍의 욕망을 먹을수록 몸집이 커지고 힘을 얻어가는 악귀로 변용되어 나타나고 있다. 욕망을 먹고 자란 내면의 어둠인 그슨대에게 진홍은 잡아먹히고 결국 악귀가 된다.

이는 인간이 내재된 신성을 어떻게 발현하느냐에 따라 신이 될 수도 악이 될 수도 있음을 보여주는 것이다. 앞서 말한 신동흔(2010)을 인용하자면, 인간은 빛과 어둠의 두 가지 측면을 함께 가지고 있는데 전자가 신의 길로 향하는 것이라면 후자에 잡아먹히면 귀의 길이 된다는 한국 무속신 관념에 합치하는 부분이다. 무속신화 〈삼승할망본풀이〉에서도 이와 같은 대립 구도를 확인할 수 있다. 삼승할망과 동해용궁따님애기의 대결에서 동해용궁따님애기는 오로지 욕망과 분노의 감정만이 앞선다. 하여 동해용궁따님애기가 아기를 위협하고 해치는 마음을 가진 어둠에 잡아먹혀 귀로 되었다면 그에 비하여 삼승할망은 아기를 살리고자 신성을 발현하여 문제를 해결하고 결국은 신이 된다. 이때 신이 되는 막만의 길은 삼승할망을 표상하는 것이고 악귀가 되는 진홍의 경우 동해용궁따님애기의 표상과 맞닿아 있다고 볼 수 있겠다.

막만 역시 처음부터 내면의 신성을 발현할 수 있었던 완성된 존재였던 것은 아니다. 그녀 역시 인간이었기에 빛과 어둠의 갈림길에 선 시련을 겪었다. 진홍의 악행에 극한의 고통을 받으며 복수심에 악귀로 변할 위기를 잠시 겪는다. 고통 속에서 어둠에 가려져서 자신을 잃고 폭주하는 막만의 모습이 나타나지만 이내 부정적 자아를 극복하고자 마음먹는다. 묘진이 나타나 그녀를 제지해 준 덕분이다. 자신의 어둠과도 맞닿아 있는 존재인 '묘진'을 통해 그녀 역시 내면의 자아를 돌아볼 시간을 가질 수 있게 된다.

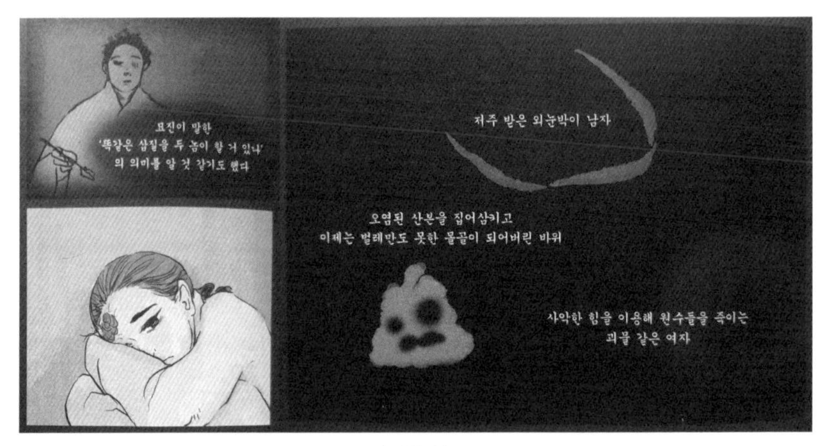

〈그림 3〉

자신의 원수임에도 미워할 수 없는 존재인 묘진의 이야기를 듣고 그녀는 자신이 그를 미워할 수 없던 이유를 깨닫는다. 그녀와 묘진 둘 모두 권력에의 약자이자 타자였고 사회에서 분리된 존재였다. 그들은 분리된 속에서 각자의 '한'이 생겼고 어둠에 가린 부정적인 자아가 생겨난 것이다. 막만은 묘진 위의 원혼들을 보며 자신을 돌아본다. 이 세상 일 잊고 저 세상으로 가야 할 자들이 미움과 미련에 원수 곁에 매여 스스로를 갉아먹고 있었다. 미련과 원망을 버리고 뜰 수 있게 위로가 필요한 자들이었다. 막만은 그들의 한은 속이 썩어 들어가도록 미워한다는 것이 어떤 감정인지 알아야 풀어줄 수 있다고 직접적으로 언급한다.

분리를 겪고 타자가 되어 역경과 고통을 겪은 후 자신의 부정적인 모습을 찾고 이를 탈주하여 극복할 때에 진정 타자가 되어 그 고통을 위로할 수 있는 것이다. 막만과 묘진의 자아 찾기는 결국 타자되기로 나아가기 위한 시작점이었다. 막만은 묘진을 통해 부정적 자기 존재를 발견하고 어둠과 싸운다. 눈을 감으니 후회되는 자신의 지난 날, 눈을 뜨니 걱정되는 묘진의 앞날. 몸이 부서짐을 감당하면서도 묘진에게 건 저주를 풀기 위해 마지막 죽을 힘을 다해 노력한다. 그녀도 자신이 죽을지도 모름에도 묘진을 위해 온 기력을 다해 그에게 걸린 저주를 풀어주고자 함으로써 탈주에 성공한다.

"인간은 각자의 내면에 가진 신성을 거역하거나 부정하여 신의 길이 아닌 귀의 길로 왜곡되게 나갈 수도 있지만 오롯이 신성을 발현하도록 노력할 때 신격 존재로 빛을 발할 수 있는 가능성을 지닌 존재다."(신동흔, 2010: 21) 묘진과 막만은 자기를 돌아보고 탈주하는 것에 성공함으로써 서로를 위한 빛이 되고 신적 면모를 가진 모습으로 거듭나게 된 것으로 볼 수 있다.

2) 타자되기의 서사: 자기극복과 희생을 통한 연대

갓난아기 때 오니에 버려진 묘진이 살아남을 수 있었던 것은 자신이 굶더라도 아이를 살리겠다고 마음먹은 한 노파 덕분이었다. 대가를 바라지 않는 희생이 수반된 조건 없는 사랑을 받았기에 그는 죽음의 땅에서 살아 있는 존재가 될 수 있었다. 묘진은 자신이 살아갈 수 있도록 도와준 노파에게 충성을 다하지만 자신이 받은 사랑을 다시 누군가에게 베푸는 인물은 되지 못했다. 어느 날 노파와 묘진 앞에 죽어가는 여인이 나타났을 때 그는 여인을 배척하고 쫓아내려 한다. 묘진에게 있어 갑자기 나타나 식량을 축내기만 하는 여인의 존재는 귀찮은 짐이며 쫓아내야 할 상대, 타자일 뿐이기 때문이다. 그러한 묘진에게 노파는 "네놈 자식도 내가 먹여 키운 것"이라고 소리친다.

묘진 그 자신도 노파가 받아주기 전까지는 여인과 같은 동떨어진 이방인이었다. 노파의 말을 들은 묘진은 더 이상 여인을 쫓아내거나

〈그림 4〉

괴롭히지 않는다. 하지만 가만히 있었을 뿐 끝내 마음으로 받아들이지 못했다. 함께 지내며 같은 공간을 공유하였지만 진정한 연대를 이루지 못한 것이다.

묘진이 받아들이지 못한 것은 여인뿐 아니다. 지상으로 떨어진 묘진은 각시손님의 아이 '산이'를 아들로 삼아 그의 곁에 둔다. 그러나 오로지 '천계에 가기 위한 덕을 쌓기 위해서'라는 목적 아래에 받아들인 것에 지나지 않았으므로 '산이'는 묘진에게 있어 다만 수단에 지나지 않았다. 여인을 대한 것과 마찬가지로 해를 끼치지 않았을 뿐 공존과 연대를 이루지 못했다고 볼 수 있다. 산이는 소외된 타자로 존재했으며 그렇기에 묘진은 천계에 올라갈 수 없었다. 그가 천계로 갈 수 있게 되는 때는 막만을 만나 자아를 들여다보고 또 극복하는 과정에서 자신을 완전히 희생하고 타인과의 공존을 이룬 후다. 막만을 만나기 이전의 묘진은 완성되지 못한 상태다. 내면의 신성을 찾아내지도 발현시키지도 못한 것이다. 스스로도 내면의 자아를 찾기 이전의 상태였기 때문에 다른 누군가를 받아들일 준비가 되지 않은 불완전한 상태였다. 그런 묘진이 희생을 마음먹을 수 있었던 것은 그림자shadow '막만'을 통해서다. 묘진은 막만의 눈에서 몇 번이고 어둠속에서 살아나는 빛을 발견한다. 막만은 앞으로 얼마를 더 살 수 있을지 언제 흙덩이가 되어 무너질지 모르는 절망적인 상황에 놓여 있지만 스스로 내면의 빛을 잃지 않고자 무던히 자신과 싸우는 모습을 보였다. 자신의 그림자shadow이기도 한 막만이 빛을 발현하기 위해 내면의 어둠을 이겨내고자 노력하는 모습을 보자 묘진은 막만을 구하고 싶었다. 이때 그는 처음으로 자신의 부정적 자아를 인식했다. 만만을 구한다는 것은 어쩌면 스스로를 구원하는 일이었다. 이미 신통력을 잃어 목숨이 위험할지 모르는 상황이었음에도 불구하고 묘진은 기꺼이 막만을 구하기 위해 그녀를 쫓아간다.

막만의 탈주를 따라가 그 끝에서 맞닥뜨린 것은 묘진이 찾던 막만이 아닌 산이의 아기였다. 막만의 희생으로 살아남은 작은 핏덩이만이 남아 있던 것이다. 막만이 어둠을 이겨내고 내면의 빛을 발현하여 신이 될 수 있었던 순간은 복수를 그만두고 더 약한 존재를 위한 희생

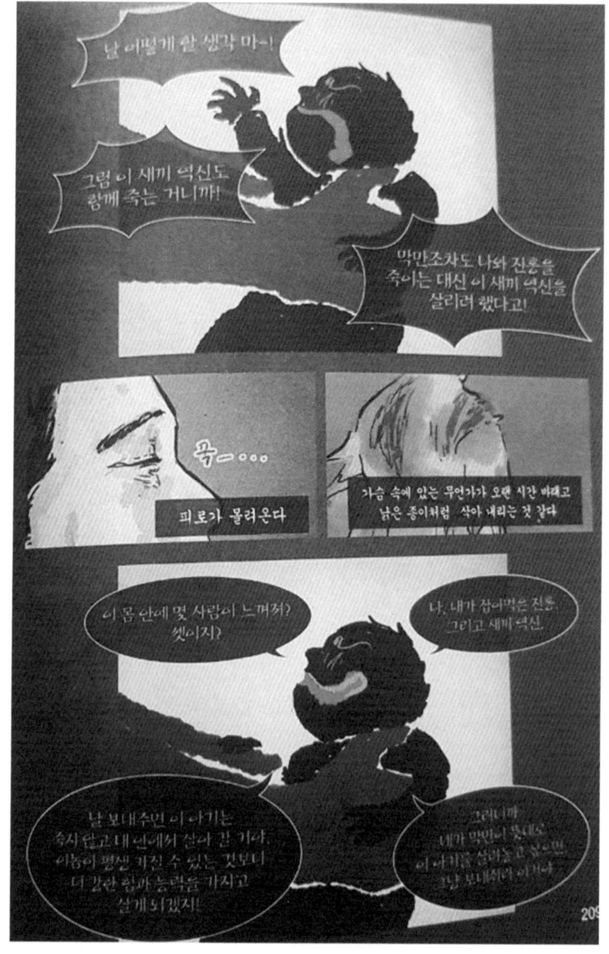

〈그림 5〉

을 마음먹었기 때문이다. 욕망했던 복수의 순간을 눈앞에 두고서도 막만은 행하지 못했다. 복수의 상대였던 악귀 진홍이 비겁하게도 산이의 죄 없는 어린 아기 '끝동이'의 혼 속으로 숨어버렸기 때문이다. 그녀는 복수의 순간 앞에서 용서를 택한다. 이때 용서는 체념이 아니라 승화된 차원의 것이라고 할 수 있다. 바리데기에서 자신을 버린 왕을 용서하고 그를 위한 약수를 구하러가는 바리데기의 용서와도 맞닿아 있는 부분이라 하겠다. "용서란 상대방으로부터 받은 고통스러운 마음의 상처를 자아의 확장을 통해서 자아의 성장을 이루어나가"(강준수, 2016: 3)는 것을 의미한다. 막만은 결국 악귀를 용서하고 놓아줌으로써 그녀 자아의 성장을 이루고 내면의 빛을 발한다. 그녀에게 끝동이의 존재는 다만 이름 모를 아가에 지나지 않는 완전한 타인이었지만 막만은 그를 살리기 위하여 온전히 위하였다. 필사적으로 생명을 움켜쥐고 악귀의 혼과 맞싸우는 끝동이의 모습에서 어둠에 먹히지 않기 위하여 빛으로 싸우던 자신을 다시 되찾았기 때문일 것이다. 스스로를 희생하고 용서함으로써 신성을 발현하고 신으로 좌정할 수 있게 되었다.

막만의 한의 깊이를 느낄 수 있었던 묘진은 그녀의 희생이 얼마나 힘든 선택이었을지 알았고 그 고귀한 희생을 지켜주기 위하여 그 역시 동참한다. 아기를 인질로 삼고 있던 악귀에게 스스로 뜯어낼 수 있는 혼 조각들을 모두 던져주고서 묘진은 다시 태어난다. 타자의 아픔을 자신의 것처럼 느끼고 희생함으로써 다시 태어난 묘진은 '재생'을 통한 통합의 단계에 드디어 들어선 것이다. 그제서야 그는 그동안 천계로 올라가기 위한 수단에 불과했던 '산이'를 만나러간다. 산이와의 대화에서 묘진은 자신의 잘못을 드디어 마주하게 되고 사과한다. 그러자 빛이 보인다. 그림자들로 가려져 보이지 않던 그의 빛은 그렇게 오롯이 희생으로 다시 태어날 수 있게 되었다. 타자였던 '산이'를 마음으로 받아들이고서 공존하기로 하였을 때 그리고 산이 스스로도 그와의 연대를 인정하자 내면의 신성이 빛으로 발현된 것이다.

〈묘진전〉의 에필로그는 이렇게 시작한다. "자신을 찾아 헤매는 남자, 절대적 힘을 갈망하는 여자, 삶을 꿈꾸는 여자, 하늘로 돌아가고 싶어하는 남자." 인간은 끊임없이 현재의 자신이 갖지 못한 것을 갈망하고 행복하게 살아가기를 꿈꾼다. 〈묘진전〉에 나오는 4명의 메인 캐릭터들은 모두 결핍된 존재다. 자신을 찾아 헤매는 '산이'는 부모의 사랑이 결핍되어 있었다. '진홍'은 오로지 여자라는 이유로 항상 누군가의 '딸' 누군가의 '아내' 누군가의 '며느리'로만 존재했을 뿐이며 그럴 때에만 권력을 가질 수 있었다. 그녀의 존재도 그녀가 행사하는 권력도 항상 상대적으로만 존재할 뿐이었기에 절대적인 힘을 갈망했다. '막만'은 진홍의 질투로 모든 것을 빼앗기고 목숨마저 위협당한 바 있다. 하루 앞의 삶도 보장받지 못하며 살아가는 존재로 온전한 삶을 욕망한다. 그리고 묘진은 이상의 공간인 하늘로 돌아가고 싶어한다. 신이었으나 지상으로 떨어진 묘진은 이상에 도달하지 못한 불완전한 인간의 모습과 닮아 있다. 하늘로 돌아가기 위하여 덕을 쌓아보고자 하지만 채워지지 못한 채로 오랜 시간을 지낸다. 모두 각자의 결핍된 행복을 다시 찾기 위하는 모습을 보인다. 그리고 그들의 결핍은 막만의 희생 이후 해결된다. 묘진을 통해 자신을 돌아볼 수 있게 된 막만이 진홍을 용서하였고 산이의 아들 끝동이를 살렸다. 막만이 살린 산이의 아들을 통해 묘진은 처음으로 타자를 위한 희생과 누군가를 온전히 받아들인다는 의미를 알게 되었다. 산이는 살아 돌아온 자신의 아들 끝동이를 받아들고서 묘진을 용서하고 이해할 수 있게 되었다.

완전한 존재가 아닌 자들이 서로 연대를 이룸으로써 각자의 결핍을 극복하게 된 것이다. 타인에 대한 희생을 시작으로 비로소 서로에 대한 구원이 이루어진 셈이다. 이러한 서사는 한국 무속신화에 나타나는 신화적 세계관과 크게 다르지 않다. "외부의 존재로서 내부의 문제를 해결하고 치유하는 문제해결자로서의 면모와, 문제 해결방식에서 보여주는 신화적 사유 방법이 닮아 있다."(고은임, 2010: 17) 풀어

〈그림 6〉

나가는 이야기에는 차이가 있지만 같은 고민을 반복하고 신화적 세계관을 현대사회에서 다시 재구함으로써 결핍된 부분을 극복하는 하나의 대안을 제시하는 셈이다. 〈묘진전〉은 현대 매체에 맞게 풀어낸 서사무가의 새로운 현대적 이본으로써의 역할을 하고 있는 것이다. 이는 이야기의 말미에서 메타-텍스트적으로 제시되고 있다.

웹툰 〈묘진전〉의 말미에서 묘진과 막만의 희생으로 끝동이와 함께 목숨을 구할 있었던 삼동이는 묘진과 막만의 이야기를 많은 사람들에게 들려주고 싶다며 기록으로 남긴다. 책은 바래 사라져갔지만 이야기는 살아남아 오랜 시간이 흐른 어느 날 사람들 사이에서 굿가락 같은 노래 하나가 불리기 시작했다고 한다. 사람들은 자기들끼리 모여 그 노래를 부르고 전해 들으며 슬퍼하고 분개하고 위로받았다. 이는 굿판에 모여 굿 가락을 통해 위로받는 서사무가의 연행과정과 의미를 반영하여 서술하고 있는 것이다. 하늘에서 죄를 짓고 인간 세상으로 떨어진 사내 묘진과 천한 신분으로 태어나 평생을 고통 받았던 여인 막만의 이야기가 그 노래 가락에 담겨 있었다. 죽어 신이 된 그들은, 아주 높은 하늘에 계신 님이 부르는 것을 마다하고 지상에, 사람들 곁에 남아 좌절 앞에 방황하는 외로운 이들 곁을 지켜주는 신이 되었다고 사람들은 그렇게 말했다. "무의 세계관에서 망자의 구원은 살아 있는 사람들과의 관계 속에서 인정받는 것이고 이러한 중층적인 조화가 총체적으로 무의 구원관을 이루어"(김창호, 2002: 23)내는 것으로 이러한 관점에서 한국 무속 신의 서사와 세계관을 재구하여 새로운 무속신을 만들었다는 점에서 의미 있는 작품이라 하겠다.

3. 무속신화의 현대적 수용이 가지는 의미

무속신화는 민족의 정서와 세계관을 형상화하여 인간의 보편적인 삶을 제시해 주는 서사를 근간으로 한다. 그만큼 당대인들 삶의 의식을 여실히 반영하고 있는 것이다. 비록 천대받아온 시절이 존재하지만 여전히 명맥을 유지해 오고 있으며 우리의 기저에도 '무속'에 대한 친근감이 있다.

한국 무속에서 무속신은 사람들을 이해하고 교감함으로써 위로한다. 사람들의 '한'을 교감하고 위로할 수 있는 것은 그만큼 인간적 존재이기 때문이다. 무속신은 주로 인간적 존재가 그 내면의 신성을 발현하여 현세의 난관을 극복하는 과정을 통해 신이 된다. 이는 '분리-전이-통합' 과정으로 일컬어지는 샤먼의 통과의례와도 비견된다. 분리의 단계에서 극한의 고통을 직접 겪어보았기에 그 어떤 아픔과 한도 공감할 수 있게 된 것이다.

웹툰 〈묘진전〉에서도 이러한 무속적 세계관과 한국적 무속신의 모습을 찾을 수 있었다. 특히 주인공이 처한 문제 상황을 극복하기 위한 과정이 자기 찾기-극복의 서사와 타자되기-연대라는 신화적 대안의 스토리텔링을 통해 나타나고 있다. 그리고 이러한 서사가 여전히 사람들에게 읽히고 있으며 나아가 대중적 인기를 얻고 있다는 것에서 신화적 세계관이 현대사회에도 유효함을 확인할 수 있다.

무속신화 속 주인공은 시련의 순간들을 겪으며 자신을 되돌아볼 수 있게 된다. 무수한 시련 속에서 나아가야 하는 길이 어둠으로 보이지 않는 순간에, 시련 극복의 실마리는 주로 주인공이 내부의 자기존재를 발견함으로써 이루어진다. 본래의 나인 자아를 찾게 되면 부정적 자기로부터 탈주할 수 있게 된다. 여기에서 신이 되는 첫 걸음이 시작되는 것이다. '신성'이라고 하는 것은 사실 거창한 곳에 숨겨져 있는 것이 아니라 주인공이 처한 현실 안에 감추어져 있던 것이며 다만 부정적 자기존재성으로 인하여 찾지 못했던 것(조홍윤, 2017: 33)이기 때문이다.

작품 말미에서 무속신으로 좌정하게 되는 '묘진'과 '막만' 역시 시련의 순간에서 부정적 자아를 극복할 수 있었기에 신성해질 수 있었다. 정도를 잃지 않고 스스로의 힘으로 빛을 향해 나아갈 수 있기에 가능했던 것이다. 그러나 현실의 부정적 자아를 극복하지 못하면 끝없는 어둠으로 추락하여 악귀가 된다. 신이 되는 것과 귀가 되는 것은 종이 한 장의 차이와도 비슷한 것이다. 내면의 부정적 자아를 극복하고 자기를 찾느냐 찾지 못하느냐로 갈린다. 묘진과 막만의 신성이 빛으로 그려진다면, 그칠 줄 모르는 욕망이나 불안 같은 인간 심연의 부정적 자아는 어둠으로 그려진다. 어둠은 현실 속 주인공의 내면에 존재하는 부정적 감정이다. 이는 오늘 날 우리의 모습과도 별반 다르지 않다. 인간은 끝없이 욕망하는 존재다. 욕망은 때로 삶의 방향성을 만들어내는 원동력이 되기도 한다. 그러나 이것이 지나쳐 마음 속 욕망에 잡아먹힌다면 이루지 못하는 것에서 오는 불안감에 고통 받는다. 결국 시련과 고통은 외부에서 오는 것이 아니라 스스로의 감정이 만드는 것이며 이는 인간을 어둡게 만든다. 마음 속 욕망에게 잡아먹힌 어두운 인간상을 그린 것이 '진홍'의 캐릭터다. 진홍은 부정적 자아에 사로잡혀 악행을 일삼다가 결국은 악귀에게 잡아먹혀 더욱 어둡고 괴기한 모습으로 그려진다. 이처럼 부정적 자아를 극복하지 못하고 어둠에 천착될 때에 스스로를 잃어버리게 됨을 시각적으로 괴기스럽게 재현함으로써 경계하게 한다.

앞서 살펴본 자아 찾기－극복의 서사도 중요하지만 극복 이후의 태도 역시 함께 살펴보아야 한다. 신성의 완전히 발현된 것은 '타자-되기'를 통하여 진정한 공감과 연대를 이루면서다. 타자-되기의 방식은 타인을 이해하고 공감할 수 있게 한다. 이는 주로 자기희생을 통해 나타나는데 타자를 위한 조건 없는 희생은 실상 그를 온전히 받아들여야만 가능한 것이기 때문이다. 타자를 진정으로 이해하고 나면 연대가 가능해지는데 타인과 연대할 때에 완성된 존재가 될 수 있음을 보여준다. 상호작용을 통한 교감이라는 것이 타자와의 관계 속에서 일어나는 것이며 인간은 스스로에게보다 타자에게 반응한다(김창호, 2002: 9). 한국의 무속신이 인간과의 교감과 연대가 가능한 것은 비슷한 정도의 시련을 겪었던 것에서 오는 동질감을 바탕으로 한 위로가 가능한 존재이기 때문이다. 부정적 자아를 발견하고 이를 탈주하여 본래 지니고 있던 내면의 자아를 찾아 올바르게 발현하게 된다면 이후 타자와 공존하는 현실의 삶을 살아가야 한다. 그렇게 할 때에 자신의 문제역시 완전히 극복할 수 있게 된다. 이러한 신화적 해결책을 현대에 재구된 무속 신화의 서사 〈묘진전〉을 통해서 확인할 수 있었다.

이처럼 신화적 사유를 현대에 맞게 재구하여 전승하는 것은 현대적 이본으로의 가치를 가진다. 그대로 전승하는 것이 아니라 무속 신화가 갖고 있는 서사적 가치는 유지한 채 시대정신에 맞게 재구될 때 대중들의 공감을 받고 향유되는 것이다. 그러므로 원본으로의 가치도 중요하지만 그 못지않게 현대적 수용도 함께 살펴볼 필요가 있다. "오늘날의 관점에서 신화는 사건 전개의 개연성이 미흡하기도 하고, 등장인물의 내면세계와 심리적 갈등이 구체적으로 나타나지 않는 경우도 있다."(이명현, 2015: 10) 그것은 전승되어오는 과정 속에서 연행의 특성상 생략이 불가피하였기 때문이다. 현대의 매체는 이러한 연행상의 난점을 극복할 수 있도록 충분히 발전해 왔다. 〈묘진전〉은 디지털 매체를 통해 웹이라는 열린 공간에서 연재되었다. 웹은 수용자(독자)들이 자신의 의견을 표출하고 공유할 수 있는 사이버 장을 제공해 준다. 실시간적 소통이 가능하다는 점에서 기록으로 남고, 수정이 가능하다는 점에서 연행의 장점을 반영한다. 그리고 동시에 기록과 수정이 불가능하다는 점에서 생략이 난무했던 연행상의 난점 역시 보완한다. 기록문자로 의견이 공유되며 수정 역시 가능하기 때문이다. 이러한 공간 안에서 소비자들은 제공되는 콘텐츠의 의미를 주체적으로 찾고자 하며 의견을 적극적으로 개진한다. 이에 따라 작가 역시 작품을 훨씬 탄탄하게 채우게 된다. 〈묘진전〉의 서사 전개역시 오늘날의 관점에 맞추어 인물들의 내면세계와 갈등을 추가하고 다른 신화적 존재들을 끌어들임으로서 개연성을 부여하고 있다. 이러한 측면에서 연행성과 현장성을 함축하고 있는 장르로써 〈묘진전〉은 메타-텍스트적으로 현대의 무속 신화를 새롭게 만들어내고 있는 것이다.

웹툰은 사용자 지향성을 강하게 가지고 있는 장르로 작가의 명성이나 편집자의 권위에 의해 작품을 선택하는 것이 아니라 소비자의 선택에 의해 작품이 선택되고 편성된다. 〈묘진전〉 역시 마찬가지로 '웹툰리그(포털사이트 다음에서 연재작가가 되고 싶은 예비 작가가 작품을 올려 독자들에게 공개한 후 그 중 인기를 얻은 작품을 정식 연재로 채택하는 시스템)' 같은 일종의 오디션 프로그램을 통해 소비자들에게 대중성을 인정받아 정식 게재가 된 작품이다. 또한 플랫폼 내에서 연재되는 연재작들의 인기도를 즉각적으로 가늠할 수 있기 때문에 작가는 소비자인 독자층의 의견을 완전히 배제하고 연재하는 것은 어렵다. 즉 작가와 독자가 함께 현대적 계승을 이어간다는 것에 그 의미가 있다고 하겠다. 웹툰은 대체로 주간 단위로 업로드되는데 그렇기 때문에 서사구조가 지나치게 복잡하거나 전개가 느린 경우에는 독자들의 흥미를 사로잡기가 쉽지 않다. 그러한 측면에서 〈묘진전〉이 가지고 있는 한국 무속신화의 서사구조는 독자들이 수용하기에 익숙한 요소로 작용했다고 할 수 있다. 또한 작가는 사이버 장이라는 열린 공간을 통해 한국 신관념에 관한 설명을 작가의 말 혹은 외전 등을 통하여 추가적으로 서술함으로써 그 이해를 돕는다. 이를 통해 독자들을 자연스럽게 이야기에 몰입시키고 독자와 소통하여 함께 현대적 신화로 계승한 작품이다.

4. 현대적 이본으로의 가능성

앞에서 한국의 무속신앙에 뿌리를 두고 무속 신화 속 인물들의 정서와 그 관념을 토대로 새로운 무속신의 이야기를 현대적으로 새로 쓴 웹툰 〈묘진전〉을 통해 무속신화의 현대적 수용에 대한 의미를 살펴보았다.

분석대상으로 삼은 웹툰 〈묘진전〉의 경우 웹툰 리그에서 대중성을 확보하여 수용자들의 인기를 얻어 정식 게재 확정된 작품이다. 뿐 아니라 완결 웹툰 랭킹 상위권에 들 정도의 대중적 인지도를 확보하고 있으며 평점 9.9의 긍정적인 평판을 받은 작품이다. 무속 신화가 갖고 있는 서사적 가치는 유지한 채 시대정신에 맞게 재구성했기에 대중들의 공감을 얻고 향유된 것이다. 우선적으로 시론始論으로써의 논의를 진행하였기 때문에 장르적 관점에서 '웹'이라고 하는 매체가 갖고 있는 시공간적 현장성과 멀티미디어적 속성과 결합하여 연재되는 웹툰의 연행성에 관한 부분을 상술하지 못한 한계점이 남는다. 그럼에도 〈묘진전〉은 서사에서도 충분한 의미를 가진다. 먼저 독자층의 기저에 내재되어 있는 무속신화의 자아찾기-타자되기의 서사구조를 차용함으로써 이해도와 몰입도를 높였다. 두 주인공은 모두 '분리-전이-통합'의 단계를 거치는 샤먼적 요소를 갖고 있다. 주인공 묘진과 막만은 각각 분리의 단계에서 부정적 자기 존재를 발견하고 자기존재를 발견한 후 전이 단계에서 이를 탈주하고 오로지 타인을 위한 희생을 감행한다. 이후 그 희생을 통해 서로의 결핍을 채울 수 있게 되자 그제서야 완전히 타인과의 연대와 공존으로 인한 새로운 통합을 이루어낼 수 있게 된다. 이는 무속적 세계관과 한국적 무속신의 모습과 맞닿아 있는 부분이다. 무속신화에 나타난 한국적 신관념의 양상과 신화적 사유를 현대의 수용자 층에 맞게 재구성하고 독자들이 향유하게 하는 것은 현대적 이본으로의 가치를 가진다는 것에 의미가 있다.

참고문헌

1. 자료

젤리빈(2014), 『묘진전』 1~4, YOUNGCOM.

2. 연구 논저

강미선(2011), 「웹툰에 나타난 신화적 상상력: 웹툰 〈신과 함께〉를 중심으로」, 『디지털 콘텐츠와 문화정책』 5, 가톨릭대학교 문화정책연구소, 89~115쪽.

강준수(2016), 「〈바리데기〉에 나타난 서사유형 고찰」, 『인문학연구』 103, 충남대학교 인문과학연구소, 1~26쪽.

고은임(2010), 「〈원천강본풀이〉 연구: '오늘이' 여정의 의미와 신화적 사유」, 『冠嶽語文硏究』 35, 서울대학교 국어국문학과, 201~220쪽.

김진철(2015), 「웹툰의 제주신화 수용 양상: 〈신과 함께－신화편〉을 중심으로」, 『영주어문』 31, 영주어문학회, 37~62쪽.

신동흔(2010), 「무속신화를 통해 본 한국적 신 관념의 단면: 신과 인간의 동질성을 중심으로」, 『비교민속학』 43, 비교민속학회, 349~377쪽.

이명현(2015), 「〈신과 함께: 신화편〉에 나타난 신화적 세계의 재편: 신화의 수용과 변주를 중심으로」, 『구비문학연구』 40, 한국구비문학회, 167~192쪽.

정제호(2017), 「서사무가의 콘텐츠 활용 유형과 스토리텔링 양상」, 『일본학연구』 52, 단국대학교 일본연구소, 113~136쪽.
황인순(2015), 「본풀이적 세계관의 현대적 변용 연구」, 『서강인문논총』 44, 서강대학교 인문과학연구소, 353~384쪽.

반게넵(Arnold van Gennep), 전경수 역(1985), 『통과의례』, 을유문화사.

〈변강쇠가〉와 웹툰 〈마녀〉에 나타난 공동체共同體와 타자他者

홍 해 월 · 이 명 현

1. 타자의 이야기와 '타자화' 문제

판소리 〈변강쇠가〉와 웹툰 〈마녀〉에는 마을 공동체에 의해 쫓겨나는 여주인공이 등장한다. 〈변강쇠가〉의 옹녀는 그녀와 관계한 남자들이 비정상적인 죽음을 당하자 마을 공동체에 의해 청상살靑孀煞을 타고난 여성으로 규정되어 쫓겨난다. 웹툰 〈마녀〉[1]의 여주인공 미정도 자신을 좋아하는 주위의 남자들이 다치거나 죽는 일이 발생하면서, 마을 공동체에 의해 마녀로 규정되어 쫓겨난다.

여주인공이 가부장에 의해 공동체에서 쫓겨나는 고전서사는 신화를 비롯하여 다양한 작품에 나타난다.[2] 그러나 〈변강쇠가〉의 옹녀처럼 공동체의 질서 유지를 위해 공동체 구성원들의 합의에 의해 쫓겨나는 경우는 찾아보기 어렵다. 옹녀는 타의에 의해 공동체의 질서에서 배제된 존재이다. 이 글에서 〈변강쇠가〉와 〈마녀〉를 함께 논의하고자 하는 것은 〈마녀〉의 미정이 옹녀의 성격을 수용하고 변주한 캐릭터이기 때문이다.[3)]

옹녀와 미정은 마을 공동체에서 청상살을 타고난 여성, 마녀로 낙인찍히고, 공동체의 희생양으로 타자화他者化된다. '청상살'과 '마녀'라는 낙인 아래 그들은 공동체에 의해 마을의 경계 밖으로 쫓겨난다. 〈마녀〉는 〈변강쇠가〉에서 제기된 '공동체에 의한 타자화의 문제'가 오늘날의 시각으로 재해석된 것이라 할 수 있다.

기존에 〈변강쇠가〉를 수용하여 재해석한 작품들[4)]은 과장된 성적 결합과 기괴한 몸에 초점을 맞추었다(서유석, 2016: 32~33). 1986년 개봉한 영화 〈변강쇠〉 이후, 〈변강쇠가〉의 재해석은 주로 섹슈얼리티와 웃음에 경도되었다. 이로 인해 〈변강쇠가〉를 재해석할 때 원작에 대한 진지한 성찰을 시도하기보다는 섹슈얼리티의 선입견이 작동하는 경향이 강하게 나타났다. 웹툰 〈마녀〉는 〈변강쇠가〉를 재해석하는 기존의 선입견에서 벗어나 옹녀가 공동체에 의해 타자화되는 과정을 현대적으로 수용하여 변용하고 있다.

이 글에서는 〈변강쇠가〉의 옹녀와 웹툰 〈마녀〉의 미정의 삶이 유사하다는 것뿐 아니라 공동체와 개인의 관계에 주목하여 이들의 관계형성을 살펴보고자 한다.[5)] 고전의 서사 〈변강쇠가〉와 현재의 서사 〈마녀〉를 공동체에 의한 타자화라는 관점에서 분석하여 집단이 개인에게 가하는 억압의 방식과 이에 대한 과거의 대응과 현재의 대안을 분석하고자 한다.

이 논의를 통해서 시대의 변화에도 불구하고 지속적으로 나타나는 공동체에 의한 타자화의 문제를 분석하고, 끊임없이 제기되는 이 문제가 단지 한 시대의 문제가 아니라 사회를 구성하고 사는 인간의 본질적 문제임을 지적하고자 한다. 그리고 두 작품의 결말 부분 분석을 통해서 두 작품에서 제시하고 있는 대안 모색을 검토하여 공동체와 타자의 공존에 대한 진지한 성찰을 하고자 한다.

2. 공동체에 의한 타자화의 과정

일반적으로 타자란 자아 밖의 모든 외재성—나 밖의 다른 사람, 익명성으로 나타나는 요소적 환경의 타자성, 무한한 시간성, 신 등—을 의미한다(김연숙, 2001: 13). 타자는 자아(주체) 이외의 이질적인 것들이라 할 수 있다. 그렇기 때문에 주체와 타자는 처음부터 존재하여 그 본질이 따로 있는 것이 아니라, 주체를 중심으로 주체에 의해 타자로 규정되는 것이다. 〈변강쇠가〉와 〈마녀〉에는 타자가 어떻게 만들어지는지 그 과정이 나타난다.

〈변강쇠가〉의 옹녀는 열다섯에 첫 남편이 첫날밤 잠자리에서 급상한急傷寒으로 죽은 것을 시작으로 해서 재혼과 동시에 줄줄이 남편을 잃는다.

> 열다셧에 어든 서방 첫ᄂᆞᆯ밤 잠자리에 급상한에 죽고 열 여셧에 어든 서방 당챵병에 튀고 열 일곱에 어든 서방 용천병에 페고 열여 듧에 어든 서방 베락마져 식고 열아 홉에 어든 서방 쳔하에 ᄃᆡ적으로 포청에 쎠러지고 스물 살에 어든 서방 비상 먹고 도라가니 서방에 퇴가 나고 송장 치기 신물난다 (신재효 著, 강한영 校注, 1971: 532)[6]

옹녀는 열다섯에서 스무 살이 될 때까지 6번의 치상을 치른다. 옹녀를 거친 남자들은 모두 병에 걸려 죽거나, 도적으로 죽거나, 자살할 수밖에 없는 비정상적인 죽음을 당한다. 그뿐만이 아니다. 옹녀의 육체를 탐하거나 조금이라도 접촉하면 어김없이 죽음을 당한다.[7] 결국 황평양도에는 삼십 리 안팎에 상투를 올린 사나이는 고사하고 열다섯 먹은 총각도 없어 처녀가 밭을 갈고 처녀가 집을 짓는 형편에 이르게 된다.

〈변강쇠가〉에서는 그 이유를 옹녀의 청상살에서 찾고 있다. 청상살은 일반적으로 과부살, 상부살로 표현되는데 이는 본인만 상하는 게 아니라 타인을 상하게 하고, 본인의 운명만이 아닌 타인의 운명을 바꿀 수 있는 힘이 있다는 점에서 큰 두려움의 대상이 된다(김정은, 2010: 68). 죽음과 관련된 불안함과 공포가 나약한 여성을 타자화하는 모습을 보여준다. 마을에서는 비정상적인 상황을 극복하기 위하여 옹녀를 추방하기로 결정한다. 황평양도의 마을회의는 집단의 위기를 한 여성에게 전가하는 마녀재판과 같다(윤분희, 1998: 328~329).

대부분의 사회는 해로운 타자의 희생에 기반을 두고 존재한다. 한 부족 안에서 한 사람이 이웃과 갈등하게 만드는 모든 호전성·죄악·폭력의 운반자로서의 혐의를 어떤 아웃사이더에게 투사하여 뒤집어씌우고 그를 희생자로 만든다. 희생자가 된 타자는 공동체 사이에 연대 의미를 발생시킴으로써 희생양이 된 타자를 통해 공동체는 재통합되며 유지된다(리처드 커니, 이지영 역, 2004: 69).

> 열 다셧 너문 총각도 업셔 게집이 밧을 갈고 쳐녀가 집을 이니 황 평 양도 공논ᄒᆞ되 이 년을 두어ᄶᅡᄂᆞᆫ 우리 두 고ᄃᆡ에 좃 단 놈 다시 업고 여인국이 될 터이니 쪼칠 밧기 슈가 업다 양도가 합세ᄒᆞ야 훼가ᄒᆞ야 쪼ᄎᆞ ᄂᆡ니 (〈변강쇠가〉, 532쪽)

황평양도로 설정된 공동체는 남자들의 수가 적어지는 비정상적인 현상을 해결하기 위해 타자(옹녀)를 희생양으로 삼는다. 공동체의 위기에서 사람들은 자신을 책망하기보다는 그들에게 아무 강요도 하지 않은 사회 전체나, 유죄로 덮어씌우기가 손쉬워 보이는 타인들을 비난하는 경향이 강하다. 이때 용의자들은 어떤 특별한 유형의 죄악으로 비난받는다(르네 지라르, 김진식 역, 2015: 29). 주체(공동체)의 위기에서 오는 두려움과 불안함이 옹녀를 '청상살'을 가진 부정한 여인으로 규정하고, 공동체 존속을 위협하는 모든 원인을 옹녀에게 돌리며 그녀를 희생양으로 삼는다.

그들은 옹녀를 공동체의 경계 밖으로 쫓아낸다. 그들은 자신들의 사회를 전복시키는 위기의 존재들을 언제나 그 사회에서 내쫓아버리기를 원하기 때문이다. 마을의 안과 밖으로 공간을 분할하여 주체와 타자를 구분하는 것이다. 주체에 의해 타자가 된 옹녀는 타의에 의해 어쩔 수 없이 쫓겨남으로써 공동체에서 분리된다. 옹녀에게 공동체는 더 이상 자신이 소속된 유기적 집단이 아니다. 공동체는 옹녀에게 부정한 여인이라는 낙인을 찍고 그녀를 타자로 만드는 억압적이고 폭력적인 주류 집단이다.

공동체에서 배제된 개인은 공동체와 구분지어지며 '타자화他者化'된다. 그러므로 옹녀의 청상살은 남성들의 개인적인 질병과 사회적 재난, 재앙 등 사회적인 혼란과 위협의 요소에 의해 규정된 개인을 향한 (희생양) 박해의 명분이다. 옹녀의 청상살은 운명적으로 타고 난 것이 아니라, 옹녀에게 청상살이 있다고 규정한 마을공동체에 의한 것이다. 즉 공동체의 질서 유지를 위해서 옹녀를 희생양으로 규정하여 체제 밖으로 몰아내고 체제 속의 존재와는 다른 운명(청상살)을 타고 난 타자로 낙인찍는 것이다(이명현, 2002: 694).

가 사회마다 상대적이긴 하지만 그러나 원칙적으로는 문화를 초월하여 행해지는 희생양 선택의 기준이 있다. 소수파들 혹은 잘 단결되어 있지 않은, 심지어는 단순히 쉽게 구별이 되는 집단들에게 박해를 부과하는 것이다(르네 지라르, 김진식 역, 2015: 35). 옹녀가 희생양으로 선택된 이유 또한 마찬가지이다. 옹녀의 잦은 재가再嫁는 유교 규범이 작동하는 공동체에서 남성 중심의 질서를 교란하는 위협적인 일이다. 공동체는 옹녀에게 청상살이라는 낙인을 부여하여 구성원들과 구별되는 이질적 타자로 만든 것이다.

공동체의 존속을 위한 '타자화他者化'는 〈마녀〉에서도 유사하게 재현된다. 미정은 어렸을 때부터 자신을 좋아하는 남자들이 자신에게 고백하면 다치거나 죽게 되는 일을 경험한다. 미정 주위의 남학생들에게 많은 사고가 일어나고 미정에게 고백했던 남자들이 낙뢰사落雷死, 익사溺死, 교통사고를 당하는 사건들이 일어난다.

미정의 주변에서 일어나는 사건들로 인해 미정을 좋아하면 죽는다

는 소문이 나면서 미정은 '마녀'로 의심받고, 소문이 증폭되면서 결국 '마녀'로 낙인찍힌다. 낙인은 낙인찍힌 자가 어떤 부류라고 느끼든, 어떤 일을 했든 간에 영원히 어디에도 속할 수 없음을 상징한다. 타자를 맥락에 따라 바꿔 보게 하는 정상적인 변화 작용을 마비시키는 것이다. 낙인은 그 대상을 어떤 맥락에서든 오직 한 가지 시선으로만 보게 만든다(베레비, 정준형 역, 2007: 322).

공동체는 남학생의 사고를 비롯하여 마을의 존속을 위협하는 모든 원인을 미정에게 돌린다. 마을사람들에 의해 미정이 희생양이 되면서, 마을사람들은 공동체에 피해를 준 또는 피해를 줄지도 모른다는 가능성의 기원이나 원인을 미정에게서 찾는다. 마을에 소문이 퍼지면서 마을에서 안 좋은 일이 있을 때마다 모든 것이 미정의 탓이 된다. 미정은 집 밖에서 나가지도 않았는데 모든 것이 미정의 탓이 되는 것이다. 희생양의 책임은 사실 유무를 떠나서 터무니없이 과장된다(르네 지라르, 김진식 역, 2015: 38).

공동체의 불안함과 두려움은 소수자의 차이를 차별의 대상으로 삼아 배제하며 억압한다. 〈마녀〉에서 공동체가 소수자의 차이를 강조하여 타자로 만드는 방법은 소문이다. 학교와 마을에서 사람들의 수근거림은 소문이 확산되면서 미정이 마녀가 되는 '타자화'의 과정을 보여준다.

인용된 웹툰 장면에는 소문의 내용이 붉은 색(흐린 글씨)으로 표시되어 있다. 처음에는 미정을 좋아하는 애가 다쳤다는 하나의 사건으로 시작한다. 이후 미정의 주변 사람들이 다 죽는다는 소문으로 재구성되어 미정을 다른 운명을 타고난 '마녀'로 낙인찍는다. 웹툰 장면을 보면 미정과 관련된 소문의 내용이 미정과 상관없이 어떻게 바뀌어 가는지 알 수 있다. 마치 소문이 살아 있는 것처럼 사람들에게 인용되

는 과정에서 계속해서 변화한다. 소문의 내용은 달라졌지만 소문의 대상만은 바뀌지 않는다.

여기서 주목할 것은 소문의 대상이 소문을 통해 계속해서 거론되며 공동체의 의해 배제된다는 사실이다. 미정은 소문을 통해 타자화되며 공동체 내부의 동질한 구성원으로 인정받지 못한다. 이제 소문의 내용은 부차적인 것이 된다. 공동체에게 중요한 것은 공동체를 위협하는 이질적인 구성원을 타자로 규정하여 경계 밖으로 축출해야 하는 것이다. 그렇기 때문에 미정은 마녀로 규정되고, 공동체와 공존할 수 없게 된다.

소문이란 그 자체로 존재하기보다는 각자의 방식대로 재구성되고, 인용의 인용을 통해 끊임없이 생성되는 것이다. 이 소문은 미정과 미정과 결부된 사적인 사건에 머물기보다 대중 속으로 확장되면서 사회의 도덕적 기준과 이데올로기를 생산하고 유통하는 움직이는 매개물이 되었다(이숙인, 2011: 68). 결국 미정은 자신의 의지와 상관없이 마녀가 되었다.

강풀의 만화는 출판만화가 아닌 웹툰으로 감상 방식이 스크롤바를 아래로 내리면서 감상하도록 되어 있다. 스크린의 위쪽에서부터 아래쪽으로 내려오면서 조금씩 베일을 벗기듯 아래쪽으로 영역을 넓혀가며 볼 수 있는, 그러다가 마지막에 이르러 그 장면의 전체가 보이는 형식이 된다(강현구, 2007: 240~242). 미정이 '타자화'되어 가는 과정은 소문의 확장을 통해 시각적으로 극대화하여 제시된다. 수직적인 공간의 확장은 정보의 지각이 보다 단시간에 이루어지게 하며 특정 상황들의 전환을 기존의 어떤 매체에서보다 독자가 직관적으로 받아들이고 이해할 수 있도록 한다(서채환·함재민, 2010: 65~66). 이는 웹툰이라는 매체의 활용을 통해 서사의 흐름을 좀 더 효율적으로 진행시켜나가는 매체의 특성에서 살펴 볼 수 있는 부분이라 하겠다.

특히 붉은색으로 선명하게 표현된 소문의 내용은 소문을 전달하는 주체의 공포와 불안감을 나타내며, 그것이 얼마나 잔인하고 폭력적인 억압의 방법이 되는지 보여준다. 주체와 타자를 구분하고 차별하는 타자 배제는 나의 존재와 존재 유지를 최고의 가치로 삼는 데서 비롯된다(강연안, 2005: 23). 주체와 타자를 권력의 관계로 보고 억압하려는 시선은 타자의 희생을 정당화하는 원인이 된다. 또한 타자의 차이에 대한 거부감으로 타자를 수용하지 못하는 시선이다.

공동체에 의해서 타자로 규정된 미정은 어쩔 수 없이 공동체에서 분리될 수밖에 없다. 마을 사람들은 미정의 아버지가 죽자 '아버지를 죽인 마녀'로 부르며 마을의 모든 문제

의 원인을 미정의 탓으로 돌린다. 아버지라는 최소한의 보호막이 사라진 미정은 마을 사람들의 위협에 직접적으로 노출된다. 아들을 둔 사람들은 혹시 자신의 아이와 미정이 인연이 닿을까 걱정하고 급기야는 긴급회의를 통해서 미정을 쫓아낸다. 〈변강쇠가〉의 옹녀와 〈마녀〉의 미정 모두 공동체의 의해 타자화되어 마을에서 축출되는 것이다.

3. 타자의 선택과 삶의 방식

옹녀와 미정이 청상살과 마녀로 낙인찍힌 가장 큰 이유는 남성을 매혹시키는 아름다운 외모 때문이다. 〈변강쇠가〉에서 옹녀의 외모를 묘사한 부분을 살펴보면 옹녀가 매우 아름다웠음을 알 수 있다.[8] 그러나 공동체는 옹녀의 아름다움을 남성을 유혹하는 육체로 인식하고 남편들이 연이어 죽어나가는 원인으로 규정한다.[9] 마을 공동체는 집단의 위기 상황에서 구성원들과 이질적 징표를 가진 존재를 희생양으로 삼아야 했고, 재가再嫁를 반복하는 옹녀의 외모를 부정한 아름다움, 즉 음란함으로 인식하는 것이다.

미정의 아름다움도 남성을 매혹시키는 것은 마찬가지이다. 미정은 어린 시절부터 남성들의 관심의 대상이었다. 미정이 특별히 꾸미거나 남자들을 유혹하려고 하지 않아도 남자들은 미정에게 사랑을 갈구한다. 미정

이 대학교에 입학했을 때는 예쁜 여자아이가 학교에 들어왔다는 소문이 퍼질 정도였다. 그러나 미정은 "새내기답지 않은 우중중한 헤어스타일에 튀지 않으려고 애쓰는 듯한 시커먼 옷차림을 하고 맨 뒷자리에 앉아 있었다"(〈마녀〉 7화). 미정은 남자들에게 관심을 받지 않으려고 노력하지만 같은 학과 남학생들뿐만 아니라 미혼의 남자 교수의 관심과 사랑을 받는다.

옹녀와 미정의 아름다움이 음란함으로 부각되는 바탕에는 성과 성욕에 대한 공포와 두려움이 있다. 여성의 성적 매력 앞에서 남성은 이성적인 통제 능력을 상실하게 된다(이정원, 2011: 113)는 입장이다. 안정적인 가정의 재생산이 이루어져야 하는 가부장적 질서 속에서 이성적인 통제 능력을 상실하게 만드는 여성의 아름다움은 질서를 혼란시키는 요인이 된다. 공동체의 질서를 유지하기 위해서 통제 범위 이상의 아름다움은 두려움과 불안의 원인이 되고, 이 아름다움이 하층민 혹은 소수자 여성에게 존재한다면 차별의 근거가 되었다. 공동체의 위기는 남성의 문제임에도 불구하고 남성 중심의 공동체 질서를 유지하기 위해서 매혹적인 여성의 미美를 남성성을 유혹하고 파멸시키는 부정한 것으로 인식하였다.

옹녀와 미정은 공동체가 통제하지 못하는 아름다운 외모를 가지고 있었고, 이로 인해 공동체 구성원과 차이를 발생시킨다. 옹녀와 미정의 외모는 남성의 욕망을 충족시키는 남성에게 대상화된 여성의 몸이 아니다. 옹녀와 미정의 아름다움은 남성 중심의 질서를 위협하고 심지어는 남성의 생존과 후사를 위협하는 기괴한 두려움[10]의 대상이다. 옹녀와 미정의 아름다움은 공동체가 그녀들을 억압하는 원인이 되고 이후 그녀들이 삶의 방식을 선택하는 각각의 이유가 된다.

〈변강쇠가〉의 옹녀와 〈마녀〉의 미정은 남성의 연이은 죽음이라는 이유로 공동체에 의해 축출이 결정된다. 그러나 마을 공동체의 결정에 대한 둘의 대응은 다르다. 옹녀는 쫓겨나면서 "황 평 양셔 아니면은 살 듸가 업거ᄂᆞ냐 삼남 좃은 더 좃타두고"(〈변강쇠가〉, 534쪽)라고 말하며 기존과 같이 남성에게 의지하는 삶을 살고자 한다. 마을에서 쫓겨난 옹녀는 홀로 자립할 경제적 기반이 없기 때문에 청상살이라는 부정적 운명을 거부하기보다는 자신의 몸을 매개로 남자를 유혹하고자 하는 것이다. 옹녀에게는 저주받은 운명보다는 생존이 더욱 중요한 문제라 할 수 있다.

이에 비해 미정은 마을 공동체가 자신을 쫓아내려고 찾아오자 오히려 죄송하다고 사과한 후 스스로 마을을 떠난다. 미정은 누군가를 다치게 하기 싫어 변두리 옥탑방에 자기 자신을 유폐시킨다. 대학선배인 은실의 도움으로 최소한의 생계를 유지하며 "아무도 만나지 않고 아무도 날 만날 수 없는 내게 주어진 최소한의 자유의 공간"(〈마녀〉 2, 98쪽)인 옥탑방에 자기 자신을 가둔다. 미정은 남에게 피해 주는 것이 싫어서 사람들과 관계를 맺지 않으려고 한다.

공동체에 대한 옹녀와 미정의 서로 다른 대응 방식은 이후 타인과의 관계와 삶의 방식에 영향을 미친다. 옹녀는 공동체에서 쫓겨났지만 새로운 남자를 만나 다시 공동체에 편입하고자 한다. 옹녀는 생존을 위해 낯선 삼남三南으로 길을 떠난다. 옹녀의 공동체의 편입에 대한 의지는 강쇠와의 만남으로 나타난다. 옹녀는 변강쇠와 만나 당일행례當日行禮를 치르지만, 궁합을 보고 기물타령을 부르며 정상적인 가정을 이루어 공동체에 안주하길 원한다. 옹녀는 청상살이라는 운명을 극복하고자 강쇠와 만나 결합한다. 하지만 청상살이라고 하는 것이 실재로 존재하는 것이 아니고, 어느 특정한 집단에 의해 규정된 이상 그 집단과의 직접적 대결을 통해서 극복되어야 하는 것이지(이명현, 2002:

696) 강쇠와의 결합을 통해서 가능한 것은 아니다. 옹녀가 소망하였던 일상적인 삶은 강쇠의 방탕한 생활로 실현되지 못한다.

> 겨집년은 ᄋᆡ를 써서 들병장ᄉᆞ 막장ᄉᆞ며 낫불임 넉장질에 돈양돈관 모와 노면. 강쇠놈이 허망ᄒᆞ야 ᄃᆡ냥ᄂᆞ기 방ᄯᆡ리기 두량ᄑᆡ에 가고 ᄒᆞ기 갑ᄌᆞ슬리 여슈ᄒᆞ기 미골회ᄑᆡ 퇴기질 호홍호ᄇᆡᆨ 쌍륙치기 장군멍군 장긔두기 맛쳐 먹기 돈치기와 불너먹기 쥬먹질 걸ᄀᆡ써기 윳놀기와 ᄒᆞᆫ 집 두 집 곤의두기 의복젼당 슐먹기와 남의 싸홈 가로맛기, 그 즁에 무슨 비우 강ᄉᆡ암 겨집치기 밤낫으로 싸홈이니 암만 ᄒᆡ도 살슈 업다. (〈변강쇠가〉, 540~542쪽)

옹녀는 변강쇠를 만나 가족을 꾸리며 공동체에 속하고자 노력하지만, 강쇠의 비생산적인 행동은 옹녀의 삶의 의지에 역행하는 동시에 둘의 결합을 위태롭게 만든다. 옹녀에게 찾아온 현실은 매춘과 임노동을 하며 살아 갈 수밖에 없는 순탄치 못한 삶이다. 강쇠의 행동은 옹녀의 삶의 의지에 어긋날 뿐만 아니라 옹녀의 삶 자체까지도 위협한다. 게으름과 나태함으로 인해 '굶어 죽기 고사하고 얼어죽을' 형편으로 몰고 가는 것이다.

옹녀는 삶에 대한 의지를 포기하지 않고 끊임없이 공동체에 편입하고자 노력한다. 옹녀는 자신의 삶을 유지하기 위해 생계수단을 마련하며, 남성(변강쇠)과 다시 관계 맺기를 시도하며 공동체를 이루고자 한다. 옹녀는 자신을 청상살로 규정한 공동체에 맞서기보다는 또 다른 남성을 통해서 공동체에 다시 들어가기를 원하는 것이다.

이러한 옹녀의 선택은 이후 변강쇠의 삶의 방식에 자신의 운명이 좌우되는 결과를 초래한다. 옹녀는 변강쇠와의 결합을 통해 청상살을 타고 난 여성이 아니라는 것을 증명했다.[11] 그러나 청상살보다 더한 변강쇠의 저주[12]가 그녀를 속박한다. 변강쇠는 유언으로 옹녀에게 시묘侍墓와 수절, 그리고 자살을 요구한다. 옹녀는 변강쇠의 유언을 거부하고 변강쇠의 치상을 명분으로 다른 남성과 결합하고자 한다.[13] 옹녀의 동반자는 옹녀의 삶의 지향을 공감하고, 그녀를 안정적인 삶의 공간으로 이끄는 존재여야 한다. 그러나 옹녀의 미모에 현혹된 중, 초라니, 풍각장이패의 가객, 퉁소잡이, 무동, 거문고 주자, 고수 등은 변강쇠의 저주를 극복하지 못하고 초상살을 맞아 죽는다.

옹녀는 남성을 통해 공동체에 재편입하고자 한다. 옹녀의 청상살은 공동체가 만들어낸 상상의 낙인이다. 옹녀가 변강쇠와의 결합을 통해 청상살이 허상임을 증명하였을지라도 공동체의 추인을 받지 못하면 여전히 그녀를 규정하는 이데올로기로 작동한다. 옹녀가 아무리 공동체의 질서에 순응하고자 하여도 공동체가 그녀를 타자로 규정한 이상 그녀는 공동체로 복귀할 수 없다. 옹녀 자신이 남성과 가정을 이루어 공동체의 구성원이 되어야 한다는 지배질서에 순치된 상태에서 벗어나지 않는 한 문제해결의 실마리를 찾을 수 없는 것이다.

〈마녀〉의 미정은 옹녀와 다른 선택을 한다. 미정은 아버지가 죽은 후 마을 주민들의 요구에 반발하지 않고 도시 변두리로 이주한다. 미정은 철거지역에 살다 옥탑방으로 옮기는 등 공동체의 외부에서 거주하지만, 자신의 삶을 개척하기 위하여 끊임없이 노력한다. 미정은 철거지역에 살 때 검정고시를 준비하고 명문대에 입학한다.

미정의 선택은 겉으로는 마을 주민의 요구를 수용한 수동적 태도로 보이지만, 이면에는 새로운 삶을 개척하기 위한 도전이 담겨 있다. 미정은 마을에서 더 이상 학교를 다닐 수 없는 상황이다. 미정이 홀로 서기 위해서는 아버지의 당부처럼 대학에 가야 한다. 미정은 마을을 떠나서 이웃이 없는 철거지역에 거처를 마련한다. 부모를 잃은 미성년의 여성이 철거촌에서 외로움을 이겨내며 산다는 것은 보통 용기가 아니다. 미정은 단순히 도망간 것이 아니라 다른 사람에게 피해를 주지 않으면서 자신의 삶을 개척하고자 한 것이다.

미정의 노력은 결실을 맺어 대학에 입학한다. 그러나 미정이 기대하던 첫사랑 선배와의 인연은 실패로 돌아가고, 같은 학과 남학생이 연이어 사고를 당하고 심지어 미혼의 남자 교수가 사망하는 일이 벌어진다. 그 사건 이후 미정은 학교를 포기한다. 미정은 다시 고립되었지만 이번에는 대학 선배인 은실이 그녀에게 다가온다. 은실은 미정이 학교를 자퇴하자 철거촌으로 찾아간다. 은실은 미정의 외로움과 괴로움을 있는 그대로 받아준다. 미정은 스스로를 세상으로부터 고립시켰지만 은실이라는 소통의 끈을 놓지 않고 운명에 맞서 홀로 서고자 한다.

미정은 변두리 옥탑방으로 이사하고, 은실이 소개한 번역일을 하면서 생계를 유지한다. 옥탑방은 대체로 1인 가구가 홀로 사는 공간으로 기존의 건물 옥상에 있는 간이주거시설이다. 옥탑방은 가정을 이루어 사람들과 어울릴 수 있는 안정적 주거는 아니다. 그러나 이웃을 바라보고, 외부에 소통의 시선을 투사할 수 있는 곳이다. 〈마녀〉에는 미정이 옥탑방에서 밖을 내려다보는 장면이 반복적으로 나타난다. 이는 그녀가 비록 지금은 임시적 공간인 옥탑방에 있지만 공동체와 더불어 사는 주체적 삶을 지향한다는 것을 보여준다.

주체의 자기 정립이란 익명적 존재의 세계에 이름을 부여하면서 주체가 세계 안에 자기 자리를 확보하는 것을 말한다. 확고함, 안정성, 세계와의 분리를 성취하기 위해서 주체는 집, 거주 공간을 필요로 한다(레비나스, 서동욱 역, 2001: 138). 미정이 옥탑방에서 은실, 번역, 인터넷, 길고양이 등과 소통을 통하여 자신의 자리를 확보하고 주체

가 되는 삶을 지향하는 것이다.

이러한 미정의 심정을 상징적으로 표현하는 것이 은실에게 옥탑방 앞 빈 공간에 내년에 감자를 심겠다고 말하는 장면이다. 미정은 은실에게 "감자는요.. 깜깜한 땅 속에 숨어 있지만 잘 자라잖아요."(〈마녀〉 11화)라고 이야기한다. 미정은 고립된 자신의 상황을 깜깜한 땅속에 숨은 감자로 비유한다. 미정은 자신이 불가피하게 세상으로부터 떨어져 있지만 싹을 틔우고 성장할 것이라고 다짐하는 것이다. 미정은 자신이 남을 불행하게 만드는 운명을 타고났다는 것을 받아들이지만 삶의 의지를 포기하지 않고 홀로서기를 시도하는 것이다,

결국 미정은 자신을 고립시킴으로써 운명에 맞서고자 한 것이다. 그러나 이것은 근본적인 해결책이 될 수 없다. 운명에 맞서기 위해서는 세상으로 나가야 한다. 미정 역시 이를 알고 있다. 미정이 감자를 심고자 한 또 다른 이유는 아버지가 마지막으로 심었던 작물이기 때문이다. 미정은 감자를 통해서 아버지를 환기하고, 아버지와 함께 한 공동체 속에서의 삶을 떠올린 것이다. 미정이 진정으로 운명에 맞서기 위해서는 고립이 아닌 새로운 동반자를 맞이해야만 하는 것이다.

4. 주체와 타자의 공존과 화해

기본적으로 공동체는 타자에 대한 두 가지 시선을 갖는다. 하나는 타자가 나와 다르다는 사실을 주체의 입장에서만 바라보고 지속적으

로 차별하는 것이다. 주체는 타자의 이질성에 공포와 두려움을 갖고 타자를 거부한다. 타자는 주체에 의해 희생양으로 도구화되며 배제되는 과정이 나타난다. 옹녀와 미정을 마을에서 내쫓는 마을 공동체의 모습이 그러하다.

다른 하나는 나와 타자의 차이를 인정하고 함께 공존共存하고자 하는 주체와 타자의 연대이다. 주체와 타자의 연대는 주체와 타자가 물리적으로 병존하는 것이 아니라 화학적으로 결합할 수 있는 즉, 내면적 소통을 통해서 서로 연결될 수 있는 삶의 방식이며, 이를 위해서는 타자를 새롭게 평가하고 자리매김하여 공동체적 삶 안에서 서로 혼융해야 한다(최성환, 2009: 143). 〈변강쇠가〉와 〈마녀〉에는 서로 다른 방식으로 주체와 타자가 연대하는 대안을 모색한다.

〈변강쇠가〉에서 옹녀와 변강쇠의 만남은 주체와 타자의 만남이라 할 수 없다. 옹녀와 변강쇠는 모두 공동체의 경계 밖에 위치한 타자들이다. 변강쇠와 옹녀의 만남은 타자와 타자의 연대라고 할 수 있다. 옹녀는 변강쇠와 결합하여 공동체를 이루고자 하였지만, 변강쇠라는 인물의 성격 상 옹녀의 바람은 이루어질 수 없다. 타자들이 연대하여 공동체를 재구성하려는 시도는 성공하기 어렵다. 타자를 만들어낸 공동체의 내부와 연대하지 않는 이상, 공동체와 타자의 문제를 해결할 수 있는 대안이 될 수 없다. 타자들의 연대는 허상일 뿐이다. 현실에서 억압되고 소외된 타자들이 서로 연대하여 주체를 전복할 수는 없다. 현실에서 타자들은 주류에 편입하지 못하고 각자의 삶을 지탱하기도 버거울 따름이다(이명현, 2009: 182).

〈변강쇠가〉에서 옹녀의 대안으로 등장하는 인물은 뎁득이다. 뎁득이는 서울 재상댁 마종이다. 뎁득이는 삼남으로 말을 사러 가는 도중 강쇠의 시체를 치상해 주면 같이 산다는 옹녀의 소문을 듣고 찾아온다. 뎁득이는 칼퀴와 떽메를 차례로 사용하여 강쇠의 시체를 넘어뜨린다. 뎁득이는 물리적 힘을 동원하여 옹녀의 삶의 의지에 대한 부정적 요인을 제거하는 인물이다.

뎁득이는 강쇠의 시체를 갈아버림으로써 강쇠의 저주는 해결하였지만, 옹녀와 결합하여 공동체로 돌아가지는 않는다. 뎁득이는 강쇠의 치상 과정에서 목숨의 위협을 느끼고 옹녀와의 결합을 포기한다. 뎁득이는 옹녀의 처지와 내면의 욕구를 이해하고 있다. 뎁득이는 자신에게 울면서 애원하는 옹녀를 보고 "풍유남ᄌᆞ 가리여셔 ᄇᆡᆨ년해로ᄒᆞ게 ᄒᆞ오"(〈변강쇠가〉, 618쪽)라고 위로한다. 뎁득이는 옹녀의 소망이 백년해로임을 알고 있다. 그러나 본인이 옹녀의 짝이 되어 새로운 가정을 이루려고는 하지 않는다. 뎁득이는 옹녀와 결합을 포기하고 자신의 삶의 공간으로 도망친다. 이것은 뎁득이로 나타나는 인물형[14]이 하층천민과 함께 새로운 질서의 체제를 만들지 못하고, 기존의 질서 속으로 안주하는 것을 의미한다.

옹녀와 뎁득이의 만남도 옹녀에게는 청상살이라는 운명을 벗어나게 하는 근본적인 해결책이 되지 못한다. 타자와 타자의 연대를 통해서 공감은 가능하지만 단지 비극적인 현실을 인지하고 공감할 뿐 이들은 타자로서 존재할 뿐이다. 강쇠의 치상 후 사라지는 옹녀의 모습에서 이것을 확인할 수 있다.

〈변강쇠가〉에서 옹녀로 재현되는 타자의 문제는 옹녀와 변강쇠의 관계맺기, 옹녀와 뎁득이의 관계맺기를 통해 타자들의 연대를 보여주지만 타자의 연대가 길 위의 서사로 마무리되면서 타자와 공동체의 연대와 공존에 대한 해결책을 제시하기보다는 타자의 좌절과 현실의 재확인에서 그치고 있다.

〈마녀〉에서는 〈변강쇠가〉에서 제기한 공동체와 타자의 문제에 대해 새로운 방법으로 해결책을 모색하고 있다는 점에서 주목할 만하다. 〈마녀〉의 동진은 미정을 사랑하는 인물이다. 통계학을 전공한 동진은 현실적이고 사실적인 방법으로 미정을 사랑할 수 있는 방법을 찾는다. 동진은 목숨을 걸고 "마녀로 불리는 여자를 사랑하는 방법"(〈마녀〉 15화)을 찾는다.

많은 남자들이 미정에게 호감을 느끼고 가까이 다가갈수록 크게 다치거나 죽게 된다. 동진은 미정의 주변에서 일어나는 일들을 통해 미정이 마녀일지 모른다는 생각을 한다. 동진은 미정이 마녀가 아니라는 것을 밝히기 위해 노력하는 과정에서 미정이 정말 마녀일 수 있다는 사실을 인정하게 된다. 그러나 동진은 미정에 대한 사랑을 멈추지 않는다. 동진에게 있어서 마녀는 자신과 미정의 '차이'일 뿐이다. 차이란 존재하는 양상의 차이일 뿐, 우등한 것과 열등한 것, 높은 것과 낮은 것, 목적인 것과 수단인 것 등과 같은 위계의 차별이 아니다(이진경, 2010: 38).

동진은 차이를 통해 미정을 차별하는 것이 아니라 그것을 인정한다. 동진은 미정과의 관계에서 위계적인 차별을 만들어내지 않는다. 동진은 미정을 마녀로 인정하고 그녀를 사랑할 수 있는 방법을 찾아내려고 목숨을 건다. 동진이 사랑하는 사람은 공동체 구성원들과 이질적인 존재일 뿐 공동체를 위해 배제되어야 하는 희생양이 아니다. 동진에게 미정 주변에 벌어진 일은 차별과 배제의 원인이 아니라 단지 나와 다른 차이인 것이다.

〈마녀〉에서는 끊임없이 미정을 바라보는 동진의 시선이 제시된다. 동진의 시선은 미정에게 불편하고 낯선 느낌을 주는 것이 아니라 배려하고 공감하는 위안을 준다. 동진의 시선을 미정은 혼자 있는 그 순간에 자주 느낀다. 동진이 미정을 바라보는 장면은 타자와 공존하고자 하는 주체의 따뜻한 시선을 형상화하는 것이다.

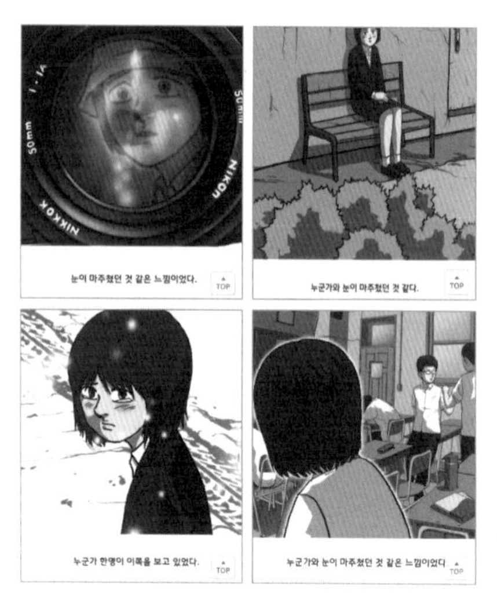

동진은 미정을 있는 그대로 바라보며 미정을 더 알기위해 노력한다. 또한 동진은 자신과 다른 미정의 차이를 알아가는 과정에서 자신의 친구인 강중혁도 미정과 같이 이성과 사랑하기 어려운 상황임을 알게 된다. 동진은 강중혁과 미정이 공동체 안에서 새로운 삶을 살아갈 수 있는 방법을 찾고자 노력한다.

〈마녀〉에서 주체의 타자에 대한 이해와 공존의 노력은 공동체 외부에서만 이루어진 것이 아니다. 동진과 동진의 어머니, 은실을 통해 제시되는 공동체 내부에서 이루어지는 성찰과 노력이 동반한다. 동진의 어머니는 자신의 아들을 위해 어린 소녀를 내쫓은 자신의 행위가 잘못되었음을 알고 반성한다. 또한 동진은 미정이 마녀가 아님을 밝히기 위해 미정과 관련된 사람들을 만나고 다니면서 그들의 사고가 미정과 관련되지 않았던 것도 있음을 알게 된다. 동진, 동진의 어머니, 은실을 통해 제시되는 공동체의 내부 성찰은 주체와 타자가 연대하기 위해 필요한 것이 무엇인지 제시하고 있다. 공동체와 타자의 문제를 해결하기 위해 전제되어야 하는 것은 공동체 내부의 성찰과 반성이다.

이러한 점은 〈변강쇠가〉에서 공동체와 타자의 문제가 해결되지 못하고 타자가 좌절하는 현실을 재확인하는 것과는 다른 방식이다. 공동체의 반성과 타자를 향한 연대의 노력은 미정의 삶을 변화시킨다.

미정은 강중혁과 은실을 통해서 동진이 자신을 사랑하고 있음을 알게 된다. 미정은 동진을 찾아 떠난다. 자신도 동진을 사랑하게 되었음을 인정하고 동진을 향해 여행을 떠난다. 옹녀가 자신의 몸을 댓가로 강쇠의 시체를 처리해 줄 사람을 찾다가 뎁득이를 만나는 것과는 다르다. 미정은 자신이 마녀인 것을 알고, 그런 자신이 동진을 사랑하고 있다는 사실을 깨닫고, 자신의 사랑을 위해 나아갈 수 있는 용기를 가진 인물이다.

위에 제시한 장면은 동진과 미정이 한 곳에서 같은 풍경을 바라보고 있는 결말 부분이다. 식탁 위에 놓인 두 개의 커피 잔은 테이블을 두고 서로 마주 앉은 동진과 미정 같다. 이제 동진과 미정은 더 이상 주체와 타자의 관계로 구분할 수 없다. 둘은 단순히 병렬적으로 함께 하는 것이 아니라 서로를 이해하고 진정으로 사랑함으로써 화학적 결합을 이루어낸 것이다. 이 둘은 같은 곳을 바라볼 수 있는 주체와 타자의 연대를 이루어낸 것이다.

타자의 본질은 따로 있는 게 아니다. 타자는 항상 주체와의 관계를 형성하며 존재한다. 즉, 공동체의 지속과 해체의 과정 어딘가에 타자는 항상 있으며 주체는 타자들과 함께 하고 있다. 함께함의 과정이 있어야 한다. 이 함께함이 좋은 것일 때, 새로운 생성과 변화를 추동하는 힘이 된다(최진석, 2009, 189). 주체와 타자의 올바른 관계로 공존이 지속 가능한 공동체는 공동체와 타자의 문제를 모색하는 대안이 된다.

5. 〈변강쇠가〉와 〈마녀〉의 상호텍스트성

이 글에서는 옹녀와 미정의 유사한 삶을 기반으로 공동체와 개인의 관계에 주목하여 이들의 관계형성을 살폈다. 이를 기반으로 공동체에 의한 타자화의 문제를 제기하고 결말 부분의 분석을 중심으로 공동체와 타자의 공존에 대한 성찰을 시도하였다.

옹녀와 미정은 공동체의 존속을 위해 타자화된 존재이다. 공동체의 존속을 위협하는 위기에서 오는 두려움과 불안함이 옹녀와 미정을 부정한 여인으로 규정하고 모든 원인을 옹녀와 미정에게 돌리며 희생양 삼는다. 그들은 공동체의 경계 밖으로 쫓겨나 공동체에서 배제된 개인으로 공동체와 구분지어지며 타자화된다. '청상살'과 '마녀'는 사회적인 혼란과 위협의 요소에 의해 규정된 개인을 향한 박해의 명분이며, 타고 난 것이 아니라 마을 공동체에 의한 것이다.

공동체에 의해 축출된 옹녀와 미정은 서로 다른 대응방식을 갖는다. 옹녀는 기존과 같이 남성에게 의지하는 삶을 통해 공동체에 맞서기보다 다시 공동체에 편입하고자 한다. 그러나 미정은 스스로 마을을 떠나고 남에게 피해 주는 것이 싫어서 사람들과의 관계를 맺지 않으려고 한다. 공동체에 대한 서로 다른 대응 방식은 이후 타인과의 삶의 방식에도 영향을 미친다. 옹녀의 선택은 옹녀가 선택한 남성의 삶의 방식에 자신의 운명이 좌우되는 결과를 초래한다. 미정은 자신이 남을 불행하게 만드는 운명을 타고났다는 것을 받아들이지만, 삶의 의지를 포기하지 않고 홀로서기를 시도한다. 미정은 자신을 고립시키면서 운명에 맞서고자 한다.

〈변강쇠가〉와 〈마녀〉에서는 서로 다른 방식으로 주체와 타자가 연대하는 대안을 모색했다. 〈변강쇠가〉에서 옹녀는 타자들의 연대를 통해 공동체를 재구성하려는 시도를 하였다. 변강쇠와 뎁득이의 관계맺기를 통해 타자들의 연대를 보여주지만 타자의 연대가 공동체를 구성하지 못하고 좌절되면서 타자와 공동체의 연대와 공존에 대한 해결책을 제시하기보다는 타자의 좌절과 현실의 재확인에서 그치고 있다.

반면 〈마녀〉에서는 동진과 미정의 관계맺기를 통해 새로운 방법으로 해결책을 모색하고 있다. 주체와 타자의 연대는 공동체 외부와 내부에서 동시에 이루어진다. 동진은 미정을 사랑하는 인물로 미정의 차이를 위계적인 차별로 만들어내는 것이 아니라 그것을 인정하여 함께 공존할 수 있는 방법을 모색한다. 동시에 동진, 동진의 어머니, 은실을 통해 공동체 내부에서 이루어지는 성찰과 노력이 동반한다. 공동체와 타자의 문제를 해결하기 위해 전제되어야 하는 것은 공동체 내부의 성찰과 반성이다. 공동체의 반성과 타자를 향한 연대의 노력은 서로를 이해하고 진정으로 사랑함으로써 화학적 결합을 이루어내는 것이다.

고전은 시대의 변화에 따라 다양하게 변주되며 새롭게 해석되며 그 생명력과 가치를 입증하고 있다. 끊임없이 제기되어 왔던 공동체와 타자의 문제를 타자가 만들어지는 과정을 〈변강쇠가〉와 〈마녀〉의 상호텍스트성을 기반으로 하여 구체적으로 살펴볼 수 있었다.

타자는 공동체에 의해 만들어지는 것으로 타자와 주체는 서로 다름으로 구분된다. 공동체에 의해 타자는 만들어지고 억압받고 배제된다. 그러나 타자는 공동체와 차이를 갖는 것뿐이지 차별의 대상이 될 수는 없다. 주체와 타자의 공존은 타자와의 차이를 있는 그대로 인정하고 존중해 줄 때 가능하다는 것을 알 수 있다. 또한 〈변강쇠가〉와 〈마녀〉를 통해 재현되는 공동체와 타자를 문제를 살펴봄으로써 우리 안에 주체와 타자에 대한 성찰을 가능하게 할 것이다.

참고문헌

1. 자료

신재효 저, 강한영 校注(1971), 『신재효 판소리사설집(全)』, 민중서관.

강풀(2013), 『마녀』 1~4, 재미주의.

2. 논저

강연안(2005), 『타인의 얼굴: 레비나스의 철학』, 문학과지성사.

강진옥(1994), 「변강쇠가 연구 2: 여성인물의 '쫓겨남'을 중심으로」, 『이화어문논집』 13, 이화여자대학교 이화어문학회, 197~217쪽.

강현구(2007), 「강풀 장편만화 스토리텔링의 경쟁력」, 『인문콘텐츠』 10, 인문콘텐츠학회, 235~261쪽.

김연숙(2001), 『레비나스 타자윤리학』, 인간사랑.

김정은(2010), 「'옹녀'의 상부살풀이 과정으로 본 〈변강쇠가〉 연구」, 『겨레어문학』 44, 겨레어문학회, 63~90쪽.

김종철(1986), 「19C 판소리史와 〈변강쇠가〉」, 『고전문학연구』 3, 한국고전문학연구회, 90~122쪽.

서유석(2003), 「〈변강쇠가〉에 나타난 기괴적 이미지와 그 사회적 함의」, 『판소리연구』 16, 판소리학회, 29~59쪽.

서유석(2016), 「〈변강쇠가〉 기괴성의 현대적 변화 양상과 의미」, 『우리문학연구』 50, 우리문학회, 7~37쪽.

서종문(1984), 「변강쇠가 연구」, 『판소리 사설 연구』, 형설출판사.

서채환·함재민(2010), 「웹툰에서의 공간 표현의 수직적 확장에 대한 연구」, 『만화애니메이션연구』 20, 한국만화애니메이션학회, 63~74쪽.

윤분희(1998), 「〈변강쇠전〉에 나타난 여성인식」, 『판소리연구』 9, 판소리학회, 325~349쪽.

이명현(2002), 「변강쇠가의 갈등양상」, 『고전문학의 현황과 전망』, 농소 김경수 박사 화갑기념논총.

이명현(2009), 「타자를 바라보는 두 가지 시선: 공룡 둘리를 중심으로」, 『語文論集』 40, 중앙어문학회, 169~187쪽.

이숙인(2011), 「소문과 권력: 16세기 한 사족 부인의 淫行 소문 재구성」, 『철학사상』 40, 서울대학교 철학사상연구소, 67~107쪽.

이정원(2011), 「〈변강쇠가〉의 성 담론 양상과 의미」, 『한국고전연구』 23, 한국고전연구학회, 101~132쪽.

이진경(2010), 『코뮨주의: 공동성과 평등성의 존재론』, 그린비.

정병헌(1986), 「변강쇠가에 나타난 신재효의 현실인식」, 『한국언어문학』 24, 한국언어문학회, 181~192쪽.

정병헌(1992), 『판소리문학론』, 새문사.

최성환(2009), 「다문화주의와 타자의 문제」, 『다문화콘텐츠연구』 1, 중앙대학교 문화콘텐츠기술연구원, 131~154쪽.

최진석(2009), 「타자 윤리학의 두 가지 길: 바흐친과 레비나스」, 『노어노문학』 21, 한국노어노문학회, 173~195쪽.

데이비드 베레비(David Berreby), 정준형 역(2007), 『우리와 그들 〈무리짓기〉에 대한 착각』, 에코리브르.

르네 지라르(René Girard), 김진식 역(2015), 『희생양』, 민음사.

리처드 커니(Richard Kearney), 이지영 역(2004), 『이방인, 신, 괴물』, 개마고원.
임마누엘 레비나스(Emmanuel Levinas), 서동욱 역(2001), 『존재에서 존재자로』, 민음사.
헨리 제킨스(Henry Jenkins), 김정희원·김동신 역(2008), 『컨버전스 컬처』, 비즈앤비즈.

미주 내용

1) 강풀(본명 강도영)이 미스터리와 로맨스를 엮어 풀어낸 장편 만화로 2013년 6월부터 10월까지 Daum 웹툰으로 소개돼 인기를 얻었다. 자신을 좋아하면 다치거나 죽어서 마녀라고 불리는 미정과 그녀를 사랑하는 동진의 이야기이다. 현재 웹툰의 영화화가 한국과 중국 동시에 프로젝트화되어 진행 중이다.
2) '쫓겨남'이라는 화소는 여성들의 이야기 속에 자주 등장하며 '쫓겨나는 여자'의 소재적 원천은 건국 및 무속신화의 여성인물인 유화, 당금애기, 바리데기, 자청비, 가믄장아기 등 대표적인 신화 속 여성들에서 살펴 볼 수 있다(강진옥, 1994: 200 참조). 〈변강쇠가〉의 옹녀는 공동체 내부로부터 쫓겨난다는 사실이 구체적으로 나타나는 경우로 특별성을 갖는다.
3) 작품의 창작에 있어서 완벽히 새로운 창작은 없다. 의도하였든 의도하지 않았든 새로운 작품은 광범위한 이전 작품들에서 끌어온 인용, 원형, 암시, 그리고 참조를 통해 만들어지는 것이다. 작품의 분해와, 재배치, 해체 되는 과정에서 필자는 두 작품에 공통적으로 드러나는 '공동체와 타자의 문제'를 주목하였다. 강풀이 기획의도에서 밝히지는 않았지만, 서사전개, 공동체와 여주인공의 관계, 공동체의 희생양으로 타자화하는 과정 등을 고려할 때 옹녀와 미정을 수용과 변주의 관계로 파악할 수 있기 때문이다. 작가의 의도와 무관하게 텍스트의 내적 논리로 〈변강쇠가〉와 〈마녀〉는 상호텍스트의 관계에 있는 작품들이라 할 수 있다(헨리 제킨스, 김정희원·김동신 역, 2008: 152 참조).

4) 〈변강쇠가〉를 소재로 한 대표적인 영화는 성인물인 〈변강쇠〉 시리즈(1986~1988)와 〈가루지기〉(1988)를 비롯하여 〈가루지기〉(2009), 〈옹녀뎐〉(2014) 등이 있고, 창극으로는 2014년 현대적으로 각색한 〈변강쇠 점 찍고 옹녀〉가 있다.

5) 〈마녀〉와 〈변강쇠가〉에 나타난 공동체에 의해서 한 개인이 희생양으로 타자화하는 과정, 공동체의 억압에서 벗어나 함께 공존하고 화합하고자 하는 타자, 타자와 연대하고자 하는 대안적 존재의 등장과 이들의 관계형성에 주목하고자 한다.

6) 본 논의에서 인용되는 〈변강쇠가〉 원문은 이 책에서 인용함을 밝힌다. 이하 인용은 〈변강쇠가〉로 표기하고, 면수만 밝히도록 한다.

7) "한 ᄒᆡ에 ᄒᆞᆫ나식을 전예로 처지ᄒᆞ되 이것은 남이 아ᄂᆞᆫ 지동서방 그남은 단부 애부 거드모리 ᄉᆡᆨ호루기 입 한번 마춘 놈 젓 한번 쥐인 놈 눈 흘네ᄒᆞᆫ 놈 손 만져 봇 놈 심지에 치마귀에 상척자락 얼는 한 놈ᄭᆞ지 ᄃᆡ고 결단을 ᄂᆡᄂᆞᆫ듸 한 ᄃᆞᆯ에 뭇을 넘겨 일년에 동반 한 동 일곱 뭇 윤삭 든 ᄒᆡ면 두 동 뭇슈 ᄃᆡ고 셜그질제 엇더케 씰어쎤지 삼십리 안팟 상토 올인 사나ᄒᆡᄂᆞᆫ 고사ᄒᆞ고 열 다셧 너문 총각도 없셔"(〈변강쇠가〉, 532쪽).

8) "평안도 월경촌에 게집 ᄒᆞᆫ나 잇스되 얼골로 볼쪽시면 춘이월 반ᄀᆡ도화 옥빈에 얼이엿고 쵸ᄉᆡᆼ에 지ᄂᆞᆫ 달빗 아이ᄀᆞᆫ에 빗최엿다 ᄋᆡᆼ도순 고흔 입은 빗ᄂᆞᆫ 당ᄎᆡ 쥬홍필로 쩍 들럽더 쑥 찍은 듯 셰루ᄀᆞᆺ치 가는 허리 봄바람에 호늘호늘 씽그리며 웃ᄂᆞᆫ 것과 말ᄒᆞ며 걸ᄂᆞᆫ ᄐᆡ도 셔시와 포ᄉᆞ라도 ᄯᆞᆯ를 수가 업건마ᄂᆞᆫ"(〈변강쇠가〉, 532쪽).

9) "ᄉᆞ쥬에 청상ᄉᆞᆯ이 겹겹이 싸닌 고로 상부를 ᄒᆞ여도 징글징글ᄒᆞ고 찌긋찌긋 ᄒᆞ게 단콩 주어 먹듯ᄒᆞ것다."(〈변강쇠가〉, 532쪽)

10) 서유석은 〈변강쇠가〉의 주요 소재가 '성, 육체, 죽음'에 초점화되어 있기 때문에 기괴성이 전면에 드러난다고 지적하였다(서유석, 2003: 29~59).

11) 변강쇠는 옹녀에게 다른 남편들과 다른 의미를 갖는 존재이다. 변강쇠가 장승을 뽑은 행위로 인해 죽음을 당하게 되면서 옹녀 주변의 남자들의 죽음이 청상살을 가진 옹녀와 직접적인 관련성이 없다는 사실을 알 수 있기 때문이다.

12) "이몸이 죽거들낭 염습ᄒᆞ되 입과ᄒᆞ기 ᄌᆞᄂᆡ가 손죠 ᄒᆞ고 츌ᄉᆞᆼᄒᆞᆯ 졔 ᄉᆞᆼ여 비힝 시묘 살아 죠셕 상식 ᄉᆞᆷ년ᄉᆞᆼ을 지ᄂᆡᆫ 후에 비단 수건 목을 잘나 져ᄉᆞᆼ으로 ᄎᆞᄌᆞ오면 이ᄉᆡᆼ에 미진연분 단현부속되려니와 ᄂᆡ가 지금 죽은 후에 ᄉᆞ나ᄒᆡ라 명ᄉᆡᆨᄒᆞ고 십셰젼 아ᄒᆡ라도 ᄌᆞᄂᆡ 몸에 손 ᄃᆡ거ᄂᆞ 집 근체에 얼는ᄒᆞ면 즉각 급ᄉᆞᆯᄒᆞᆯ 거시니 부ᄃᆡ부ᄃᆡ 그리ᄒᆞ쇼"(〈변강쇠가〉, 568~570쪽).

13) "단부쳐 ᄉᆞᆫ중살아 강근지친 업삽더니 산슈가 불힝ᄒᆞ야 가군 쵸상 맛ᄂᆞᆫ난듸 송장 조ᄎᆞ 험악ᄒᆞ야 치상ᄒᆞᆯ 슈 업삽기로 어기와셔 우ᄂᆞᆫ 뜻은 담긔 잇ᄂᆞᆫ 남ᄌᆞ 맛ᄂᆞ

가군치상ᄒᆞᆫ 연후에 청춘슈절업셔 그 ᄉᆞ름과 부부되여 ᄇᆡᆨ년ᄒᆡ로 ᄒᆞᄌᆞᄒᆞ니"(〈변강쇠가〉, 576쪽).

14) 정병헌은 뎁득이를 야유(野遊)와 오광대(五廣大)에 나타나는 말뚝이와 같은 성격의 인물로 이익사회에서 모든 일을 자신의 손익과의 관계에서 살펴보는 경제적 인간이라 하였다(정병헌, 1992: 179~180 참조).

지은이 소개

이명현: 중앙대학교 국어국문학과 교수로 한국 고전소설을 전공했다. 중앙대, 경희대, 성결대, 남서울 등에서 강의했고, 중앙대학교 문화콘텐츠기술연구원 연구원을 역임했다. 최근에는 문화콘텐츠 스토리텔링과 인문융합으로 연구 영역을 확장하고 있는 중이다. 주요 저서로는 『고전서사와 문화콘텐츠 스토리텔링』, 『생각하는 힘을 기르는 동화 스토리텔링』(공저), 『우리이야기와 문화콘텐츠』(공저), 『한국고전서사와 콘텐츠』(공저) 등이 있다. 그리고 연구 논문으로는 「환향녀 서사의 존재 양상과 의미」, 「구미호에 대한 다층적 상상력과 문화혼종」, 「SF영화에 재현된 포스트휴먼과 신화적 상상력」, 「드라마 〈도깨비〉의 융합적 상상력과 판타지」, 「영상서사에 재현된 환향녀 원귀의 양상과 의미」, 「고전서사의 서사 방식을 수용한 다문화 애니메이션 창작사례 연구」 등이 있다.

강명주: 중앙대학교 국어국문학과를 졸업하여 한국의 고전적인 멋과 문화를 전달하는 것에 관심을 가지고 있는 연구자이다. 문화콘텐츠 기술연구원에서 다수의 프로젝트에 참가하며 배움을 확장하고 있고, 중앙대학교와 남서울대학교에 출강하며 배움을 전달하고 소통하고자 노력하고 있다. 저서로는 『한국사 속의 다문화』(공저), 『고려

의 장군이 된 베트남 왕자 이용상』이 있다.

강우규: 중앙대학교 졸업하고 같은 학교 대학원에서 고전소설을 전공하여 문학박사 학위를 받았으며, 현재 중앙대학교 인문콘텐츠연구소 HK연구교수로 있다. 어릴 때부터 무협소설, 판타지소설, 만화, 애니메이션 등을 즐겨보고, 한때는 게임 삼매경에 빠져 밤샘을 밥 먹듯이 했던 경험이 현대 대중문화에 대한 관심으로 이어졌고, 고전소설 역시 당대의 대중문화라는 생각으로 고전소설과 현대대중서사의 상관관계에 대하여 관심을 두고 공부하고 있는 중이다.

김선현: 숙명여자대학교 한국어문학부 조교수로, 고전문학을 전공했다. 목원대학교, 금오공과대학교, 숙명여자대학교 강사와 경상대학교 국제지역연구원의 선임연구원을 역임했다. 판소리계 소설을 비롯한 한국 고전 소설과 이를 기반으로 재창작된 콘텐츠에 관심을 가지며 연구하고 있다. 주요 저서로는 『숙영낭자전의 이본과 여성 공간』, 『판소리사의 재인식』(공저) 등이 있고, 연구 논문으로는 「〈흥부와 놀부〉(1967)의 〈흥부전〉 서사 전용 양상과 의미」, 「판소리 서사의 공간 구성과 서술 방식 연구: 〈열녀춘향수절가〉를 중심으로」, 「〈심청전〉의 재구와 고전 콘텐츠」 등이 있다.

유형동: 한신대학교 국어국문학과를 졸업하고 중앙대학교 대학원에서 고전문학으로 박사학위를 받았다. 옛날이야기가 좋아서 공부를 시작하여, 그 속에 삶의 진리가 숨겨져 있음을 확인하고 있다. 생활 속에서 옛날이야기를 즐겼던 어르신들의 삶을 살피는 현장 답사 활동도 이어오고 있다. 강원대학교 산촌문화연구센터 전임연구원, 건국대학교 서사와문학치료연구소 박사후연수 연구원, 한신대학교·상지대학교·남서울대학교에서 강사로 근무했고, 현재 전남대학교 국어국문학과 BK21 학술연구교수로 재직중이다. 주요 저서로 『역동적

소통의 현장 이야기판』(공저), 『이야기꾼과 이야기의 세계』(공저), 『정선의 세시풍속』(공저), 『생각하는 힘을 기르는 동화 스토리텔링』(공저) 등이 있다.

이채영: 중앙대학교 국어국문학과를 졸업하고 같은 학교 대학원에서 고전문학과 문화콘텐츠 스토리텔링을 전공하여 문학박사 학위를 받았다. 중앙대학교, 경희대학교 국제캠퍼스, 성결대학교에서 강사를 역임했으며, 현재 동국대학교 경주캠퍼스 파라미타칼리지 의사소통교육부 조교수로 재직 중이다. 옛이야기를 활용하여 다양하게 창작되는 문화콘텐츠와 스토리텔링에 관심이 많아, 이와 관련된 다양한 콘텐츠를 탐독, 분석하면서 공부하고 있다. 주요 저서로는 『더 알아보는 고전소설 1』, 『한국, 문화를 말하다』(공저), 『숫자는 언제 만들어졌을까?』(공저)가 있다. 연구 논문으로는 「〈춘향전〉을 재창작한 영상콘텐츠의 장르 변천 양상과 그 의미」, 「케이블 TV드라마의 매체 전환 스토리텔링 연구: 〈TV 방자전〉을 중심으로」, 「영화 〈검은 사제들〉과 〈곡성〉에 나타난 퇴마 소재 스토리텔링 기법과 악의 이미지 연구: 전통 무속 요소와 오컬트 장르 특질의 융합적 재현 양상 분석을 중심으로」, 「영화·애니메이션 스토리텔링 기획·창작지원시스템 연구」(공저), 「영상콘텐츠 스토리텔링 기반 문화코드 분석 연구」(공저) 등이 있다.

홍해월: 중앙대학교 국어국문학과에서 박사과정을 수료했다. 한국 고전소설을 전공하고 있고, 고전소설의 문화론적 해석에 관심이 많다. 석사논문으로 「〈沈淸傳〉에 수용된 심봉사의 悲壯과 滑稽 연구」를 제출하였고, 조선후기 전기소설의 여성 의식을 공부하고 있다. 논문으로 「〈변강쇠가〉와 웹툰 〈마녀〉에 나타난 공동체(共同體)와 타자(他者)」(공저)가 있다.

지 은 이

이명현(중앙대학교 국어국문학과 교수)
강명주(중앙대학교 강사)
강우규(중앙대학교 인문콘텐츠연구소 HK 연구교수)
김선현(숙명여자대학교 한국어문학부 교수)
유형동(전남대학교 국어국문학과 BK21 학술연구교수)
이채영(동국대학교 경주캠퍼스 파라미타칼리지 의사소통교육부 교수)
홍해월(중앙대학교 국어국문학과 박사과정 수료)

고전서사와 웹툰 스토리텔링

1판 1쇄 인쇄_2021년 06월 05일
1판 1쇄 발행_2021년 06월 15일

지은이_이명현·강명주·강우규·김선현·유형동·이채영·홍해월
펴낸이_양정섭

펴낸곳_경진출판
등록_제2010-000004호
이메일_mykyungjin@daum.net
사업장주소_서울특별시 금천구 시흥대로 57길(시흥동) 영광빌딩 203호
전화_070-7550-7776 팩스_02-806-7282

값 15,000원
ISBN 978-89-5996-818-3 93810